Anne Grießer (Hrsg.)
Mörderisch im Abgang

W0109788

wellhöfer VERLAG

Wellhöfer Verlag
Ulrich Wellhöfer
Weinbergstraße 26
68259 Mannheim
Tel. 0621/7188167

info@wellhoefer-verlag.de
www.wellhoefer-verlag.de

Titelgestaltung: Uwe Schnieders, Fa. Pixelhall, Malsch
Satz: Wellhöfer Verlag, Mannheim

ISBN 978-3-95428-261-6

Anne Grießer (Hrsg.)

Mörderisch im Abgang

23 Weinkrimis aus Südwest

Inhalt

Ulrich Land

Weinwürze

– Ja, sicher. Ihm gefalle der Anblick auch nicht. Ganz und gar nicht. Aber das liege ja ganz maßgeblich daran, dass man nicht nur den Wein abgelassen, sondern auch das Corpus Delicti vor der Zeit, vor Vollendung des Gärprozesses herausgezogen habe. Kein Wunder, dass die Leiche zu diesem Zeitpunkt wenig appetitlich ...

– Danke nein, er benötige weder Fotos noch die Inaugenscheinnahme der Leiche. Er könne sich sehr wohl vorstellen, wie so was aussehe, wie an den tiefrot angelaufenen Knochen, zwischen den ausgezehrten Rippen halb zersetzte Fleischfetzen ...

– Sicher, ja, er habe er sich vom ersten Moment an, sofort, als das Problem aufgetreten sei, geschworen, er werde ihn umbringen. Ja, das gebe er unumwunden zu.

– Natürlich sei Josef J. Simon ein völlig unbescholtener Mann. Und er mache die fraglos besten Weine des Tunibergs ...

– Tuniberg? Nun, das sei ein gut hundert Meter aus der Oberrheinebene ragender Kalksteinberg, na ja, ein etwas größerer Hügel, jedenfalls also wasserspeichernder Kalkstein mit einer fetten Lößauflage. Okay, das möge das Hohe Gericht vielleicht weniger interessieren. Wohl aber interessiere es die Gilde hervorragender Winzer, die sich hier seit Generationen, seit ungezählten, tummle und den nicht eben großen, nicht eben hohen Berg rundum quadratisch-praktisch-gut mit pfeilgeraden, exakt abgezirkelten Rebfeldern überzogen habe und bewirtschafte. So auch das Geschlecht der Simons.

– Ja, ja, sofort, er komme schon zum Punkt. Der Josef J. Simon also gehöre ohne Frage zur Riege der besten, allerbesten Weinbauern vor Ort. Sei zudem ein äußerst sympathischer, witziger Typ mit einer Fülle spinnerter Ideen im Kopf. Für jede Schandtat zu haben. Ein Kerl, dem man nun wahrlich nicht böse sein könne. Das aber, so leid es ihm tue, schütze ihn nicht vor gravierenden Irrtümern.

– Nun ja, aber da müsse Simons Jörg Josef sich doch wohl fragen lassen, warum er denn dann einen solchen Streuner in sein Haus ...

– Nein, das dürfe doch wohl mehr als ein schlichtschlechter Joke gewesen sein. Mehr als ein überflüssiger Lapsus. Als Alteingesessener des Dorfes, als Tiengener von Herkunft und Geburt, als Eingeborener und Winzer in der herausragendsten Weinregion zwischen Freiburg und Rhein hätte er doch verdammt noch mal wissen müssen, was er mit so einem unruhigen Geist in einem so gemütlich gemütsvollen Dörfchen anrichten würde.

– Nein, das behaupte er doch gar nicht. Nein, nicht J.J. Simon selbst sei ein unruhiger Geist, das könne man nun wirklich nicht behaupten. Es liege ihm absolut fern, diesen so anständigen wie munteren, so lebensfrohen wie pfiffigen Zeitgenossen durch solch blödsinnige, aus der Luft geholte Zuschreibungen in Misskredit zu bringen. Nein, keineswegs, das nicht. *Das* nicht! Aber – noch mal – wie könne es diesem aufgeweckten Ehrenmann unterlaufen, sich einen solchen, ums möglichst positiv auszudrücken, Wandervogel ins Haus und damit ins Dorf zu holen! War doch sonnenklar, dass so ein Vagabund und Herumlungerer in einer Person das ganze beschauliche Dorf in Aufregung versetzen würde. In Sonderheit ihn, der er sich jetzt hier mit einer existenzbedrohenden Anklage konfrontiert sehe, nur weil er sich zur Wehr gesetzt habe. Seines Wissens als Einziger. Aber doch im

Namen aller. Denn natürlich war von vornherein klar, dass ein solcher Heuler für die örtliche Gastronomie der Todesstoß sein werde. Zumal in den ertragreichen Sommermonaten. Wer denn bittschön wolle bei seinem Gläschen Bier …

– Oder, ja, dann eben bei seinem Viertele Simon-Wein sitzen und sinnen, den edelsten Geschmacksnuancen nachspüren, die, den ersten Schluck hin und her rollend, aufschaukelnd, durchgurgelnd, luftsaugend, die Mundhöhle auszukleiden belieben, wenn, verflucht noch eins, allüberall das Getöse, Gejammer, Geschnarre dieser ganz offensichtlich triebgesteuerten Nervensäge einfach nicht zu überhören sei. Zumal draußen in sommerlauer Nacht am vertrauten und traulichen Biertisch …

– Ja, Pardon, er oute sich hier höchst ungern und verrate sich doch ständig wider Willen als Biertrinker …

– Nein, doch ja, auch von Wein verstehe er durchaus etwas mehr als der ungesunde Menschenverstand. Aber zurück zur sommernachtsträumenden Gartenwirtschaft im behaglichen Tiengen. Wo eben immerzu und immerzu dieser schräge, notgeile Dragoner zu hören sei. Oder, ja, zu hören gewesen sei.

– Reisende solle man bekanntermaßen nicht aufhalten, diesem jedoch habe man sehr wohl, habe man unbedingt Einhalt gebieten müssen. Und in seinem persönlichen Fall komme leidfaktorverschärfend hinzu, dass er ebenfalls im Dorfkern, also in der Nachbarschaft des Simonschen Anwesens, des JS-Weinhofs, wohne. Mit gen Osten ausgerichtetem Schlafzimmerfenster, also im unmittelbaren Aktions- und Belästigungsradius dieses Burschen aus dem Hause Simon. Und so sei es ja wohl alles andre als ein Wunder, dass in ihm der sicherlich verständliche Entschluss gereift sei, mit eigener Hand einzugreifen und diesen Krawallmacher mit einem schnellen, schmerzfreien Schnitt zum Verstummen zu bringen.

– Nein, natürlich wolle er hier nicht ans Mitleid der hochwürdigsten Richter appellieren, geschweige denn auf die Tränendrüse der Justitia drücken. Nein, all das natürlich nicht. Es gehe ihm lediglich darum, die Motivlage ...

– Die Tatdurchführung? Echt, die interessiere das haushohe Gericht? Na ja nun, zunächst musste er, wie sich verstehe, des umtriebigen Rackers habhaft werden.

– Das bedürfe bei solch einem ausgewiesenen Leichtfuß, Springinsfeld, Dauerläufer selbstredend einer ausgereiften Strategie. Nun, sein persönlicher Vorteil sei es als radaugeschädigter, übernächtigter, jede zweite Nacht auf der Lauer liegender Anwohner gewesen, quasi vom Fenster aus den Lebenswandel dieses randalierenden Irrläufers erkunden zu können. Insbesondere habe er Kenntnis von seinem zuletzt anvisierten Objekt der Begierde erlangt. Sieben Häuser weiter tunibergaufwärts. Und keineswegs weniger spitz als der lärmende Lauser, den J.J.S. sich da ins Haus geholt hatte.

– Ja ja. Also: Ein paar Nächte, nachdem er um diese lautstarke Liebschaft wusste und etlichen Ständchen habe lauschen müssen, die der Simonsche Hansdampf gemeint habe, zu nachtschlafender Zeit mit sonorem Tenor unterm Fenster der Angebeteten absondern zu müssen, ein paar Nächte, da wusste er, der hier nun zu Unrecht, zumindest vollkommen unangemessen und überzogen zur Rechenschaft Gezogene, wo genau welche Glocken hingen. Er habe sich dann online umgehend einen klassischen Kartoffelsack besorgt und damit nächtens auf die Lauer gelegt.

– Na ja, einfach im Hinterhof. Auf der Rückseite des Hauses, wo des Lustwandlers Lustobjekt sein aufgegeiltes Dasein fristete. Ausgerechnet das Haus des ärgsten Konkurrenten unseres Winzers Simon übrigens.

– Ja, sicher. Das habe er bei seinen Erkundungen am helllichten Tag entdeckt. Dass nämlich das Gebälk auf der Rückseite des Schuppens eine Schadstelle aufweise, ein Loch im Zaun gewissermaßen, die hohle Gasse, durch die er habe kommen müssen, nur habe kommen können. Wenn nicht in dieser, dann in der nächsten Nacht. Schon also habe die Strategie gestanden. Weniger kompliziert als gedacht. Mit gänzlich analogen Mitteln. Er habe also gewartet. Verborgen hinter zwei abgehalfterten Weinfässern. Und gewartet. Und ge… Plötzlich habe er ihn gehört. Mit seinem penetranten Geleier …

– Verdammt, ja, natürlich habe er innerlich jauchzend triumphiert, als der Übeltäter sich genau wie erwartet verhalten habe. Als also klar wurde, dass er vollkommen richtig gelegen habe. Beziehungsweise gelauert habe. Als sich der Bursche genau dort aufgebaut habe, um nach Troubadour-Manier sein melancholisches Minnelied mit klassisch durchgehaltenem Versmaß und ausgefeiltem Reimschema hinaufzuschmettern.

Genau da, genau in dem Augenblick, als der schauerlich schmachtende Romeogesang seinen Zenit erklommen hatte, als der so junge wie besessene Sänger in höchsten Tönen jubilierend, völlig oversexed, von einem Fuß auf den andern tretend, zu einer neuerlichen Klimax ausholte und im Herzschmerz zu ertrinken drohte, da habe er, seine Wenigkeit, das Versteck Versteck sein lassen, sei mit einem einzigen Satz bei dem liebestoll trällernden Sängerknaben gewesen und habe ihm, zack, den Sack übergestülpt. Und zugeschnürt. Alles in einer Bewegung.

– Na ja nun, mit irgendwas habe er sich in den schlaflosen Nächten ja beschäftigen müssen. Und da sei das Trainieren eines virtuosen Sackwurfs ja nun nicht die schlechteste der sinnstiftenden Möglichkeiten. Jedenfalls sei jetzt alles ganz schnell gegangen. Durch den Jutestoff den aufgebrachten Kopf des Rowdys ertasten, dann knatternd die Klinge ausfahren …

11

– Nein, dafür müsse man nicht mal ein leidlich begabter Heimwerker sein. Diese superbilligen Teppichmesser, die es in jedem Baumarkt um die Ecke gebe. Die mit ausfahrbarer Klinge. Die würden die hochehrwürdigen Herrn Richter sicher kennen: ganz einfacher Plastikgriff, aus dem sich mit einem daumentauglichen Nippel die Klinge bis zum Anschlag hinausschieben lasse ...

– Na ja, eine knappe Handspanne so etwa. Eine Klinge, die man normalerweise Zentimeter für Zentimeter abbreche, wo man immer dann, wenn sie stumpf geworden sei, das nächste scharfe Stück in Angriff nehme. Aber niemand und keiner verpflichte einen ja, die Klinge nur Stück für Stück auszufahren. Ratsch, über sämtliche Einrastversuche des besagten Nippels hinweg, habe er die gesamte Klinge in ganzer blitzender Schönheit rausgeschoben. Und noch vor Ort, um jedem weiteren Zeter-und-Mordio-Geschrei aus dem Weg zu gehen und nicht auch noch den Rest der Tiengener Bürger aus dem Schlaf zu reißen, noch vor Ort also und in einem Zug – inzwischen wohl wissend, wo Kopf und wo Hals und wo Oberkörper – habe er die Teppichmesserklinge durch den Sack und die Haut gezogen, habe ungeachtet des Knorpelknirschens auf den tremolierenden Schreihals des Sängers eingestochen. Und dann mit der langen Klinge geduldig umgerührt. Immerhin habe man ja nicht ins Innere des Sacks blicken können, sich also anderweitig vergewissern müssen, dass man ganze Arbeit geleistet habe. Und sei es eben durch womöglich wutgetrieben übertriebenen Einsatz der Waffe. Der ganze Vorgang sei ja eine Form vielleicht etwas zünftig ausgefallener, aber doch überlebensnotwendige Notwehr gewesen.

– Klar, das deutlichste Kennzeichen, dass es vollbracht sei, sei natürlich die Tatsache gewesen, dass irgendwann die Zappelei nachgelassen habe. Ja, gut, und dass der Sack so klebrig flüssig ...

– Nein, zur Farbe könne er nichts sagen. Denn es sei ja schwarze, pechschwarze Nacht gewesen. Wie gesagt. Als also die fahrigen Bewegungen, mit denen dieser Nervtöter ...

– Okay, dann seinetwegen auch »Opfer« – ... mit denen das Opfer sich zu wehren versucht habe, wenig und weniger wurden, habe er den Sack mitsamt Inhalt ...

– Aber nicht, ohne einen letzten Blick hinauf zu dem vom Opfer angeschmachteten Feinsliebchen zu schicken. Bei welcher Gelegenheit er grade rechtzeitig noch gesehen habe, dass dort oben hinter dem kleinen dunklen Fenster ein noch dunklerer Schatten weggehuscht sei und sich offensichtlich ins Innere des Zimmers zurückgezogen habe. Ohne weitere Mitleidsbekundungen jedoch habe er sich mit dem schweren Sack auf den Schultern umgehend zum Auto, zum Leichenwagen, haha, und mit diesem dann zur Weinkellerei verfügt.

– Ja, natürlich. Er habe sich im Vorfeld schlicht als Journalist in Diensten eines Weinkennermagazins ausgegeben und so alles erfahren, was er wissen wollte. Wissen musste. Welcher Gärtank für Josef Jörg Simons Spätburgunder vorgesehn sei, wann der Tank gereinigt und wann er befüllt werden sollte. Es habe ja auf Biegen und Brechen der exakt richtige Zeitpunkt sein müssen! Keinesfalls vor der Reinigung, aber auch nicht zu lange danach. Er habe die Dienstpläne mit einem Seitenblick überflogen und eruiert, wann die Personalbesetzung am dünnsten ...

– Ja, wenn man ihn denn mal ausreden ließe! – Keine Frage, dass er nur nachts eine Chance hatte haben können. Am klügsten also gleich nach der Tat der Taten. Dass er hatte einsteigen müssen in die Kellerei wie ein gemeiner Dieb. Dass er den Sack mit Last und Leiche am besten vor dieser rechten, fast ebenerdigen Luke abstellen, dann in die Kellerei einsteigen, von innen die Luke öffnen und den Sack hatte hineinziehen müssen. Und, alles richtig, es habe funktioniert wie am Schnürchen ...

– Jaja, er mache ja voran. – Er habe also mit Sack und Pack den zuständigen Gärtank gefunden und sich noch mal und noch mal von der Richtigkeit aller Angaben überzeugt. Erst dann habe er den leblosen, wie die Herren vielleicht sagen würden, Opfersack ins Einstiegsloch des Tanks gestopft und ausgeleert.

– Ja, ausgeleert.

– Erst im Nachhinein. Blödsinnigerweise doch erst im Nachhinein sei ihm aufgegangen, dass er den Kartoffelsack ja durchaus auch, dass er also das ganze Gebinde dem Vergärungsprozess des Simon'schen Rotweins hätte überantworten können, da ja auch Jute vermutlich spurlos einverleibt und eingeebnet würde. Denn von der Erde bist du genommen, zur Erde kehrst du zurück.

– So schlau, wie gesagt, sei er erst im Nachhinein gewesen. Und, gut, damit habe er ja nun nicht rechnen können, dass wer den leeren Leichensack aus dem Müllcontainer zupfen würde. Das billige Ding, verdammt noch mal, grob gewirkt und blutbefleckt.

– Ja, welcher Vogel denn eigentlich? Wer denn sei so deppert gewesen?

– Nein, natürlich nicht, er wolle keinem der Ermittler zu nahe treten. Auf jeden Fall blöd gelaufen. Echter Katzenjammer. Erst dank des blutverschmierten Kartoffelsacks sei man ja wohl auf die – Pardon – borniert Idee verfallen, die Spur der längst schwarz und unansehnlich gewordnen Blutstropfen zu verfolgen bis zum Tank, in dem der J.J. Simon'sche Rotwein doch erst seit ein, zwei Tagen seiner Gärung entgegensehn habe. Verdammt.

Das sei natürlich zu kurz, entschieden zu kurz gewesen, als dass
...

– Aber nein! Nein, keinesfalls! Ganz klipp und ganz klar. Diese seine Denkzettel-Aktion habe auf keinen Fall mit der Qualität der Simon'schen Weine zu tun. Die sei absolut unberührt davon. Sei und bleibe hervorragend, dafür lege er die Hand in den Wein. Dieser Rebensaft sei so unbescholten wie J.J. Simon in seiner Person. Und außerdem: Gewürzt und aufgepeppt zu werden durch eine leicht morbide Note etwa, das sei den Herren hochwohlgeborenen Richtern versichert, das habe ein Wein aus dem Hause Simon keineswegs nötig. Nicht im Entferntesten. Nur, sich ein solches Katzentier anzuschaffen, das des Nachts das ganze Dorf terrorisiere, das werde auch ein Josef Jörg Simon sich in Zukunft zweimal überlegen. Schuster, bleib bei deinen Leisten und Winzer bei dem Kater, den dein Wein in die Welt setzt!

– Nein, nein, man könne doch bitte bei Winzern dieser Kategorie, die problemlos in der, sagen wir zweiten, mindestens aber dritten Gourmet-Liga mitspielen könnten, nicht davon ausgehn, dass noch der gröbste und härteste Konkurrent auf die Schnapsidee käme, einen hergelaufenen Biertrinker wie ihn, der nun seiner Verurteilung im Namen des Volkes entgegenblicke, als Auftragskiller zum Zwecke fataler Geschmacksverfälschung angeheuert habe. Nein, mit solch üblen Bandagen werde selbst auf dem Tuniberg nicht ...

– Na ja, aber, Pardon, er frage die hohen Herren ja auch nicht, wie sie ihre italienischen Maßschuhe bezahlen. Wenn er hier vor den grauen Hallen des Gerichts mit seinem nigelnagelneuen Ferrari vorfahre und in aristokratischem Armani-Anzug auftrete, dann doch einzig und allein, um der holden Justitia auch mal einen schönen, einen italienisch anmutenden, gepflegten Anblick zu gönnen. Für dieses sein gediegenes Äußeres jedenfalls habe die in Rede stehende Summe keineswegs ausgereicht.

Ich danke Josef J. Simon herzlich für seine ergiebigen Informationen zu der denkwürdigen Frage: Wie kriegt man eine Frauenhandtasche – okay, zugegeben, anfangs war es noch eine harmlose Unterarmtasche, dann, unterm Federkiel, wurde es zu einem Katzentier – wie also kriegt man eine Handtasche oder wahlweise einen Kater im Zuge der Weingärung untergepflügt? J.J.S. hatte für alles eine Antwort. Und für den Rest einen guten Wein.

ALEXA RUDOLPH

In bester Lage

Nebel lag wie Wattebäusche über den Gräbern. Der Tag war jung
und noch kalt und keine einzige Menschenseele mochte so früh
unterwegs sein. Erst gegen Mittag kamen die Friedhofsgärtner,
Witwen und Vereinsamten über den schmalen Weg zum Bergfriedhof gelaufen, um die Ruhestätten zu besuchen. Es war also
noch Zeit und Edmund hatte den herbstlich gefärbten Gottes-
acker für sich allein. Er musste nicht Auskunft über sein Befinden
geben, musste nicht scheu zur Seite treten, wenn der Gärtner-
traktor mit Anhänger, darauf Schaufeln und schwarze, krümelige
Erde, an ihm vorbeirumpelte. Den Bergfriedhof in dieser atembe-
raubenden Stille zu erleben, deckte sich mit Edmunds Sehnsucht
nach dem eigenen Grab, in das er sich bald legen wollte. Ja, dort
wäre dann Friede, nicht nur in seinem einsamen Herzen, auch
in seinem Kopf, seinem Gedärm und auf seiner Haut. Er kannte
Leute, die sagten, dass sie unbedingt ihr Mobiltelefon mit in den
Sarg nehmen wollten, für den Fall, dass sie nicht tot sondern nur
scheintot seien. Edmund besaß kein Mobiltelefon und ein solcher Mumpitz zwecks Rückversicherung oder Grabbeigabe wäre
ihm nicht in den Sinn gekommen.

Edmund war heute mit Strickmütze, wärmerer Jacke und geschnürten Stiefeln ausgerüstet. In seiner linken Armbeuge hing
ein heller, leicht schmuddeliger Stoffbeutel.
   Er drückte die Eisenklinke hinunter und trat durch das sich
willig öffnende Friedhofstor. Bis vor Kurzem hatten die Scharnie-
re bei diesem Vorgang lauthals gequietscht, was ihm jedes Mal
wie ein Hilferuf vorgekommen war. Ein Hilferuf auf dem Friedhof? Der Gedanke, dass hier tatsächlich jemand um Hilfe rufen
könnte, bereitete ihm Unbehagen. Also hatte er vor ein paar Tagen ein Kännchen Schmieröl besorgt und das Tor in Ordnung

gebracht. Jetzt glitt es so leise und sanft dahin wie die Hand des Pfarrers, die sich nach Maries Beisetzung auf seine Schulter gelegt hatte. »Lieber Edmund, trag deinen Schmerz nicht als Bürde, trag ihn als Krone eurer Liebe und fünfzig Jahre währenden Verbundenheit. Du wirst sehen, Marie ist nicht wirklich fortgegangen, sie ist nur an einem anderen Ort. Eines Tages wirst du ihr folgen, bis dahin hast du noch wichtige Aufgaben zu erfüllen, die dich aufrecht halten werden. Auch wenn deine Füße nicht mehr hüpfen und tanzen, bis zu Maries Grab werden sie dich noch tragen und du kannst mit ihr reden. Glaube mir, lieber Freund, sie wird dich hören und ich bin mir beinahe sicher, sie wird dir auch antworten. Unser Friedhofstor ist nicht verschlossen, du kannst also jederzeit eintreten.«

Schritt für Schritt, er hatte keine Eile und atmete sehr bewusst die würzige Luft des frischen Morgens ein, lief Edmund an den Gräbern entlang und grüßte ihre Bewohner still. Er kannte sie alle, schließlich war er Filialleiter der örtlichen Sparkasse gewesen. Alte Familiennamen, Kindernamen, den Bürgermeister, den Lehrer, den Kaminfeger und seine Töchter, den früheren Besitzer vom Weingut, den Metzger und den Bäcker. Heute gab es keine Metzgerei und keine Bäckerei mehr im Dorf, die waren längst verschwunden und wurden durch einen Supermarkt ersetzt, aber ihre Namen standen auf den Grabsteinen und erinnerten an vergangene Zeiten.

Edmund seufzte. Er seufzte immer an derselben Stelle, das hatte er sich so angewöhnt. Vielleicht lag es auch einfach daran, dass ihm nach zwanzig Metern die Luft ausging und er ein bisschen verschnaufen musste. Um seine Schwäche zu kaschieren, seufzte er. Sein Seufzer hörte sich gedankenverloren an, vielleicht auch ein wenig wissend. »Ach ja«, murmelte er und ging weiter. Sein Blick schweifte über die Grabsteine und hielt sich an den schlanken, dunkelgrünen Bäumen fest, die zwischen den Gräberfeldern wuchsen und wie menschliche Gestalten aussahen. Hinter den

Bäumen, nur ein paar Minuten entfernt, lagen die Weinberge. Dort war sein Lebenskreis, seine badische Heimat! Dort war er geboren, dort war er immer geblieben und hatte, zusammen mit Marie, ein bescheidenes aber redliches Leben geführt.

Sein Herz pochte. Er griff sich an die Brust. »Ruhig, bleib ganz ruhig«, sagte er. Das Herz gehorchte und kam wieder in den rechten Takt. Edmund blieb noch eine Weile stehen, um die Schönheit der vertrauten Landschaft zu genießen. Weinberg lag neben Weinberg, wohin er auch blickte. Die Terrassen des Tunibergs schlängelten sich wellenförmig durch die Natur. Nebelfetzen hingen in der Luft, schwebten wie Engel über dem Land, streiften die buntblättrigen, windschiefen Obstbäume und akkurat wachsenden Rebstöcke. Bei genauerem Hinsehen leuchteten sogar noch einige vergessene schwarzblaue Trauben aus dem friedlichen Bild. Die Vögel würden sie holen. Edmund überlegte, ob er noch einmal aufseufzen sollte, ließ es aber sein, blickte lieber in den Stoffbeutel, um sich zu vergewissern, dass er nichts vergessen hatte. Nein, alles dabei, er hatte an alles gedacht. Auch dieses Nachschauen im Beutel war ein Ritual. Alles war bei ihm zum Ritual geworden. Das half. Nur durch die selbst auferlegte Ordnung und Taktung seines Alltags, war das Leben ohne Marie auszuhalten, nur so verkümmerte er nicht und leistete sich jeden Tag frische Socken und Unterhosen. »Marie, gleich bin ich bei dir«, flüsterte er.

Ihr Grab war das schönste weit und breit. Nicht, weil es üppiger als die anderen gewesen wäre, es war eher bescheidener, unauffälliger, aber in seiner Aufteilung eindeutiger. Kein bunter Firlefanz wucherte, kein Engelchen oder Grablichtlein steckte im Erdreich, keine weißen Steinchen begrenzten die Ränder. Auch waren weder ein Grabstein noch ein Kreuz aufgestellt. Maries Grab kam namenlos daher, war nur ein Hügel aus allerbester, schwarzbrauner und sorgfältig gekämmter Erde. Mittendrin eine polierte Granitplatte, ungefähr dreißig mal dreißig Zentimeter groß. Die Platte schimmerte in zartem, von grauen Adern durchzogenem Rosa und wurde von Edmund täglich gesäubert. Schon mancher Regenwurm hatte die Platte als Tummelplatz benützt und dies mit seinem Leben bezahlt. »Elender Wurm!«, konnte Edmund schimpfen und das Würmchen mit der Schere teilen. Und auch die Schnecken mussten dran glauben. Da kannte er nichts. Hatte nicht auch Marie in ihrem Garten Schnecken durch einen radikalen Schnitt umgebracht?

Friedhofbesucher, die zufällig bei Marie vorbei kamen, fragten sich, wozu die rosa Steinplatte auf dem Hügel lag. Kein Name stand darauf, kein Blumenbouquet, rein gar nichts.

Nun ja, Beschriftung oder Pflanzschale kommen vielleicht noch, später, wenn die Ruhestätte frisch angelegt wird, wenn Maries Sarg sich gesenkt hat und alles sowieso neu gemacht werden muss, dachten sie. Doch Edmund hatte die Platte mit Bedacht ausgewählt und sie auch ordentlich verlegen lassen, also topfeben wie eine Tischplatte, auf der man zum Beispiel zwei Gläser und eine Weinflasche abstellen konnte.

Es dauerte eine Weile, bis es sich im Dorf herumgesprochen hatte. Zuerst war es nur ein Gerücht, dann Gewissheit: »Der alte Edmund läuft jeden Morgen zum Friedhof, um dort mit Marie ein Glas Wein zu trinken. Dabei unterhält er sich mit der Verstorbenen und wenn das Wetter angenehm ist, nicht zu heiß und nicht zu kalt, gibt es noch ein zweites Gläschen. Danach packt er Gläser und Flasche wieder ein und geht beschwingt nach Hause.«

Die Leute hatten recht, genau so war es. Selbst der Pfarrer hatte sich klammheimlich davon überzeugt.

»Marie, ich komme!«, keuchte Edmund, riss sich vom Landschaftsbild los und lief die letzten Meter bis zum Grab, so schnell er konnte. »Guten Morgen, Marie! Hast du gut geschlafen?«, rief er schon fünf Meter vorher. Es war ja niemand da, den er hätte stören können, und Marie war längst wach. Sie war immer eine Frühaufsteherin gewesen. »Morgenstund hat Gold im Mund«, ihre Devise. »Ja, meine Liebe, recht so, du hast also gut geschlafen. Wie solltest du auch nicht. Ist doch eine ruhige Gegend hier«, sagte er.

Er war jetzt angekommen und stand vor Maries Grab. Er legte den Stoffbeutel hin und nahm ein kleines Wolltuch heraus, mit dem er die Granitplatte zu säubern begann. »Vogelmist, so eine Frechheit!«, murmelte er. »Hast du gesehen, Marie, das lassen wir uns nicht gefallen. Sie scheißen doch heute auf alles.«

Nachdem er mit der Säuberung der Platte fertig war, zog er eine Flasche Wein aus dem Stoffbeutel. »Schau nur, was ich mitgebracht habe!«, rief er. »Einen Spätburgunder vom *Weingut Clemens Lang*. Der wächst beim Clemens in bester Lage am *Munzinger Kapellenberg*. Du erinnerst dich doch? Eine kleine Parzelle direkt am Kalksteinfelsen.« Er nahm den Korkenzieher und begann die Flasche zu öffnen. »Ich habe die Flasche neulich zum Geburtstag bekommen. Hm, ich glaube, das könnte ein einzigartiger Tropfen sein. Marie, den trinken wir jetzt! Heute ist ein besonderer Tag, denn ich will dir etwas Wichtiges sagen.«

Er griff in den Beutel und nahm zwei feine Gläser heraus, platzierte sie auf der Granitplatte und füllte sie vorsichtig. Er stellte die Flasche ab, trat einen Schritt zurück. Zufrieden betrachtete er das seltsame, aber eindrucksvoll schöne Bild. Der Wein in den Gläsern funkelte und strahlte lebhafter als tausend Kerzen. Edmund liefen Tränen über die Wangen. Er schnäuzte sich. »Meine liebe Marie, darf ich bitten! Trinken wir doch von diesem köstlichen Rebenblut.« Er bückte sich, hob sein Glas auf und hielt es gegen das Licht. Seine Hand zitterte ein wenig, als er das Glas zum Mund führte und den ersten Schluck nahm. Behutsam schmatzte er auf dem Wein herum und ließ ihn langsam die Kehle hinunterlaufen. »Großartig!«, murmelte er und trank einen neuen, etwas größeren Schluck. Als er danach das Weinglas auf der Platte absetzte, weil er mit einem kleinen Handrechen die schwarze Erde kämmen wollte, sah er, dass auch Maries Glas ein beachtliches Stück geleert war. »Meine Liebe, habe ich dir zu viel versprochen? Schmeckt er nicht himmlisch?«, fragte er leise lachend.

Die Arbeit und der Wein durchwärmten Edmunds Körper. Er fühlte sich wohl und spürte die Kälte kaum noch. »Marie, trink nicht zu schnell, du wirst dich besaufen und am Ende herumtorkeln«, kicherte er, als er sah, dass Maries Weinglas beinahe ausgetrunken war. Er schenkte nach, lauschte entzückt dem Gluckern. Er packte den Handrechen wieder ein. Die Arbeit war für heute getan und Maries Hügel makellos.

»So, nun hör zu, ich will dir etwas sagen«, flüsterte er. Schnell schlürfte er noch einen Schluck, schloss dabei die Augen und begann: »Marie, ich bin so weit. Ich habe alles erledigt, was zu tun war. Unser Haus ist verkauft, ich habe es einer Familie mit drei Kindern überlassen. Ich habe nur die Hälfte seines eigentlichen Wertes verlangt. Die Leute sind nicht reich, aber sie sind fleißig und haben ganz reizende Kinder. Wir beide hatten leider keine Kinder und demzufolge auch keine Enkelkinder. Ich weiß, Marie, das hat dich immer geschmerzt. Darum dachte ich, soll in unserem Haus endlich eine Kinderschar einziehen. Ich hoffe, du bist einverstanden.«

Edmund hatte die Mütze ausgezogen und lief ein paar Schritte auf und ab. Hinter den Bäumen zeigte sich ein erster Sonnenstrahl und der Nebel war verschwunden.

»Unser Haus ist also in guten Händen. Das sollst du wissen, du hast es geliebt, wie ich auch«, fuhr er fort, hielt inne, dachte nach und bückte sich wieder nach seinem Glas. Nun lief er mit dem Weinglas in der Hand um Maries Grab herum, umkreiste es still und nachdenklich mehrere Male, dann sprach er weiter: »Keller und Speicher habe ich leer gemacht, unser halbes Leben haben wir darin aufgehoben. Ich habe jedes Stück in die Hand genommen und überlegt, was damit zu tun ist. Das, was noch gut war, habe ich verschenkt. Alles andere entsorgt. Deine alten Puppen habe ich den Kindern der neuen Familie geschenkt, die Eisenbahn aus meinen Jugendtagen, die Fahrräder, das Zelt, den Christbaumschmuck, die Gartenmöbel und den aufblasbaren Swimmingpool ebenso. Du hättest sehen sollen, wie groß die Freude war, denn die Sachen waren noch in Ordnung, weil wir ja nie etwas kaputt gemacht haben.«

Er stellte das Weinglas zurück. Marie hatte ebenfalls ausgetrunken. Edmund schenkte nach. In der Nähe knirschte Kies. Das Knirschen kam näher und stellte sich als menschliche Schritte heraus. Edmund spürte, wie sich sein Herz zusammenzog. Wieso musste ausgerechnet jetzt jemand kommen? Es war doch noch früh und erst gegen Mittag ging der Betrieb auf dem Friedhof los. Er blickte nicht auf, sah stur auf Maries Grab. Da gingen die Schritte weiter und wurden leiser, bis sie nicht mehr zu hören waren. Edmund atmete auf. »Meine liebe Marie«, begann er wieder, »ich habe alles geregelt, was zu regeln war. Das Auto ist verkauft, der Garten abgedeckt, das Geldkonto aufgelöst, Telefon und Versicherungen sind abgemeldet. Ich habe nichts vergessen. Genau genommen, ist meine Existenz seit drei Tagen ausgelöscht. Das Geld, das ich erlöst habe, bringe ich nachher dem Pfarrer, er soll es unter seinen Kirchenmitgliedern verteilen. Es gibt Bedürftige. Nur eine Bitte werde ich äußern, vielleicht ist die Gemeinde bereit, sie zu erfüllen: Eine hübsche Holzbank in den Rebterrassen des Tunibergs. Den freien Blick ins Land, hinüber zum Schwarzwald, zum Rhein und in die Vogesen. So, wie wir es immer geschätzt haben. Bist du einverstanden?«

Äußerlich wirkte Edmund ruhig, innerlich kochte sein Blut. Seine Hände schwitzten, in seiner Brust rasselte der Atem. Schnell trank er sein Glas aus, schenkte nach und wischte einen Tropfen von der Steinplatte, der ihm beim Einschenken passiert war. »Alles muss sauber sein«, flüsterte er. »Verstehst du, Marie, ein sauberes Ende. Wir gehen und hinterlassen nichts. Niemand soll sagen, wir hätten die Welt beschmutzt. Wir nicht, Marie! Unsere Körper werden vergehen und eines Tages wird niemand mehr etwas von uns wissen. Das geht schneller, als du denkst, und das ist gut so. Ich mache mich jetzt auf den Weg zum Pfarrer. Ich habe das Geld dabei. Danach, Marie, danach ...«, er schluchzte auf, fuhr sich mit beiden Händen durchs Gesicht und über sein kahles Haupt, »danach komme ich zu dir. Rück ein wenig und mach mir Platz. Ich sehne mich so sehr nach dir. Es wird die Vollendung unserer Zweisamkeit sein.«

Edmund nahm den Stoffbeutel, verstaute Weinflasche und Gläser und lief los. Er warf einen letzten Blick zurück. Alles war in Ordnung.

So gut ihn seine krummen Füße trugen, bewältigte er den Rückweg bis zum eisernen Tor. Vorbei an den alten Bekannten, den Freunden, den Mitbewohnern seines Dorfes, die ihm vorangegangen waren. Bruno, Robert, Bernhard, Anton, Gernot, Lorenz – mit jedem Namen verband sich eine Geschichte. Bei ihren Beerdigungen waren er und Marie dabei gewesen. Ein bisschen hatten sie jedes Mal daran gedacht, wie es bei ihnen sein würde, wenn sie einmal so weit wären, tot und im Sarg. Doch dann waren die Gedanken ganz schnell wieder im Alltag verschwunden und weit, weit weg. Ein paar Gläser Wein von den Reben des Tunibergs hatten ihr Übriges getan. Sie hatten den Tod vergessen und das Leben gefeiert. Jeden Tag.

Edmunds Hand lag auf der Eisenklinke des Friedhoftors, als er die Schritte hörte. Er hatte nicht aufgepasst, war ein wenig betrunken im Kopf und hatte nicht bemerkt, dass ihm jemand gefolgt war. In Gedanken war er auch schon bei der Vorbereitung seines selbstbestimmten Abschieds gewesen. Zuerst werde ich das Geld zum Pfarrer bringen, dachte er gerade. Vielleicht einen herzlichen Händedruck des geistlichen Herrn, ein kurzes Gespräch und ein Gebet, das täte mir gut. Anschließend nach Hause und dann ...

Er blickte sich um.

»Oh, was für ein göttlicher Zufall!«, rief er erfreut, denn er kannte das Gesicht.

Der tödliche Schlag traf ihn exakt. Es war nur eine Sekunde Schmerz, dann war alles vorbei. Edmund klammerte sich ans Tor und sank zu Boden. Sein Arm mit dem Stoffbeutel, in dem nicht nur Weinflasche und Gläser lagen, sondern auch eine beachtliche Summe Geld, schloss sich reflexartig um seinen Körper und wollte nichts hergeben. Doch es nützte ihm nichts. Die Gier seines Mörders war gewaltig. Der Pfarrer packte zu und nahm alles mit.

Badischer Wein ...

»Ich mag keinen Wein!« Wie ein Mantra wiederholte Fridtjof diesen Satz, während er seinen Koffer packte. Die Teilnahme an der Seniorenfahrt nach Staufen war die Idee seiner Tochter gewesen. »Du fährst fein mit, wohnst in dem wunderschönen Hotel, wo einst Faust sein Unwesen getrieben hat, und nimmst an der Weinprobe teil. Ein bisschen Abwechslung tut dir in deinem Alter mal gut!«

Pah, in seinem Alter. Was sollte das überhaupt heißen? Fridtjof war eben 70 geworden und hatte durchaus vor, noch ein paar Jährchen dranzuhängen. Dazu brauchte er aber keine Fahrt nach Staufen mit lauter alten Leuten. Aus Trotz nahm Fridtjof nun seine alte Retrojeans aus dem Schrank. Das war sein Beweis dafür, dass er jung geblieben war. Sie hatte mittlerweile vermutlich Antiquitätenstatus und war echt Kult. Wer konnte sich schon damit brüsten, eine Jeans zu tragen, mit der er einst auf der Route 66 auf einer Harley durch Amerika gebrettert war? Nein, Fridtjof war gewiss nicht alt! Er war bestimmt der Einzige in diesem Kukident-geschwader, der sich seinem gefühlten Alter entsprechend kleidete!

Mit bitterböser Miene bestieg er am nächsten Morgen den grau-roten Bus. Immerhin war der klimatisiert und bot gewissen Komfort. Die Fahrt war ja auch lang genug.

Leider pflanzte sich sofort die dürre Hella Meiners neben ihn. Sie war Kettenraucherin, hatte gelbe Finger und stank wie ein Aschenbecher, der mit kalten Kippen gefüllt war. Zudem hatte sie unnatürlich gute Laune, was Fridtjof besonders auf die Nerven fiel.

Der Reiseleiter stellte sich als Willi Siefken vor.

»Ihr könnt aber alle ruhig Willi zu mir sagen!«, rief er gut gelaunt in die Runde. Überhaupt wirkte er so, als hätte er keinen Clown, sondern ein ganzes Comedyprogramm gefrühstückt. Schon wie breit der ununterbrochen grinste! Fridtjof hätte ihm eine ganze Banane quer zwischen die Lippen stecken können.

Kurz nachdem sie losgefahren waren, stimmte Willi ein Lied an!

»Damit wir in Schwung kommen!«

Ging es denn noch?

»Wir werden zwar badischen und keinen griechischen Wein trinken, aber was soll's!« Und los ging es.

Willi hatte den Song von Udo Jürgens komplett umgedichtet, Kopien mit seiner Version an jeden verteilt, und nun schmetterte der ganze Bus: »Badischer Wein, ist wie das Blut der Erde ...«

Leider war Fridtjof der einzige Kulturverweigerer, was ihm einige unliebsame Blicke einbrachte. Am liebsten hätte er sich die Ohren zugehalten oder wäre sogar ganz abgetaucht. Er hoffte, dass die meisten nach einer Weile in einen seligen Schlummer fallen würden; die Fahrt in den Schwarzwald war lang. Und Busfahren ermüdete alte Leute meist schnell.

Schon am nächsten Morgen überlegte Fridtjof, ob es besser wäre, sich krank zu melden und so die Zeit herumzubekommen. Er könnte in seinem Hotelzimmer warten und ein Buch lesen, bis alles vorbei war. Aber dann siegte die Neugierde doch.

Er hatte die lange Fahrt von Norddeutschland bis nach Baden auf sich genommen. Er hatte sich dieses furchtbare Lied in einer Endlosschleife angetan. Und er war noch nie aus Friesland rausgekommen. Jetzt türmten sich rings umher Berge! Zwar mit dichten Tannen bewachsen, aber immerhin höher als die Deiche, die er schon als immense Steigung betrachtete.

Im imposantesten war der Belchen, der ein bisschen Ähnlichkeit mit dem hatte, was Fridtjof sich unter einem richtigen Berg vorstellte. Na gut, er konnte ja mal runtergehen, aber nur mit seiner Jeans! Dann fühlte er sich nicht ganz so alt. Er wollte sich anhören, was der Reiseleiter plante. Das war nämlich bislang als Überraschung getarnt gewesen.

Die Seniorengruppe hatte in dem historischen Hotel einen eigenen langen Tisch und die Mitreisenden waren schon wieder gut drauf. Allen voran Willi, der vermutlich sämtliche Lieder der Welt auswendig kannte. Oder zumindest die, die seniorentauglich waren und in denen Alkohol vorkam. Zur Abwechslung hatte er weitere Kopien verteilt und sie sangen alles Mögliche rauf und runter. Zum Abschluss stimmte er schon wieder seinen »Badischen Wein« an. Das war auf dieser Fahrt (oder wahrscheinlich auf jeder, die er leitete) der Hit.

Als der letzte Ton verstummt war, räusperte sich Willi. »Heute fahren wir erst zur Burg Staufen, die wir vom Parkplatz aus erwandern. Gibt es jemanden, der nicht gut zu Fuß ist?«

Natürlich meldete sich von der Rollatorfront keiner. Typisch, dass sich alle überschätzten. Hella Meiners würde mit ihrer Kurzatmigkeit keine hundert Meter Steigung schaffen, da war Fridtjof sich sicher. Aber Atemnot war ja kein »Nicht-gut-zu Fuß«! Alles Interpretationssache, die Schreckschraube würde schon noch sehen, dass das hier andere Steigungen waren als die der Deiche. Friesen unterwegs!

»Prima, wir gehen natürlich langsam«, sagte Willi lächelnd.

Fridtjof dachte, das wäre eine kluge Strategie, denn auf diese Weise war der erste halbe Tag super geschafft und Willi ersparte sich weitere Beschäftigungen für die Reisegruppe.

»Gegen Mittag fahren wir dann weiter zum Weingut Staufenblick. Dort bekommen wir in der Straußwirtschaft einen feinen Zwiebelkuchen und dürfen eine kleine Weinprobe machen. Dafür sind wir schließlich hier! Badischer Wein ...«

Alle begannen zu schunkeln, hoben dabei die Hände in die Höhe und wackelten mit den Fingern.

»Friesischer Kindergarten«, grummelte Fridtjof in sich hinein. Norddeutsche sollten sich benehmen. Ruhig. Gesetzt. Wortkarg!

Er schüttelte sich. Fridtjof mochte eigentlich nur Jever Pils, friesisch herb. Im Bett zu bleiben, wäre doch eine bessere Alternative gewesen. Aber nun gab es kein Entkommen.

Er reihte sich ein, bestieg den Bus und achtete nur darauf, nicht wieder neben Hella Meiners sitzen zu müssen. Aber der Versuch scheiterte schon im Ansatz, weil sie überaus erfreut war, als sie ihn entdeckte. »Ach, Fridtjof, der Gute! Dann sitzen wir zwei Hübschen wieder fein nebeneinander!«, krächzte sie mit ihrer Räucherstimme, blies ihm den abgestandenen Zigarilloatem entgegen und ließ sich auf den Nachbarsitz fallen.

Willi klopfte Fridtjof auf die Schulter. »Schön, dass Sie so schnell Anschluss gefunden haben. Ich hatte da so meine Bedenken. Sie sind doch sonst eher ein Einzelgänger.«

Fridtjof lächelte gequält.

Glücklicherweise klingelte Willis Handy, er nickte kurz und trat gleich darauf noch einmal ans Mikrofon. »Es gibt eine Planänderung. Wir fahren erst zum Weingut. Also: erst Weinprobe und Essen, dann Burgbesichtigung. Wir erklimmen den Hügel auch mit ein paar Promille im Blut!«, rief er und freute sich über das laute Johlen der Reiseteilnehmer.

Fridtjof rollte innerlich mit den Augen.

Zum Weingut dauerte es länger und er nutzte die Zeit, sich die Landschaft anzusehen. Der Bus verließ das Tal und fuhr in Richtung Rhein. Fridtjof fand das schade, aber Weingüter baute man nun einmal nicht mitten im Tannenwald.

Nach etwa 30 Minuten bog der Bus ab und stoppte auf einem engen Parkplatz. Fridtjof war angenehm überrascht, denn das Gut lag idyllisch am Fuße eines Weinberges, war überall mit Clematis und Wein umrankt und machte einen romantischen Eindruck.

Es war inzwischen elf Uhr. Der Winzer führte sie in den Weinkeller, erzählte Dinge vom Keltern und den Reben, die sie verwendeten. Es gab Metallfässer und welche aus Holz, in denen der Barrique reifte. Fridtjof hasste das lange Stehen und noch mehr hasste er es, dass Hella Meiners sich bei ihm eingehängt hatte und ihm wieder ihren Aschenbecheratem ins Gesicht pustete. »Ist das nicht alles interessant?«, fragte sie wie in einer Endlosschleife.

Fridtjof ließ alles über sich ergehen, nur manchmal gelang es ihm, sich wenige Zentimeter von ihr zu entfernen.

Nach der Weinkellerbesichtigung gingen sie in einen großen Raum, der mit Tischen und Stühlen ausgestattet war. Die Wände zierten Bilder von verschiedenen jungen Mädchen, die allesamt Schärpen trugen. In den Ecken rankten Plastikweinblätter und im Raum hing der unterschwellige Geruch von Alkohol.

Vor jedem Teilnehmer standen ein Glas und ein Teller. In der Mitte auf dem Tisch hatte der Winzer eine Karaffe mit Wasser und Körbchen mit frischem Brot platziert.

Fridtjof setzte sich und er konnte gar nicht so schnell gucken, wie auch Hella Meiners neben ihm Platz nahm. War es Zufall, dass sie ihr dürres Knie ständig an seinem rieb? Vorsichtig rückte er ab, doch es war zwecklos: Hella Meiners folgte ihm Zentimeter um Zentimeter – leider war die Fluchtmöglichkeit sehr eingeschränkt, auf der anderen Seite hockte Stina Janßen und mit der wollte er ebenso wenig zu tun haben wie mit Hella Meiners. Stina roch immer nach gegorener Milch. Er saß wirklich in einer Zwickmühle und hatte die Wahl zwischen Pest und Aussatz. Hauptsache, seine feine Jeans nahm nicht den Zigarilloduft von Hella Meiners' Klamotten an, wenn sie ihm so dicht auf die Pelle rückte.

Dann ging es los mit einem leichten Weißburgunder. Die Note war etwas fruchtig, ein bisschen sauer im Abgang, aber durchaus schmackhaft. Fridtjof wunderte es, dass er den Wein tatsächlich mochte. Dann folgte ein Muskateller und später kamen ein Rosé und mehrere Rotweinsorten wie Spätburgunder und Carbanet. Je mehr getrunken wurde, desto ängstlicher achtete Fridtjof auf seine Jeans, denn die Gläser der Mitreisenden schwappten so manches Mal über, wenn sie sich zuprosteten. Er wollte nicht, dass seine Hose mit Rotweinflecken versaut wurde. Klar könnte er Salz darüberkippen, aber dann liefe er Gefahr, dass das coole Jeansblau, das sich derart wunderbar über all die Jahre gehalten hatte, Schaden nahm.

Von daher nahm er sich sehr zurück und kostete nur wenig. Er trank ja ohnehin lieber Bier. Hella Meiners aber kippte sich seine Portion auch gleich in den Hals und schmatzte ihm nach jedem Schluck einen Kuss auf die Wange. Damit gab sie sich jedoch nicht zufrieden und weitete ihre Anmache aus, indem sie Fridtjofs Oberschenkel mit ihrer beringten Hand betätschelte, als klopfe sie einem Pferd auf die Kruppe. Ihre ohnehin schon schüttere Dauerwelle gab derweil immer mehr von ihrer rosa Kopfhaut frei. Und schließlich passierte, was passieren musste: Stina Janßen beugte sich zu Hella Meiners, sie prosteten sich zu, indem sie die Gläser vor Fridtjofs Gesicht gegeneinanderstießen, und der Wein überschwappte. Nun fraßen sich vier unterschiedlich große Rotweinflecken ins Blau des linken Hosenbeins seiner heiligen Jeans!

Fridtjof atmete schwer ein, knirschte mit dem Unterkiefer, beschloss aber, seinem friesischen Gemüt nachzugeben und die Klappe zu halten.

Die meisten der Gruppe hatten mittlerweile noch bessere Laune als zuvor, zückten die Kopien von heute Morgen. Zum »Badischen Wein« gesellte sich jetzt das Lied von Peter Alexander »Fein, fein schmeckt uns der Wein« und dann folgte das »Chianti Lied« von Rudolf Schock »Hoch die Gläser, hoch das Leben, hoch die Liebe, tralalala …«

Fridtjof war dabei nicht textsicher, weil er natürlich keinen Liedzettel eingepackt hatte, aber das »Tralalala« bekam er noch hin. Am Ende war er beinahe froh, dass die Gesellschaft wieder beim »Badischen Wein« landete.

Nach der Weinprobe gab keinen Zwiebelkuchen, sondern Winzerschnitzel mit Trauben in der Soße, für einen Friesen eine echte Herausforderung, aber Fridtjof hatte Hunger. Immerhin waren die Pommes knusprig.

»So, ihr Lieben, jetzt erklimmen wir die Burg!«, befahl Willi schließlich. »Nur noch eine kurze Fahrt dorthin!«

Betrunken, wie die meisten waren, würde das nun doch kein so leichtes Unterfangen werden. Vor allem Hella Meiners war gar nicht mehr gut zu Fuß. Sie taumelte und torkelte und musste abwechselnd von Stina Janßen und Fridtjof gestützt werden. Dabei jammerte Hella Meiners in einer Tour, dass sie eigentlich gar keinen Alkohol vertrug. Bevor sie in den Bus einstiegen, zuckte Stina Janßen lediglich mit den Schultern und verdrückte sich rasch. Hella hingegen lehnte ihren Kopf an Fridtjofs Schulter. Ihm blieb nichts anderes übrig, als sich ihrer anzunehmen.

Der Busfahrer verteilte für die Fahrt zur Staufener Burg Tüten für rebellierende Mägen, er schien solche Weinproben schon gewohnt zu sein.

Hella Meiners schmiegte sich während der Fahrt immer dichter an Fridtjof. Sie hickste ständig, dann kam ein Husten und … Leider gelang es ihr nicht, die Tüte, die Fridtjof ihr geistesgegenwärtig vors Gesicht hielt, vollständig zu treffen. Auf seinem rechten Oberschenkel breitete sich ein dunkler, übelriechender Fleck aus. Das eine Hosenbein war nun von Rotweinflecken in unterschiedlichen Größen und Formen gesprenkelt, auf dem anderen zerfloss ein See aus dem Querschnitt der Weinsorten samt Winzerschnitzel.

Seine Jeans! Hinüber! Und alles wegen Hella Meiners!

Fridtjof war fassungslos und mochte gar nicht hinsehen, denn der Stoff, der all die Jahre so wunderbar gehalten hatte, war nun völlig ruiniert. Fridtjof schloss die Augen. Zählte bis 10 und wieder zurück, aber dieser wütend-stechende Schmerz im Bauch verflüchtigte sich einfach nicht!

Er hatte wirklich eine hohe Frustrationstoleranz. Er war hierher mitgefahren, weil seine Tochter das so wünschte. Er hatte sogar Wein getrunken, obwohl er nur Bier mochte. Und – er hatte sämtliche Weinsongs mit intoniert und konnte mittlerweile sogar »Badischer Wein« in der Reiseleitervariante auswendig. Aber was zu viel war, war zu viel!

Neben ihm rieb sich Hella Meiners an seiner Schulter. »Ach Fridi«, gurgelte sie. »Ich wasch sie dir und noch viel mehr!« Ihre Hand tastete sich an die empfindlichste Stelle des Mannes. Fridtjof stieß sie weg. Er ging in die Bordtoilette und wusch das Gröbste aus der Jeans raus, sodass er wenigstens nicht mehr ganz so heftig stank. Die Flecken bekam er natürlich nicht weg. Er hätte sein Heiligtum zu Hause im Schrank lassen sollen.

Fridtjof war froh, als der Bus hielt und er wieder an die frische Luft kam.

Vom Parkplatz aus war es noch ein gutes Stück des Weges hinauf zur Burg, aber die gesamte Reisegesellschaft torkelte lustig über den Weg. Willi musste den einen oder anderen immer mal abstützen, aber schließlich kamen sie auf der Ruine an.

Fridtjofs Hose stank, trotz der notdürftigen Reinigung, noch immer, die Feuchtigkeit rieb unangenehm auf der Haut. Hellas Innenleben hatte sich mittlerweile weiter auf dem Stoff vergrößert, die Farbe der Rotweinflecken changierte jetzt zwischen zwei unterschiedlichen Violetttönen.

»Ach, Fridi«, sagte Hella Meiners wieder, als sie an der Mauer standen, von wo sich ihnen ein wunderbarer Blick über das Tal bot. »Was sind wir doch für ein gutes Paar. Du sorgst dich sogar um mich, wenn es mir schlecht geht.« Sie zog ihn noch dichter an sich heran.

Fridtjof sah ihr schütteres Haar. Roch das billige Parfüm und den Zigarilloduft mit leicht säuerlicher Note. Sah sich auf der Route 66 in seiner Jeans. Ohne Flecken. Dann schaute er an sich hinab. Der Stoff sah schäbig aus. Badische Weine, vermischt mit Magensäure auf dem einen, Badische Weine als Sprenkel auf dem anderen Bein! Alles in allem eine sehr ungünstige Kombination.

Und dann baggerte diese Schnepfe ihn auch noch an!

Fridtjof sah sich um. Sie waren allein. Alle anderen scharten sich auf der anderen Seite der Burg um Willi, der ihnen ein paar Informationen zusteckte, die sowieso keiner mehr kapierte, angeheitert wie alle waren.

Fridtjof schaute die Mauer hinunter. Es war tief genug.

Er lächelte Hella an. Sonst war er eher kein spontaner Typ. Aber diese Frau nervte ihn. Sie hatte seine Jeans ruiniert. Nicht einmal, nein zweimal!

Er zog Hella Meiners dicht an sich heran, was sie mit einem freudigen Lächeln quittierte, hob sie kurz auf die Mauer, stupste sie dort an … und ließ sie los. Hella Meiners schrie nur einmal kurz, dann schlug sie unsanft auf und war still.

»Sie war so betrunken, wollte mir was zeigen und zack …«, erklärte Fridtjof den anderen, nachdem er um Hilfe gerufen hatte.

Willi war sehr betroffen. »Die hat aber auch einen in der Krone gehabt! Und dir wirklich die Hose versaut. Hella Meiners, sie ruhe in Frieden, hat einfach zu viel vom Badischen Wein getrunken.«

»Das kriegt man aber raus«, sagte Stina Janßen und deutete auf den Fleck. »Mit Weißwein.« Sie hakte sich bei ihm ein.

Fridtjof machte rasch einen Schritt zur Seite. Es reichte.

Er wollte nur noch nach Hause. Weg vom badischen Wein. Er freute sich auf sein Jever Pils. Bierflecken schadeten seiner Jeans nämlich nicht!

ANNE GRIESSER

Wein on the road

Melvin
Loser!

Melvin starrte in den Spiegel auf der Herrentoilette der Aral-Tankstelle und erhob den Mittelfinger. Vollpfosten! Verächtlich wandte er sich ab, um den Anblick nicht länger ertragen zu müssen. Piesepampel!

Sie hatte recht, seine Angebetete. Er taugte zu nichts.

Ach, Mareike! Sie hatte immer recht.

Mit hängenden Schultern verließ Melvin die Herrentoilette, nicht ohne mit der hinteren Hosentasche am Türgriff hängenzubleiben und sich ein großes Loch in die Jeans zu reißen. Seine Boxershorts wurden sichtbar. Die mit den Schwarzwald-Elchen drauf.

Melvin Klein, 28 Jahre alt, Gelegenheitstaxifahrer, Gelegenheitslieferant für den Winzerkeller in Auggen. Mieser Job, mieser Verdienst. Und jetzt auch noch das!

»Waas?«, hatte Mareike fassungslos gefragt. »Den Führerschein verloren? Wegen … dem Handy am Steuer?«

»Nee«, hatte Melvin korrigiert. »Wegen der Punkte in Flensburg.«

»Und woher kommen die Punkte? Von den Masern? Oder den Windpocken?«

»Nee«, nuschelte Melvin kleinlaut. »Die kommen vom Handy am Steuer.«

»Herrgott, was muss man anstellen, um deshalb den Führerschein zu verlieren?«

»Ein parkendes Postfahrrad umnieten. Schwere Sachbeschädigung.«

»Ach, Melvin. Du bist ein Loser. Ein Vollpfosten. Ein Piesepampel!«

Das Schlimmste war nicht einmal, was sie sagte, sondern wie sie es sagte. Enttäuscht, argwöhnisch. Hoffnungslos.

»Ich kann auch anders!«, begehrte Melvin auf. »Ich werde es dir beweisen!«

»Nichts als Worte«, antwortete sie traurig. »Im Sprücheklopfen bist du groß. Aber wenn es um Taten geht, bist du ein Loser.« Und damit hatte sie ihn einfach stehen lassen.

Melvin trat vor die Tür der Tankstelle und seufzte. Er spürte hinten einen leichten Luftzug. Die Boxershorts flatterten im frischen Herbstwind.

Gegenüber parkte sein Opel Astra, Baujahr 1991, langjähriger Kamerad und genauso alt wie er selbst. Den konnte er jetzt erst mal einmotten. Dann fiel sein Blick auf den Weintransporter des Auggener Winzerkellers, der mit laufendem Motor vor dem Shop stand. Am Lenkrad saß Kosta, der junge Grieche, der kaum ein Wort Deutsch sprach, jetzt aber vermutlich Melvins Job bekommen würde.

Der Sprinter war zur Plaza Culinaria auf dem Freiburger Messplatz unterwegs. Beladen mit den Raritäten der Genossenschaft, die auf der Messe präsentiert werden sollten. Gut und gern 10.000 Euro an Bord! Ursprünglich mal sein Job – vor dem Malheur mit dem Führerschein.

Melvin spürte eine leise Wut in sich aufsteigen. Es war so ungerecht! Feindselig starrte er zu Kosta hinüber, der pfeifend auf den Beifahrer wartete, der sich vermutlich in der Tankstelle einen Kaffee holte.

Plötzlich wusste Melvin, was er zu tun hatte. Taten wollte sie sehen? Taten?

Er umklammerte den großen Korkenzieher, den er in der Jackentasche bei sich trug, umklammerte ihn mit eisernem Griff und stieg entschlossen neben Kosta in den Wagen des Winzerkellers.

Na schön. Dann würde sie eben Taten bekommen!

Kosta
Zwei zu null!

Kosta rieb sich strahlend die Hände. Und das schon in der fünften Spielminute! Es versprach ein Schützenfest zu werden.

In der Bunten Liga spielten heute *Akropolis Adieu* gegen *Rot-Weiß-Absperrband*, eine Auswahl der Kripo Freiburg. Schnell waren sie ja, die Jungs von der Polizei, nur mit der Treffsicherheit haperte es.

Liebend gern wäre Kosta selbst auf dem Platz gestanden, aber stattdessen musste er die Weinraritäten des Winzerkellers zur Plaza Culinaria kutschieren, weil dieser Melvin den Führerschein verloren hatte. Der Kerl war aber auch vom Pech verfolgt!

Immerhin konnte Kosta das Spiel halbwegs live mitverfolgen, weil sein Kumpel Panagiotis am Spielfeldrand stand und via Smartphone übertrug.

»Dasios Demetriou ist schon wieder im Strafraum«, kommentierte er gerade, als neben Kosta die Beifahrertür zufiel.

»Melvin!«, wunderte sich der Grieche. »Wie, was Hose?« Zu seinem eigenen Leidwesen machten seine Deutschkenntnisse nur mühsame Fortschritte. »Wie, was Hose« war die Kurzform von: »Wie kommst du hierher, was machst du hier und warum flattert deine Unterhose im Wind?«

»Fahr los«, befahl Melvin. Sein Gesichtsausdruck war düster.

»Nein. Warten Thomas.«

Melvin streckte den linken Arm aus und Kosta spürte einen spitzen Gegenstand im Rücken.

»Fahr los!«, zischte Melvin noch einmal.

»Elfmeter!«, brüllte Panagiotis ins Smartphone. »Notbremse der Polizei!«

Kosta fühlte sich überfordert. Er wusste nicht, auf wen er sich konzentrieren sollte. »Wer schießt?«, fragte er deshalb auf Griechisch seinen Kumpel.

»Das ist kein Scherz!«, knurrte Melvin auf dem Beifahrersitz. »Wenn du nicht sofort losfährst, bist du ein toter Mann.«

»Hä?«, fragte Kosta, der kein Wort verstand. Der spitze Gegenstand in seinem Rücken piekte unangenehm.

»Verschossen!«, schrie Panagiotis. »Kaikias Papadakis hat verschossen!«

Ein Schwall griechischer Schimpfwörter flutete den Sprinter.

Melvin wurde lauter: »Los Kosta, gib Gas! Dieser Wagen ist jetzt in meiner Gewalt! Ich habe ihn gekidnappt! Und du bist meine Geisel.«

»Hä?«, fragte Kosta noch einmal. Irgendetwas stimmte nicht mit seinem Kollegen. Ein Notfall vielleicht? Jedenfalls schien er es eilig zu haben. Wahrscheinlich war es besser loszufahren, der Kerl war ja ganz aufgeregt.

»Wohin?« wollte Kosta wissen.

»Na, zur Plaza Culinaria!«

»Was ist denn bei dir los?«, fragte Panagiotis misstrauisch. »Alles in Ordnung?«

Kosta kam nicht dazu, seinem Sportsfreund zu antworten, denn sein aufgebrachter Beifahrer schnappte sich das Smartphone und schmiss es in hohem Bogen aus dem Fenster.

»Hey!«, schrie Kosta entrüstet. »Verrückt, du?«

Aber da bohrte sich der spitze Gegenstand noch tiefer in seinen Rücken und der Grieche, der ein friedliebender Mensch war, beschloss weiterzufahren und zu tun, was Melvin von ihm verlangte. Es würde schon einen Grund für dessen seltsames Verhalten geben!

Panagiotis

Ohne den Blick vom Spielfeld zu wenden, runzelte Panagiotis die Stirn.

Gekidnappt? Geisel?

»Was ist bei dir los, Kosta?«, fragte er noch einmal, doch die Leitung war tot, sein Kumpel verstummt.

Der Grieche machte sich Sorgen. Das Drei zu Null durch Stürmerlegende Dasios Demetriou bekam er gar nicht recht mit.

Noch einundzwanzig Minuten bis zur Halbzeitpause.

Gekidnappt! Geisel!

Er hatte die Worte einwandfrei verstanden. Im Gegensatz zu seinem Kumpel waren seine Deutschkenntnisse brillant.

Hatte Kosta nicht heute diese Fahrt zur Plaza Culinaria? Mit den ganzen Weinraritäten des Auggener Winzerkellers?

Panagiotis stieß geräuschvoll den Atem aus. 20.000 Euro. Minimum!

Noch zwanzig Minuten bis zur Halbzeitpause.

Nein, so lange durfte er nicht warten. Wenn da ein unberechenbarer Kidnapper unterwegs war, schwebte Kosta in Lebensgefahr!

Panagiotis fischte die Trillerpfeife aus der Hosentasche, die er als Hobbyschiedsrichter immer bei sich trug, und blies mit Windstärke zehn hinein. Es dauerte keine zwei Minuten, bis sich 24 wütende Männer um ihn geschart hatten: ein Schiedsrichter, zwei Linienrichter, elf Griechen und zehn Polizisten (einer war vor dem Elfmeter vom Platz geflogen).

Panagiotis wandte sich an den bierbäuchigen Torhüter von *Rot-Weiß Absperrband*. Der hieß Burkhard Späth und war in Freiburg bei der Kripo, so viel wusste der Grieche. In kurzen Worten schilderte er ihm die Situation.

Damit war das Spiel augenblicklich beendet. Während der Polizeibeamte mit ernstem Gesichtsausdruck in der Umkleidekabine verschwand, nicht ohne den Griechen zu absolutem Stillschweigen über die Angelegenheit verdonnert zu haben, scharten sich die Jungs von *Akropolis Adieu* verständnislos um Panagiotis.

»Kosta ist in der Gewalt von Kidnappern«, informierte er sie in seiner Muttersprache. Das Verbot, über die Angelegenheit zu sprechen, bezog sich ja sicher nur auf die deutsche Sprache. »Wer kommt mit, um ihm beizustehen?«

Elf Griechen nickten und rannten in verschwitzten Trikots zu den Autos. Zuletzt sprang Panagiotis zur Stürmerlegende in den Wagen. »Zur Plaza Culinaria!«, rief er und der Corso brauste los.

Kommissar Späth

Die Jeans saß knapp unter dem Bierbauch, der eher ein Weinbauch war, denn Burkhard Späth frönte nur gelegentlich dem Gerstensaft, er zog ein edles Tröpfchen heimischen Roten vor. Nicht umsonst nannten ihn die Kollegen den Späth-Burgunder.

Vielleicht war diese Vorliebe einer der Gründe, weshalb der Kommissar aus Freiburg auf dem absteigenden Ast war. Für die ausgeschriebene Stelle zum Hauptkommissar war er jedenfalls nicht im Gespräch und die überfällige Beförderung ließ auf sich warten. Seine Frau lief deshalb ständig mit verkniffenem Mund herum und machte sich im Bett rar.

»Erfolg ist sexy«, klärte sie ihn auf. »Misserfolg turnt ab.«

Da Burkhard Späth ein eitler Mann war und unbedingt sexy rüberkommen wollte, brauchte er also dringend einen Erfolg.

Er knöpfte sein Hemd zu und bemerkte missmutig, dass es über dem Bauch spannte. Ein gekidnappter Lieferwagen der Winzergenossenschaft Auggen! Mit den gesamten Weinraritäten an Bord! Gut und gern 50.000 Euro! Burkhard Späth pfiff anerkennend durch die Zähne. Das war eine Hausnummer!

Er war heute nicht im Dienst, hatte nicht einmal Bereitschaft. Aber, gopferdammi, wenn das nicht die Gelegenheit war, einen lupenreinen Fahndungserfolg hinzulegen! Dazu musste er schließlich nur den vorgeschriebenen Dienstweg um ein paar Millimeter verlassen und die Reihenfolge der einzuleitenden Schritte geringfügig ändern. Noch wusste ja niemand von der Entführung. Statt also zuerst die Zentrale zu informieren, wo man sich dann um alles Weitere kümmern würde, musste er nur selbst eine Truppe bei der Bereitschaftspolizei anfordern, zum Tatort aufbrechen und erst dann die Kollegen anfunken. Das konnte er später locker mit der »Dringlichkeit der Lage« erklären, bei der »jede Minute zählte«.

Den Ruhm bekam doch immer derjenige, der die entscheidenden Schritte einleitete.

Ruhm. Ehre, Beförderung. Und die Siegesfeier mit Carola im Bett ...

Burkhard Späth streifte seine Lederjacke über und schnappte im Hinauseilen den Motorradhelm. Den Kollegen von *Rot-Weiß-Absperrband* hatte er nichts von der Entführung erzählt. »Notfall« hatte seine knappe Begründung für den Spielabbruch gelautet. Das konnte alles Mögliche bedeuten.

Nachdem er die Bereitschaftspolizei angefordert hatte – auf dem kurzen Dienstweg, denn nach all den Jahren schuldete ihm der eine oder andere Kollege einen Gefallen – schwang er sich auf seine BMW *Grand America* mit dem Aufkleber *Ich bremse auch für Bullen.*

Kurz bevor er den Helm überstreifte, fiel ihm noch etwas ein.

Die Presse! Sicher war sicher. Nur wenn die Zeitung angemessen berichtete, wurde sein Erfolg auch für die Öffentlichkeit sichtbar.

Der Hauptkommissar fischte sein Privathandy aus der Jackentasche. Wie praktisch, wenn die beste Freundin der eigenen Ehefrau eine freie Mitarbeiterin der Badischen Zeitung war!

»Petra?«, brüllte er in das Gerät. »Wo steckst du gerade? Was …? Nordic Walking, hm. Hör zu, was hältst du von einer hübschen kleinen Exklusivstory?«

In knappen Worten schilderte er ihr die Lage.

»Ja, gekidnappt. Plaza Culinaria. Wie schnell kannst du dort sein? … Prima! Dann bis gleich. Ciao, Petra.«

Dann knatterte er los, ohne sich an sinnlose Geschwindigkeitsbegrenzungen zu halten.

Petra

Die vierzehn übergewichtigen Damen der Nordic Walking Gruppe Mooswald Süd blickten Petra fragend an.

Die freiberufliche Gelegenheitsjournalistin konnte ihre freudige Erregung kaum verbergen. Ein gekidnappter Weintransporter! Und sie, Petra Grunewald, die erste Reporterin vor Ort! Mit ein bisschen Glück sogar die einzige. Yes!

»Ladies«, verkündete sie, bis über beide Ohren strahlend. »Kleine Änderung im Streckenverlauf.«

Sie winkte Jewgeni zu sich heran. Der war heute dabei, weil die Nordic-Walking-Gruppe Mooswald Süd mit der Zeit gehen wollte. Dazu gehörten nach Petras Vorstellungen ein Imagefilm auf You Tube und ein entsprechender Auftritt bei Instagram. Jewgeni besaß eine große Profikamera und arbeitete manchmal für den SWR.

Eine Welle Adrenalin flutete Petras Körper. Yes! Das war er! Der große Tag in ihrem Leben. Der Tag, den man auf keinen Fall ungenutzt verstreichen lassen durfte. Eine Story für die überregionalen Zeitungen. Fürs Fernsehen. Vielleicht sogar mit toten Geiseln! Gopferdammi, mit ein bisschen Glück konnte sie in den Sprinter einsteigen und den Kidnapper interviewen! Yes!

»Da geht's zum Messplatz«, meldete sich eine der Walking-Damen zu Wort.

»Yes, Ladies. Genau der ist unser Ziel.«

Ein leises Murren setzte ein, aber Petra war es herzlich egal. Die Gruppe unterstand ihrer Führung und hatte sich ihren Anweisungen zu fügen.

BILD, FAZ, Süddeutsche, Spiegel, Welt – sie würde nicht wählerisch sein!

»Nicht so schnell!«, maulte eine der Damen. »Wir sind doch keine Jogger!«

Petra achtete nicht auf sie. Sie waren noch fast zwei Kilometer vom Ziel entfernt und sie wollte unbedingt vor der Polizei eintreffen. »Vorwärts, Ladies«, dirigierte sie die müde Truppe und erklärte Jewgeni, was er gleich zu tun hatte: »Immer dort draufhalten, wo's besonders weh tut. Kapiert?«

Während sie einen weiteren Zahn zulegte, fiel Petra noch etwas ein. Sie warf ihre Stöcke achtlos zur Seite und nestelte ihr Smartphone aus der Jogginghosentasche. Die Nummer von Ricardo Frühauf, dem Geschäftsführer des Winzerkellers Auggen, hatte sie schnell herausgefunden.

Verflucht, warum ging er nicht ran?

Als sie schon fast aufgeben wollte, meldete sich eine wohltönende Stimme: »Ja, bitte?«

Petra verzichtete auf eine Vorstellung. »Werden Sie zahlen?«, überrumpelte sie den ahnungslosen Winzer. »Werden sie die 100.000 Euro für den gekidnappten Weintransporter zahlen, um das Leben der Geisel zu retten?«

Ricardo Frühauf

»Wie bitte?« Dreimal fragte Ricardo Frühauf nach, bevor er die Botschaft der Frau am Telefon begriffen hatte. Dann drückte er sie entrüstet weg. Gegen schlechte Scherze war er ebenso allergisch wie gegen schlechten Wein.

Ricardo Frühauf wandte sich wieder dem Männergesangsverein *Einen Zwitschern* zu, der gerade für den Auftritt auf der Plaza Culinaria probte. Der Winzer verfügte über einen ordentlichen Tenor.

»Träublein so rot, rot, rot ...«

Aber der Anruf ließ ihm doch keine Ruhe. Wie kam die Verrückte auf diese absurde Idee? Ein entführter Weintransporter! Hatte man so etwas je gehört? Natürlich, die ganzen Raritäten waren darin verstaut. Insgesamt bestimmt vier- oder fünftausend Euro wert, die Fracht.

»Träublein so weiß, weiß, weiß ...«

Ricardo Frühauf stimmte den falschen Ton an und räusperte sich. Dann fischte er sein Handy aus der Hosentasche und verließ mit einer Entschuldigung den Probenraum.

»Kosta?«, rief er in den Apparat. Aber die Verbindung kam nicht zustande.

Stirnrunzelnd wählte Frühauf die Nummer seiner Tochter.

»Nein, Papa. Der Transporter ist noch nicht hier. Keine Ahnung, wo der bleibt. Kosta geht nicht ran.«

Gopferdammi, da stimmte doch etwas nicht!

Ricardo Frühauf war ein Mann der Tat. Manchmal gab es in solchen Fällen nur einen einzigen Weg: Selbst hinfahren und nachsehen!

»Da behauptet jemand, die Weinraritäten der WG wären gekidnappt worden«, erklärte er den Sangeskameraden seinen vorzeitigen Aufbruch. »Ich muss auf dem Messplatz nach dem Rechten sehen. Ihr müsst wohl ohne mich weitersingen.«

Da kannte er seine Chorknaben aber schlecht!

»Wenn des wohr isch, Ritschi, no chascht unmöglich alleinig hiifahre. No kumme mir mit.«

Die Mitglieder des Männergesangsvereins *Einen Zwitschern* nickten bekräftigend und eilten zu ihrem Bus, der sie später zur Aufführung bringen sollte.

»Träublein so süß, süß, süß ...«, sangen sie, als sie auf das Messegelände fuhren, und die Stimmung war so gut, dass sie beinahe den Obdachlosen übersehen hätten, der sein Lager aus Tüten, Gepäckwagen und Plastikplanen in einer Ecke aufgeschlagen hatte.

»Träublein so fein, fein, fein, gibst den edelsten Wein, Wein, Wein.«

Donnerbüchse

Der Obdachlose litt unter Verdauungsstörungen. Besonders, wenn er aufgeregt war. In seinen Gedärmen begann es nach dem Beinahezusammenstoß mit dem Bus verdächtig zu rumoren. Auf Stress reagierte er immer mit Entladungen. Man nannte ihn nicht umsonst Donnerbüchse.

Ob er sich einen anderen Platz suchen sollte? Aber sein Standort war mit Hoffnungen verbunden und nicht zufällig gewählt. Von hier aus hatte er die Ladezone der Messe optimal im Auge. Dort wurden auch die Kisten mit den prämierten Weinen aus- und umgeladen, und die Chance, ein paar Flaschen stibitzen zu können, war groß.

Donnerbüchse liebte edle Weine. Die Leute trauten einem wie ihm keinen erlesenen Geschmack zu. Doch das war ein Irrtum. Nur weil einer ein bisschen Pech im Leben gehabt hatte und auf der Straße gelandet war, hieß das noch lange nicht, dass er billigen Fusel nicht von einem edlen Tröpfchen unterscheiden konnte!

Der Obdachlose leckte sich voller Vorfreude die Lippen, als plötzlich mit quietschenden Reifen ein Autocorso einfuhr. Ein kompletter Fußballverein sprang aus den Wagen. Die Jungs unterhielten sich aufgeregt in einer fremden Sprache und blickten sich suchend nach allen Seiten um.

Donnerbüchse wunderte sich. Fußballer tranken doch eher Bier. Aber vielleicht war das auch nur so ein dummes Vorurteil.

Er konnte sich nicht lange den Kopf darüber zerbrechen, denn im selben Moment rückten mehrere Polizeijeeps an, aus denen sich augenblicklich eine schwer bewaffnete Truppe Bereitschaftspolizei über die Ladezone ergoss. Die Männer – auch einige Frauen waren darunter – trugen volle Montur und verschanzten sich hinter parkenden Autos.

Donnerbüchse wurde unbehaglich zumute. Er war kein großer Freund der Polizei, aber zum Glück beachtete ihn niemand. Ein Mann mit gewaltigem Bierbauch brauste mit dem Motorrad heran und unterhielt sich wild gestikulierend mit dem Kommandanten der Bereitschaftspolizei.

Aus dem Bus waren mittlerweile gut dreißig Männer ausgestiegen, die lauthals sangen.

Donnerbüchse entspannte sich. Was immer hier los war, es hatte offensichtlich nichts mit ihm zu tun. Jetzt näherte sich von rechts eine Gruppe übergewichtiger Damen, die in erstaunlichem Tempo und mit klappernden Stöcken bewaffnet, zielstrebig auf den Motorradfahrer zusteuerte. Ein Mann mit einer großen Kamera auf der Schulter stolperte hinter ihnen her.

Der Obdachlose rieb sich die Hände und machte es sich bequem. Die Show begann ihm Spaß zu machen. Nur ein kleiner Schoppen fehlte noch zum gemütlichen Fernsehnachmittag!

Da! Jetzt fuhr ein Sprinter auf den Parkplatz. Er trug die Aufschrift Winzerkeller Auggener Schäf und auf dem Platz brach Hektik aus. Ein Teil der Polizisten richtete die Waffen auf den Wagen, während der Rest der Truppe damit beschäftigt war, die Sänger, die Fußballer und die Damen zurückzuhalten, die zum Wagen drängten.

Saß da etwa ein Prominenter hinterm Steuer? Jogi Löw? Oder gar Christian Streich?

Der Sprinter fuhr direkt zum Hintereingang der Messehalle, aus dem jetzt ein reizendes junges Mädchen trat. Sie trug ein Dirndl und hatte ihr goldenes Haar zu einer kunstvollen Frisur geflochten.

Der Obdachlose seufzte.

Genau wie guten Wein wusste er auch ein reizendes Mädchen zu schätzen.

Mareike

Das reizende Mädchen hatte einen miesen Tag. Schuld daran war ihr schlechtes Gewissen. Loser hatte sie ihn genannt! Vollpfosten und Piesepampel. Und dabei – Mareike schluchzte laut auf – dabei liebte sie ihn doch!

Sein Lächeln, seine verrückten Einfälle, sein gutmütiges Wesen. Je länger sie darüber nachdachte, desto schäbiger fühlte sie sich. Was war sie nur für eine schlechte Gefährtin! Den Mann, den man liebte, sollte man in der Not beistehen. Stattdessen hatte sie ihn beschimpft wie ein zänkisches Eheweib.

Wie gerne hätte Mareike die Messe verlassen, um ihr Privatleben in Ordnung zu bringen. Aber sie konnte nicht weg. Sie musste Kosta beim Ausladen der Weinraritäten helfen, der Grieche sprach ja kaum ein Wort Deutsch.

Mareike trat zum Hintereingang heraus. In diesem Moment kam gerade der Sprinter des Winzerkellers zum Stehen.

Aber – da saß ja gar nicht Kosta am Steuer! Der saß auf dem Beifahrersitz und hatte etwa im Mund, das wie ein Knebel aussah.

Am Steuer saß Melvin.

Melvin

Jetzt oder nie. *Tod oder Leben.*

Melvin war sich der Tragweite seines Vorhabens bewusst. Aber sie ließ ihm ja keine Wahl.

Ach, Mareike!

Nur aus den Augenwinkeln nahm er wahr, dass auf dem Parkplatz reges Treiben herrschte. Ein bierbäuchiger Mann mit Motorradhelm und Megafon näherte sich dem Sprinter.

»Hier spricht die Polizei. Machen Sie keinen Quatsch, Mann! Sie haben keine Chance!«

Die Polizei? Ungläubig schüttelte Melvin den Kopf. Nur weil er ohne Führerschein Auto fuhr? Wie hatten sie überhaupt Wind davon bekommen?

Es spielte keine Rolle. Er musste es zu Ende bringen.

»Geben Sie mir Ihr Megafon«, herrschte er den Typ mit dem Helm an. »Sofort!«

Irgendetwas in seiner Stimme musste den Kerl von der Dringlichkeit der Lage überzeugt haben.

Er reichte Melvin nach kurzem Zögern den Lautsprecher.

»Mareike!« rief Melvin hinein. Seine Stimme bebte.

Auf dem Parkplatz trat gespannte Ruhe ein.

»Ach, Mareike!«

Er hatte sich die Worte zurechtgelegt, immer wieder, aber jetzt wollten sie nicht über seine Lippen kommen.

»Ich bin gekommen, um ...« Er schluckte hart.

Sag es!

»... um dich zu fragen, ob du mich heiraten willst!«

Alle

In die Stille hinein begann das reizende Mädchen zu strahlen.

»Ja«, hauchte sie, so leise, dass Melvin es von ihren Lippen ablesen musste. »Ja, ich will.«

Dann rannte sie zum Sprinter, riss ihm das Megafon aus der Hand und brüllte es in die Welt hinaus. »Ja, ich will!«

Die Griechen begriffen es als Erste. Panagiotis blies in seine Trillerpfeife und der Rest der Mannschaft versuchte sich mit einer kleinen Laola. Dann befreite Panagiotis seinen Kumpel Kosta von dem Knebel.

Solcherart wachgerüttelt stimmte der Männergesangsverein *Einen Zwitschern* ein zartes Lied an: »Träublein so grün, grün, grün, Liebe darf niemals verblühn, blühn, blühn!«

Kommissar Burkhard Späth wischte sich verstohlen ein paar Tränen aus den Augen und gab der Sondereinheit ein Zeichen.

Sekunden später zerriss eine Ehrensalve den nachmittäglichen Freiburger Weststadthimmel.

Mareike und Melvin nahmen es kaum wahr. Eng umschlungen standen sie auf der Mitte des Parkplatzes und hatten nur Augen füreinander.

»Hach«, hauchte die Gelegenheitsjournalistin Petra Grunewald. »Soooo emotional! Halt die Kamera drauf, Jewgeni!«

Ricardo Frühauf öffnete die Ladefläche des Sprinters und besah seine Weinraritäten. Er wählte ein ganz besonderes Tröpfchen aus. Genau richtig für die Verlobung seiner Tochter.

Auch der Obdachlose war nähergekommen. Die Show war wirklich erste Sahne! Nur die Kehle war schrecklich trocken.

»Kommen Sie«, sagte Frühauf. »Heute soll niemand dursten!« Er drückte dem Mann eine ganze Kiste prämierten Qualitätswein in die Hand.

Selig grinsend zog der Obdachlose ab. Was für ein schöner Nachmittag! Er lachte fröhlich und erst als er weit genug entfernt war, entließ er zur Feier des Tages einen langen, aufgeregten und äußerst zufriedenen Donner aus seiner Büchse.

Renate Klöppel

Die Prinzessin

Mit ihren kastanienbraunen Locken, den blauen, an abgründige Bergseen erinnernden Augen und dem strahlenden Lächeln sah sie hinreißend schön aus. Sie trug ein hellblaues ärmelloses Kleid, das ihren schlanken Körper wie eine zweite Haut umschloss. Ein winziger, dekorativer Rucksack aus braunem Wildleder wippte an schmalen Riemchen zwischen ihren Schulterblättern. Peter hielt sich dicht neben ihr, bereit, sie zu stützen, wenn sie auf dem steinigen Weg straucheln sollte. Ihre ganze Gestalt schien ihm so zerbrechlich wie eine kostbare Vase aus Porzellan, unvergleichlich in ihrer zeitlosen Schönheit. Sie humpelte ein wenig. Das hatte sie schon früher getan, eine Folge der Kinderlähmung, an der sie als Dreijährige beinahe gestorben war. Dieses leichte, kaum spürbare Hinken hatte ihn fasziniert. Es gab ihr etwas Hilfsbedürftiges, das seinen Beschützerinstinkt sofort geweckt hatte.

Er war damals in den Jahren seines Junggesellendaseins nicht auf der Suche nach einem Schmuckstück gewesen, von denen es viele geben mochte. Was er gesucht hatte, war ein einzigartiger Schatz. Dann, vor genau vierzig Jahren hatte er endlich gefunden, was er suchte: seine Prinzessin, die an diesem Tag ihren fünfundzwanzigsten Geburtstag feierte. Er hatte Theresa vom ersten Augenblick geliebt wie nie zuvor einen Menschen in seinem Leben. Sie erwiderte seine Liebe, ließ keinen Zweifel an ihrer tiefen Zuneigung aufkommen.

Zwei Wochen nach der ersten Begegnung war er sich seiner Sache sicher. Er deckte den Tisch mit einem weißen Damasttischtuch, stellte darauf einen Strauß roter Rosen, zündete Kerzen an. Zum Essen hatte er einen Hummer vorbereitet und Veuve Clicquot Champagner kalt gestellt. Er ließ ihr kaum Zeit, sich von ihrer Überraschung über den Anblick zu erholen, sondern kniete vor ihr nieder und hielt in Hollywoodmanier um ihre Hand an.

Im nächsten Augenblick sauste der Hammer auf ihn nieder, der ihn, weil knieend, umso heftiger traf.

»Es ist zu früh«, sagte sie. »Es ist ...«, sie sprach den Satz nicht zu Ende. »Ich finde mich einfach noch zu jung, um mich ein Leben lang zu binden. Das verstehst du doch«, fügte sie noch hinzu.

Nichts verstand er, und nie zuvor in seinem Leben war er so gekränkt worden. Er war es gewohnt, die Dinge, die er in die Hand nahm, erfolgreich zu Ende zu führen, zu dem Ende, das seinen Vorstellungen entsprach.

»Ja, ich verstehe dich«, hatte er geantwortet, obwohl ihn die Enttäuschung und die Wut an den Rand des Wahnsinns brachten. Ein paar Mal trafen sie sich noch, aber jedes Wiedersehen erinnerte ihn an seine Niederlage und bereitete ihm geradezu körperliche Schmerzen. Er brach den Kontakt ab. Bald darauf verloren sie sich aus den Augen. Es gab andere Frauen in seinem Leben und eines Tages fand er sich mit einer von ihnen vor dem Traualtar wieder. Seine Prinzessin jedoch vergaß er niemals und allmählich verwandelte sich sein Zorn in eine tiefe Sehnsucht. Ihre Schönheit und ihr vollkommenes Wesen beherrschten seine Gedanken und die Erinnerung daran ließen ihn die kleinen Mängel seiner Frau von Jahr zu Jahr schlechter ertragen. Manchmal geschah es, dass in deren Armen der Name Theresa über seine Lippen kam oder er im Traum von einer Prinzessin murmelte. Es konnte nicht ausbleiben, dass sich seine Angetraute, der er seine enttäuschte Liebe nicht eingestand, nach Jahren voller Eifersucht schließlich einen anderen suchte.

Mittlerweile lag der 75. Geburtstag hinter ihm, und die Hoffnung, seine große, seine einzige Liebe wiederzufinden, war zu einem winzigen Hoffnungsflämmchen verkümmert. Sein Leben war von Gewohnheiten bestimmt, die im Rhythmus der Tage, Monate und Jahre wiederkehrten. Jetzt stand die jährliche Wanderung mit den alten Klassenkameraden bevor, ein besonderes Ereignis, führte sie doch jedes Mal zu neuen und oft gänzlich unerwarteten Erlebnissen. Die Ziele waren von Jahr zu Jahr weniger kühn und die Strecken kürzer geworden, und von den ehemals fünfzehn Wanderern waren nur noch sieben übriggeblieben. Die anderen waren schon gestorben, zu krank oder zu schwach für solche Unternehmungen.

Es war sein alter Widersacher und Banknachbar Bodo, der die nächste Tour organisiert hatte, eine Wanderung, die sie, ausgestattet mit Genussrucksäcken vom Weingut Schätzle in Schelingen, durch die besten Weinlagen des Kaiserstuhls führen sollte. Er strich den Termin in seinem Kalender rot an, zählte die Tage und freute sich so darauf, wie er sich als Kind auf Weihnachten gefreut hatte. Peter liebte den Kaiserstuhl und er liebte die guten Weine, die das mit Löss bedeckte Vulkangestein hervorbrachte.

Zwei Wochen vor der Wanderung rief Bodo bei ihm an. Er wolle seine Freundin Theresa mitbringen, Peter habe doch sicher nichts dagegen, denn, wie er von Theresa erfahren habe, seien sie sich vor vielen Jahren schon einmal begegnet und hätten sich gut verstanden.

Peter schwieg. Wie eine rote Wand stieg die Wut in ihm auf. Sie war wie ein Tsunami, der alle klaren Gedanken mit sich fortriss. Bodo und Theresa, ausgerechnet Bodo, dem er seine üblen Streiche während der Schulzeit bis zum heutigen Tag nicht verziehen hatte. Und wenn Bodo Theresa vom Nagellack auf seinem Stuhl erzählt hatte, an dem seine Hose festgeklebt war, oder von der Zahnpasta auf dem Schulbrot? Ob sie wusste, wie Bodo ihm Jahr für Jahr die leckeren Mandelplätzchen aus dem Schulranzen gestohlen hatte, die seine geliebte Oma für ihn buk, und wie er in hilfloser Wut Tränen vergossen hatte, wenn kein einziges für ihn übrigblieb?

Bodo wartete nicht auf eine Antwort. Er zweifelte keinen Augenblick, dass Peter erfreut sein würde, Theresa wiederzusehen und an ihrem späten Liebesglück Anteil zu nehmen. Als Bodo nach einer Viertelstunde den Hörer auflegte, hatte Peter kaum ein Wort gesagt, aber einen Entschluss gefasst. Nur die Einzelheiten fehlten noch.

In den folgenden Tagen verschlang Peter Kriminalromane, googelte Giftmorde oder dachte sich Todesarten aus, die wie ein

Unfall aussehen würden, aber nichts überzeugte ihn. Er hatte nicht die Absicht, als verurteilter Mörder die letzten Jahre seines Lebens hinter Gittern zu verbringen.

Die grünlichen Pilze, die er am Tag vor dem Ausflug am Waldrand unter einer mächtigen Eiche entdeckte, konnten kein Zufall sein, sie waren ein Wink des Schicksals. Nein, sie waren das Schicksal selbst. Kein Pilz war in so kleinen Mengen tödlich wie der Knollenblätterpilz und kein übler Geschmack verriet die Gefahr. Selbst Päpste und Kaiser waren seinem tückischen Gift zum Opfer gefallen.

Der nächste Tag war ein herrlicher Sommertag, wie geschaffen für eine Wanderung. Vier Rucksäcke hatten sie vom Weingut bekommen mit allem, was sie für ein Picknick inmitten der Weinreben benötigten: Wurst, Käse, Ei und Brot, Wasser und so viel Wein, dass er für eine halbe Kompanie gereicht hätte, dazu Teller, Gläser und Bestecke. Peter brauchte nicht in den Rucksack hineinzuschauen, Frau Google, der nichts verborgen blieb, hatte ihm den Inhalt verraten. Der Nachtisch fehlte, aber er hatte vorgesorgt. Das war ja das Gute an den Errungenschaften der modernen Zeit, dass sie vor Überraschungen schützten.

Bodo trug einen der vier Rucksäcke, und Peter drängte sich darum, es ihm gleich zu tun. Er brannte darauf, seiner Prinzessin zu zeigen, wie stark und jugendlich er noch war. Kraftvoll schritt er mit dem schweren Rucksack auf dem Rücken auf den Weinberg zu. Bald zog sich der Weg steil zwischen den Reben aufwärts, bis er den Waldrand erreichte. Peter mühte sich, dicht an Theresas Fersen zu bleiben, um den Anblick dieses wunderbaren Geschöpfes zu genießen, das zwar älter geworden war, aber immer noch so unvergleichlich schön wie damals.

Bodo, der sich tapfer an der Spitze der nicht mehr ganz jungen Wandergruppe hielt, geriet ins Schwärmen. »Wein, Weib und Gesang«, rief er aus, als er bei einer der vielen Informationstafeln wieder zu Atem gekommen war. »Dass ich das noch erleben darf.« Er fasste Theresa an der Hand, zog sie an sich und anstatt zu singen, küsste er sie unter allgemeinem Beifall auf den Mund. In Peters Brust brannte der Schmerz der Kränkung wie ein vergifteter Pfeil.

Schließlich hatten sie nach beträchtlicher Anstrengung den ersten Rastplatz oben im Weinberg erreicht. Peter wusste, dass seine Zeit noch nicht gekommen war. Er musste noch warten. Nicht auszudenken, wenn sich die ersten Symptome bei Bodo schon unterwegs bemerkbar machten und seine Prinzessin den unappetitlichen Anblick ertragen musste, wenn sich Bodo nach oben und unten entleerte. Ihnen allen würde er damit den wundervollen Tag verderben.

Peter hatte lange darüber nachgedacht, wie er den tödlichen Pilz zielsicher an den richtigen Mann bringen würde. Ein vergiftetes Ei in Bodos Rucksack schmuggeln und dafür sorgen, dass er es aß? Den Gedanken hatte er wieder verworfen. Wie sollte, bitte schön, ein großes Stück vom Pilz ins Ei gelangen? Eine Wurst vergiften? Schon einfacher, aber er wusste nicht, welche Wurst sich in den Rucksäcken befinden würde. Stunde um Stunde hatte er grübelnd und in sich zusammengesunken am Küchentisch gesessen, bis er plötzlich aufgesprungen war. Mandelplätzchen, wie sie seine Oma gebacken und Bodo sie ihm gestohlen hatte, die waren die Lösung. Mild und nussartig sollten Knollenblätterpilze schmecken, das war genau das richtige Aroma, um das größte der Mandelplätzchen zu würzen. Peter zweifelte keinen Augenblick, dass Bodo in seiner Gier genau nach diesem greifen würde.

Nach kurzer Rast mit einem Gläschen Grauburgunder und wundervoller Sicht auf die Vogesen setzte die Gruppe ihre Wanderung fort. Neben fast senkrechten Lösswänden führte der Weg nun wieder abwärts. Große Schmetterlinge gaukelten im Sonnenlicht über den Weg. Ein knallbunter Vogel mit langem Schwanz und spitzen Schnabel flatterte vor ihnen zu einer engen Höhle in der Lösswand und versetzte die Prinzessin in Entzücken. Dieses warme Lächeln, das nur ihm gelten konnte! Es war offensichtlich, dass sie ihn noch liebte. Peter hatte genau gesehen, wie Bodo an ihrem Arm ziehen musste, um ihr den Kuss zu rauben. Nicht Bodo war ihr Auserwählter, sondern er. Ein wunderbares Glücksgefühl ließ ihn die Schmerzen vergessen, die ihm eben noch den Atem geraubt hatten. Vielleicht war es der Wein, der ihn in Hochstimmung versetzte, vielleicht war es Theresas verheißungsvolles Lächeln, und sicher trug die unglaublich grüne und riesengroßen Eidechse direkt vor seinen Füßen zu seiner Freude bei.

Es dauerte nicht lange, bis der Weg wieder aufwärts führte. Noch steiler als zuvor schlängelte er sich zwischen mageren Wiesen mit den braunen Fruchtständen verblühter Orchideen zum Waldrand empor. Hoch über ihnen, turmhoch, wie es Peter schien, wartete die Grand Cru Lage »Schelinger Kirchberg« auf die Wanderer, wo sie das Picknick und die nächsten Flaschen Wein genießen würden. Dort, wo die Trauben der Großen Gewächse des Kaiserstuhls reiften, wollte Peter das Verhängnis seinen Lauf nehmen lassen.

Er hatte alles sorgfältig durchdacht. Niemand, auch nicht Bodo selbst, würde an Gift denken, wenn ein paar Stunden nach dem Picknick sein Magen und Darm in höchsten Aufruhr gerieten. So etwas passierte schließlich jedem Menschen etliche Male in seinem Leben. Einen, höchstens zwei Tage später würde er die Unpässlichkeit überwunden haben, und nichts würde das tödliche Gift im Körper verraten. Dann, wenn der Ausflug schon vergessen war, würde Bodos Leber versagen, was niemanden wundern würde. Der Arzt hatte ihm schon seit Jahren vergeblich den Alkohol verboten. Bodos Ende war nicht mehr aufzuhalten. Seine Leber zerfiel, eine neue würde er in seinem vorgerückten Alter nicht bekommen. Ein langsamer, qualvoller Tod wartete auf ihn, keiner, bei dem er wie vom Blitz getroffen mit theatralischer Pose umfallen würde. Diesen Abgang hätte Peter dem verhassten Nebenbuhler nicht gegönnt.

Immer noch höher zog sich der Weg am Waldrand entlang dem Ziel entgegen. Die Sonne brannte unerbittlich auf die Lavafelsen und ließ die Luft darüber in der Hitze flimmern. Jetzt hieß es durchhalten, koste es, was es wolle. Etliche Meter vor Peter keuchte Bodo mit seinem Rucksack den steilen Hang hinauf. Leichtfüßig und mit kaum wahrnehmbarem Hinken lief die Prinzessin neben ihm, blieb nur hin und wieder stehen, um mit Lauten des Entzückens Bodo auf die sanften Hügel ringsum und die bewaldeten Gipfel des Kaiserstuhls hinzuweisen.

»Der Totenkopf«, rief Bodo, als sie auf den höchsten Gipfel zeigte.

Der Totenkopf! Trotz der Anstrengung und des stechenden Schmerzes der Eifersucht in seiner Brust musste Peter lächeln. Der Tod des Nebenbuhlers am Fuße des Totenkopfs, passender hätte er seinen Anschlag nicht planen können. Doch sein Triumphgefühl währte nicht lange. Der steile Anstieg und die sengende Hitze raubten ihm die Kraft. Als er den Picknickplatz noch immer weit über sich entdeckte, fühlte er sich plötzlich sehr schwach. Vielleicht hätte er mehr trinken sollen, doch seit Jahren machte ihm die Prostata zu schaffen. Er hatte nicht ständig seine Blase entleeren wollen, denn das dauerte. Schon hatten Theresa und Bodo den Platz erreicht und ließen sich glücklich lächelnd auf die bequemen Bänke fallen. Gleich würden die anderen bei ihnen sein, nur Peter war immer weiter zurückgefallen. Zehn Meter vom Picknickplatz entfernt blieb er wie angewurzelt stehen. Er griff sich an die Brust, rang mit schmerzverzerrtem Gesicht nach Atem, und stürzte im nächsten Augenblick mitsamt seinem Rucksack auf den steinigen Boden.

Die schockierten Wanderer liefen herbei, nur Bodo zückte geistesgegenwärtig sein Smartphone und rief die Rettung. Hubschrauber und Notarzt trafen alsbald ein und nahmen Peter mit, den man, soweit es mit laienhaften Kenntnissen möglich war, halbwegs am Leben erhalten hatte.

Tief betrübt kehrten die Schulkameraden zum Weingut zurück. Während sie noch auf ein glimpfliches Ende hofften, sammelte die Winzerin die noch weitgehend gefüllten Rucksäcke ein und verteilte den Inhalt, der ja schließlich bezahlt worden war, an die Übriggebliebenen. Sie stieß auf die kleine Keksdose, die Bodo beim Anblick der Mandelplätzchen ohne zu zögern an sich nahm, als wäre er ihr rechtmäßiger Besitzer. Wenig später offenbarte sein Anruf im Krankenhaus die niederschmetternde Nachricht: Peter war gestorben, die Ärzte vermuteten als Ursache einen Herzinfarkt.

Vier Wochen nach diesem Ereignis erschien in den örtlichen Zeitungen ein groß aufgemachter Artikel mit der Überschrift »Der Tod lauert in den heimischen Wäldern«. Er begann mit einem Bericht über ein älteres Paar, das mit den Symptomen einer Knollenblätterpilzvergiftung im Krankenhaus gestorben war. Es folgte eine eindringliche Warnung vor dem Pilz, der allzu leicht mit dem beliebten Champignon verwechselt werden konnte. »Der Leichtsinn mancher Pilzsammler ist groß«, hieß es mit kaum verhohlenem Vorwurf an die Opfer.

Schlöners Verdacht

»Aus, Duffy! Aus!« Eben noch war Herbert Schlöner sehr stolz darauf gewesen, dass seine vierjährige Cockapoo Hündin auf sein kurz zuvor erschalltes »Hierher« sehr prompt reagiert hatte. Der Umstand, dass sie jetzt nicht bereit war, ihre Trophäe, die sie aus dem Weinberg mitgebracht hatte, fallenzulassen, stimmte den 73 Jahre alten Emeritus jedoch recht wütend. Und das, obwohl es doch nur der Sorge um seinen Vierbeiner geschuldet war, dass er ihm nicht erlaubte, irgendetwas aufzunehmen. Und schon gar nicht im Weinberg! Nicht nur den Gebrauch von Pestiziden und das Vorhandensein von Pilzen sowie Schwermetallen sah Dr. Schlöner als Gefahrenquelle an, nein, die Trauben und die Rosinen, die der Hund aufstöbern könnte, stellten – Schlöner betrachtete sich als privilegiert, diesen Sachverhalt auch unter biochemischen Gesichtspunkten nachvollziehen zu können – ein potenziell tödliches Gift für seinen Liebling dar. *Die Dosis macht das Gift*, pflegte er auch zu sagen. Und da er am oberen Rand des Weinbergs, lange nachdem der olfaktorische Reiz ihm dessen Anwesenheit bereits angekündigt hatte, einen großen Tresterhaufen ausmachen konnte, wusste er: Auf dieser Deponie waren genug der tödlichen Substanzen, dass seine Duffy innerhalb kürzester Zeit eine letale Menge davon aufzunehmen in der Lage war.

»Aus, sturer Köter! Mach endlich aus!« Schlöners Geduldsfaden war schon über die Maßen gedehnt, ein Reißen nicht mehr auszuschließen, als sich Duffy dazu entschloss, ihre Kiefer zu öffnen und den Schatz, den sie tatsächlich oben bei dem Trester ausgegraben hatte, vor ihres Herrchens Füße fallen zu lassen. Mit schuldbewusster Miene und zaghaft wedelndem Schwanz wartete sie ab, ob er es dabei belassen würde oder eine leichte Strafe ihrer Aufmüpfigkeit folgen sollte. Doch die Aufmerksamkeit ihres Halters galt dem Gegenstand, den sie von dem Tresterhaufen mitgebracht hatte. Der Professor a.D. würde seinen Hund normalerweise an die Leine genommen und von dem Fundstück weggezogen haben, aber diesmal wurde er stutzig. Sah das nicht aus wie …

Bücken fiel ihm schwer, ein Grund dafür, dass er Duffys Hinterlassenschaften für gewöhnlich nicht mehr mit einem Kotbeutel aufhob, um sie im Restmüll zu entsorgen. Aber angesichts des etwa drei Zentimeter großen, elfenbeinfarbenen zylindrischen Gegenstands, den sein Hund angeschleppt hatte, ging er in die Knie. Er zog einen der besagten Plastikbeutel, die er als Alibi immer in der Manteltasche mitführte, hervor und griff nach dem, was er eindeutig als Stück Knochen identifiziert zu haben glaubte. Sein mit Wanderabzeichen bepflasteter Spazierstock half ihm, sich mühevoll wieder aufzurichten. Schnaufend begutachtete er, was er da soeben aufgehoben hatte. Mit jeder Sekunde, die er das Objekt studierte, vollzog sich der Wandel in Schlöners Gesichtsausdruck – von neugierig über interessiert, ungläubig bis entsetzt. Auch wenn sein Physikum schon ein halbes Jahrhundert zurücklag, als Professor für Orthopädie mit einem Lehrauftrag der Universität Freiburg, war er sich nach eingehender Taxierung sicher: Es handelte sich um einen der *Phalangen* eines *Digitus Manus*, also um einen menschlichen Fingerknochen!

Vorsichtig wickelte der Mediziner den Knochen in den Kotbeutel, rief Duffy zu sich und trat, den Kopf voll mit wilden Fantasien, den Heimweg an.

»Ich möchte nicht raten, Herbert. Sag mir doch einfach, was du da mitgebracht hast.«

Polizeimeister Werner Schneckle vermied tunlichst, das Corpus Delicti, wie Schlöner seinen Fund bei der Präsentation genannt hatte, anzufassen, geschweige denn, ihm ein gesteigertes Interesse entgegenzubringen. Sein Blick war gelangweilt, seine Körperhaltung abweisend.

»Das, mein lieber Werner, ist der Teil einer Leiche! Verstehst du? Eines toten Menschen! Du musst mit deinen Kollegen aktiv werden und den Rest des Körpers aufspüren! Ich kann dir genau sagen, woher dieser Fingerknochen stammt!«

Schneckle hob die linke Augenbraue, bis sie weit über die Fassung seiner Hornbrille hinausragte.

»Ein Fingerknochen.«

Er beugte sich jetzt doch etwas nach vorne und näherte sich dem unspektakulären, gelblich-weißen Gegenstand.

»Und da bist du dir sicher?«

Schlöner empörte sich.

»Na hör mal! Du weißt schließlich, was ich mein Leben lang gemacht habe. Und das da«, er wies energisch auf den Knochen, »gehört zu einem Menschen!«

»So, so.«

Schneckle beäugte das Knochenstück noch einige Momente und schien sich ein Herz zu fassen.

»Gut, mein lieber Herbert. Dann lass mir das jetzt mal hier. Ich werde die Kollegen vom Kriminallabor und von der Kriminalpolizei benachrichtigen. Die nehmen sich des Falles an!«

Er packte den Fund vorsichtig wieder ein und legte ihn auf den Schreibtisch, nicht ohne einen gewissen Abstand zu seinem erkaltenden Mittagessen einzuhalten.

»Ich danke dir hierfür! Das ist vermutlich ein wichtiges Beweisstück«, entließ er Schlöner, der daraufhin mit ein wenig geschwellter Brust die Polizeidienststelle verließ.

Doch bereits auf der letzten der fünf Stufen begann Misstrauen in ihm aufzusteigen. War Werner nicht erstaunlich ruhig geblieben? War nicht sogar ein sarkastischer Unterton in seiner Stimme zu hören gewesen? Als Schlöner die Straße überquert und auf der anderen Seite zwanzig Meter zurückgelegt hatte, war er sich sicher: Sein Freund Herbert hatte nicht die Absicht, Nachforschungen in die Wege zu leiten. Er hatte nur so getan, als ob er ihn ernst nehmen würde, wahrscheinlich, um ihn schnell loszuwerden. Der emeritierte Professor drehte auf der Stelle um und schlug einen Bogen um das Polizeirevier, um sich dem Haus von hinten zu nähern. Kaum hatte er, an dem verwitterten Hinterhoftürchen, durch dessen roh aneinander gezimmerte Holzlatten man hervorragende Einsicht auf die Rückseite der Polizeistation hatte, Stellung bezogen, öffnete sich auch schon die Hintertür. Werner Schneckle trat in den Hof, in der Hand den leuchtend roten Kotbeutel, den er eben von Schlöner entgegengenommen hatte. Zielsicher steuerte er die graue Restmülltonne an und warf die Plastiktüte samt Inhalt hinein. Kopfschüttelnd ging er zurück in das Haus.

Schlöner war außer sich! Warum tat Schneckle das? Vielleicht nahm er ihm noch übel, dass er, statt in Schlöners Scheune den von ihm gemeldeten Einbrecher zu stellen, die Tochter des Bürgermeisters beim Liebesspiel mit dem Leiter der Jugendfeuerwehr überrascht hatte? Oder weil Schlöner seinen Nachbarn in der Vermutung angezeigt hatte, dieser würde seine Frau im Garten beerdigen wollen, obwohl nach eingehender Untersuchung klar geworden war, dass er nur das Fundament für eine Erweiterung seines Schuppens aushob? Möglicherweise lag es auch daran, dass er dem Dorfapotheker unterstellt hatte, den Patienten falsche Medikamente, vielleicht sogar Gift mitzugeben. Aber was konnte Schlöner dafür, dass der Pharmazeut seinem Schwager blaue, rautenförmige Tabletten ohne Originalverpackung als Kopfschmerztabletten über die Ladentheke gereicht hatte? Schließlich war der Mann seiner Schwester damals noch in derselben Nacht mit einem Herzanfall in die Klinik eingeliefert worden!

Nun, vielleicht hatte er einfach zu oft vor dem Wolf gewarnt und jetzt glaubte ihm Werner einfach nicht mehr. Schlöners Eifer vermochte diese Einsicht jedoch nicht zu bremsen. Er schlich sich durch das Tor zu dem Mülleimer, sah sich verstohlen um und angelte das Tütchen wieder heraus. Er würde es noch brauchen, denn jetzt nahm er die Ermittlungen selbst in die Hand!

Wo ein Teil ist, müssen auch noch andere sein! Dieser Logik folgend plante Schlöner seinen nächsten Schritt genau. Die Ausrüstung war schnell zusammengestellt: der Klappspaten, den er von seinem Wehrdienst mitgebracht hatte, ein Handrechen und ein blechernes Küchensieb. Nicht zu vergessen die alte Armee-Taschenlampe, die neben den vorschiebbaren Farbfolien auch über eine Abdeckung verfügte, die den Lichtstrahl auf den Boden vor sich bündelte, ohne zur Seite abzustrahlen. So sollte einst die Entdeckung durch den »Feind« verhindert werden. Was seinen Rucksack erheblich beschwerte, waren die zwei Literflaschen Mineralwasser und sein Flachmann, in dem sich bestes Schwarzwälder Kirschwasser befand. Und da sich der Hundekotbeutel in seiner Verwendung als Beweismitteltüte bestens geeignet hatte, befand sich auch eine Reihe davon in der Außentasche seines Gepäcks. Jetzt konnte es losgehen! Ein Blick aus dem Küchenfenster zeigte ihm, dass es mittlerweile dunkel geworden war – Schlöners Ansicht nach eine wichtige Voraussetzung für sein Vorhaben. Also griff er sich den Spazierstock, schloss gewissenhaft hinter sich ab und machte sich auf den Weg zu dem Tresterberg. Dass Duffy hinter der Tür ein regelrechtes Spektakel veranstaltete, weil ihr Herrchen ohne sie das Haus verließ – noch dazu bei Dunkelheit – musste der Professor a.D. ignorieren. Auch wenn es ihm nicht leichtfiel.

Den Wegen im Tuniberg bei Nacht zu folgen, empfand er als wesentlich einfacher, als er sich das vorgestellt hatte. Da erst vor zwei Tage Vollmond gewesen war und der Nachthimmel auch nicht von Wolken verdunkelt wurde, konnte er sogar auf die mit frischen Batterien ausgestattete Taschenlampe verzichten. Lediglich die Steigungen machten ihm mit dem Rucksack zu schaffen. Doch nach einer knappen Dreiviertelstunde hatte er den Platz erreicht, an dem er seiner Hündin den Fingerknochen abgenommen hatte. Jetzt galt es, als letzte Hürde den respektabel steilen Weinberg zu erklimmen. Eine Aufgabe, der er sich erst nach zwei, nein drei Schluck Kirschwasser stellte. Doch nachdem er an dem dunklen, scharf riechenden Tresterhaufen angekommen war, fühlte er sich nicht nur körperlich gut, sondern in Bezug auf sein Vorhaben geradezu euphorisch. Sogleich ging er ans Werk. Stunde über Stunde trug er den Berg von ausgepressten Trauben und Stielen ab, bis er ihn nach eingehender Untersuchung eines jeden Spatenstichs etwa drei Meter neben der ursprünglichen Position wieder aufgehäuft hatte. Er war so in seinem Eifer, dass er weder Wasser noch von dem edlen Destillat trank, bis er zu guter Letzt die komplette Grundfläche des originären Tresterbergs abgesucht hatte. Nichts! Er hatte rein gar nichts gefunden! Weder einen Schädel, noch Rippen oder Teile einer Wirbelsäule, nicht einmal einen weiteren Fingerknochen hatte seine Schufterei zutage gebracht. Schlöner setzte sich trotz des Bewusstseins, dass nach dieser Anstrengung das Aufstehen noch schwieriger sein würde als sonst, auf den Boden und schraubte den Verschluss von seinem Flachmann auf. Ein wohliges Gefühl breitete sich aus, als der Brand Zunge und Gaumen benetzte und die Speiseröhre hinunterrann.

»Das ist noch nicht das Ende«, schwor er sich, packte seine Utensilien, drückte sich auf seinem Stock in die Senkrechte und machte sich auf den Heimweg.

»Wie genau kann ich Ihnen helfen?«

Richard Rosser, seines Zeichens Vorsitzender der Winzergenossenschaft Tuniberg, lud Herbert Schlöner ein, auf einem der Stühle vor dem Eichenschreibtisch Platz zu nehmen, der das Büro des Weinbauers dominierte. Schlöner nahm Platz und scheute sich nicht, seine erste Frage unumwunden zu stellen.

»Sind alle Winzer hier am Tuniberg Mitglieder der Genossenschaft?«

Rosser nickte.

»Die meisten. Aber nicht alle.«

Schlöner machte ein virtuelles Häkchen an den Punkt seiner ebenso virtuellen To-do-Liste.

»Was passiert mit dem Trester? Bekommt jeder Winzer seinen eigenen Trester zurück, oder wird der irgendwie durchmischt?«

Rosser überlegte kurz.

»Wenn ein Winzer seinen Trester will, nimmt er ihn mit. Wenn nicht, kompostieren wir ihn.«

Diese Antwort erforderte Schlöners Nachfrage.

»Aber wenn jemand Trester mitnimmt, dann ist das der Trester von seiner eigenen Ernte?«

Rosser nickte.

»Ja, so ist das.«

Im Kopf des Professors fand ein zweites Häkchen seinen Platz.

»Können Sie mir sagen«, Schlöner zückte eine Landkarte vom Tuniberg, entfaltete sie und legte sie vor Rosser auf den Tisch, »wer diesen Hang hier bewirtschaftet?«

Er deutete auf eine von ihm selbst schraffierte Fläche, die er in mühevoller Kleinarbeit als den Weinberg identifiziert hatte, an dem er zwei Nächte zuvor den Tresterhaufen um einige Meter versetzt hatte. Rosser sah sich die Karte an, runzelte die Stirn, doch die von dem Professor erwartete Auskunftsverweigerung oder die Frage, wozu er diese Information benötige, blieben aus. Stattdessen fuhr der Mann eifrig mit dem Finger über Wege, verharrte an Kreuzungen, murmelte in sich hinein und platzte dann plötzlich mit der Antwort heraus.

»Da haben Sie einen der wenigen rausgesucht, die noch unabhängig von uns keltern. Er hat sein eigenes Weingut. Das ist einer der Hänge von Dieter Bechele. Da baut er seinen Silvaner an.«

»Danke, Sie haben mir sehr geholfen!« Ohne weitere Erklärungen faltete Schlöner die Karte zusammen, reichte dem Winzer die Hand und verließ das Büro. Mit triumphalem Gefühl steuerte er seinen Audi – ein Exemplar aus der ersten stromlinienförmigen Generation – an und setzte sich hinters Steuer. Dem Winzer Bechele würde er einen Besuch abstatten. Doch nicht jetzt, denn diesen Besuch galt es akribisch vorzubereiten!

Es kostete den Emeritus doch ein wenig Überwindung, durch die weit geöffnete Tür des Weinguts zu treten. Seine Recherchen hatten nichts über den Mann hervorgebracht, was für den Fall von Belang gewesen wäre, außer, dass das Weingut seit 1789 ein Familienbetrieb war und von Dieter Bechele in elfter Generation geführt wurde. Dementsprechend ehrwürdig gab sich auch die

Auffahrt zu dem Anwesen, welches einem kleinen Schlösschen nicht unähnlich war. Warum Schlöner weder das Gut noch der Wein während seiner zwanzigjährigen Anwohnerschaft am Tuniberg begegnet waren, erstaunte den ehemaligen Professor. Allerdings, musste er zugeben, galt seine Vorliebe immer schon den hochprozentigen Genüssen und obwohl er quasi am Fuße der Tuniberger Reben lebte, bezeichnete er sich als alles andere als einen Weinliebhaber oder gar Kenner.

Wie dem auch sei, das Schicksal und Duffy hatten ihn hierhergeführt, und er war bereit, sich der harrenden Herausforderungen zu stellen – ohne einen detaillierten Schlachtplan in der Tasche zu haben. Dort befand sich vielmehr ein weiteres Stück aus ehemaligen Armeebeständen, nicht aus seiner Dienstzeit, sondern aus der seines Vaters. Die alte P08 Luger hatte dieser unter Umgehung von Gefangenschaft aus dem Krieg mitgebracht, und seither hatte die Waffe mit dem störanfälligen Kniegelenkverschluss in einer Schachtel im Keller gelegen. Eingewickelt in ein leicht mit Öl getränktes Tuch, hatte sie die Jahre gut überstanden und machte auf Schlöner einen einsatzbereiten Eindruck. Er fühlte schwer das Gewicht der Pistole und hoffte inständig, dass er seine Lebensversicherung, wie er die Anwesenheit der P08 rechtfertigte, nicht einzusetzen brauchte.

Als er in das Foyer trat und sich seine Augen an die Dunkelheit gewöhnt hatten, konnte er auf einem Schild die Worte »Verkaufs- und Verkostungsraum« lesen, unter denen ein Pfeil Besucher nach links dirigierte. Er folgte dem Hinweis und gelangte in einen fast herrschaftlichen Raum, dem seine Bestimmung anzusehen war. Auf mehreren im Raum verteilten Weinfässern standen verschiedene Weinflaschen und an Drehgestellen hingen Degustationsgläser der gängigsten Formen. Ein großer Schreibtisch mit Computerarbeitsplatz und Telefon stand vor der rückwärtigen Wand, die mit etlichen kleinen Fässchen - fünfundzwanzig oder dreißig Liter – dekoriert war. Außer ihm befand sich niemand hier, doch der warmtönende Gong, der bei Schlöners Eintreten ertönt war, versprach baldigen Service. Tatsächlich näherten sich alsbald Schritte und herein kam niemand geringerer als Dieter Bechele, den der Professor a.D. anhand der Fotos, die er auf der Homepage des Guts gesehen hatte, sofort erkannte. Nach einer herzlichen Begrüßung forderte der Winzer Schlöner auf, sich doch zu setzen, um sein Anliegen besprechen zu können. Kaum hatten beide Platz genommen, war bei Schlöner die Entscheidung gefallen: Ein Frontalangriff würde die richtige Option sein.

»Herr Bechele, ich möchte, dass Sie mir etwas erklären«, begann er, griff in seine linke Sakkotasche und legte den Fingerknochen vor sich auf den Tisch.

»Das hier habe ich von einem Ihrer Weinberge. Es befand sich in einem Tresterhaufen. Da ich Professor emeritus für Orthopädie bin, kann ich mit Expertenwissen behaupten, dass das ein menschlicher Fingerknochen ist. Und von Ihnen will ich jetzt wissen, wie der in den Abfall Ihres Weinguts kommt.«

Die Schweißperlen, die sich auf Schlöners Stirn bildeten, wischte er mit der linken Hand ab, während er seine Rechte in die Sakkotasche gleiten ließ und den Griff der Luger fest umklammerte. Wie würde Bechele reagieren?

Der Winzer runzelte die Stirn und sagte zunächst gar nichts. Dann machte sich ein Lächeln auf seinem Gesicht breit.

»Ach, Sie glauben, dass … Nein, nein, nicht doch! Ich meine, ich verstehe, wie Sie auf diesen Gedanken kommen. Bei einem großen Betrieb, die Transsportschnecke … Da kann man auf dumme Gedanken kommen. Haha!«

Schlöner vermochte mit der Reaktion so recht nichts anzufangen. War Bechele unglaublich cool? Überspielte er Unsicherheit? Wollte er ihn in Sicherheit wiegen? In der Tasche glitt sein Zeigefinger in Richtung des Abzugs, er wollte auf alle Eventualitäten vorbereitet sein! Doch mit der Frage seines Gegenübers hatte er nicht gerechnet.

»Haben Sie schon einmal geherbstet?«

Schlöner schluckte.

»Ob ich bitte was schon einmal getan habe?«

»Ob Sie schon mal bei der Weinlese geholfen haben? Der Traubenernte?«, erläuterte der Winzer.

Ohne den Sinn der Frage verstanden zu haben, schüttelte der Professor den Kopf.

»Nein, nie.«

»Aha.« Becherle beugte sich vor, was Schlöners Zeigefinger noch näher an den Abzug rutschen ließ.

»Sehen Sie, sehr viele freiwillige Helfer ernten bei der Lese Trauben. Sie bekommen dafür ein geringes Entgelt und obendrein ein zünftiges Mittagessen mit Wurst, Brot, Speck und Käse. Sie sollten da einmal mitmachen, es bereitet allen Freude.«

Schlöners Skepsis wuchs.

»Und was hat das mit dem Fingerknochen zu tun, den ich bei Ihnen im Trester gefunden habe?«, fragte er.

Bechele lehnte sich wieder zurück.

»Sehen Sie, man geht immer paarweise an eine Reihe von Rebstöcken heran. Jeder bekommt eine Kiste für die Trauben und zu zweit bearbeitet man eine Reihe. Einer die rechte Seite, einer die linke. Da die Reben noch sehr dicht belaubt sind, kann es schon mal vorkommen, dass sich eifrige Zeitgenossen aus Versehen ins Gehege kommen.«

»Und da werden regelmäßig Finger abgeschnitten?«, höhnte Schlöner in spöttischem Ton. Bechele jedoch blieb ruhig und lächelte.

»Nein. Dass man dem Gegenüber aus Versehen mal in den Finger gezwickt hat oder auch schon mal eine tiefere Wunde geschlagen wird, passiert tatsächlich des Öfteren. Dass ein Finger abgeschnitten wurde, allerdings erst ein einziges Mal, und zwar letzten Herbst.«

Das Misstrauen bei Professor a.D. Schlöner stieg ins Unermessliche, doch bevor er nachfragen konnte, warum denn das Fingerglied nicht aufgesammelt und angenäht worden war, lieferte der Winzer eine Erklärung hierfür.

»An jenem Tag zog ein Gewitter auf, und was für eins! Der Regen prasselte bereits und die Blitze zuckten! Alle beeilten sich, das Wasser lief schon in Sturzbächen den Hang hinunter, und in dieser Hektik passierte es. Wir haben alles versucht, den abgetrennten Finger zu finden, doch er blieb verschwunden. Den Helfer habe ich natürlich angemessen entschädigt.«

Das war die Chance für Schlöner, Becheles Schwindel zu entlarven!

»Ach, dann haben Sie sicher dessen Namen und Adresse? Ich würde diese Geschichte gerne überprüfen.«

Fast hätte er die Waffe gezogen, als Bechele die Schreibtischschublade öffnete. Doch als dieser lediglich ein Blatt Papier und ein Notizbuch zutage förderte, lockerte er den Griff an der Pistole. Bechele blätterte in dem Buch, schrieb etwas auf das Papier und reichte es im Anschluss über den Tisch.

»Hier sind Name und Adresse. Grüßen Sie Herrn Leibinger recht herzlich!«

Schlöner nahm das Blatt entgegen, murmelte eine Entschuldigung und bedankte sich. Ernüchtert verließ er den Raum und bewegte sich nachdenklich in Richtung seines Wagens.

Eigentlich war Schlöner ein wenig enttäuscht. Sein Besuch bei Johannes Leibinger hatte genau das bestätigt, was Bechele ihm eine Stunde zuvor erzählt hatte. Das fehlende letzte Glied des kleinen Fingers der linken Hand räumte auch für den Professor den letzten Zweifel aus. Als erfahrener Chirurg konnte er anhand der Narbenbildung beurteilen, dass die Amputation keinesfalls weniger als drei Monate zurücklag, aber auch nicht älter als maximal zwei Jahre. Es passte also in den Zeitrahmen, und nachdem Leibinger lächelnd angeboten hatte, doch einen DNA-Abgleich zu machen, stürzte Schlöners Mordtheorie ein wie ein Kartenhaus. Er hatte keinen Zweifel mehr daran, dass der Fingerknochen zu einem äußerst lebendigen Herrn Leibinger gehörte und musste sich eingestehen, dass er sich bei seinen Ermittlungen verrannt hatte. Er schloss den Audi auf und besah sich nochmals den Knochen, den zu behalten Leibinger dankend abgelehnt hatte. Er nahm ihn, schüttelte den Kopf und warf ihn in hohem Bogen in die Weinberge. Dann stieg er in den Wagen, startete den Motor und fuhr zurück nach Hause.

Das Telefon läutete nur einmal, bevor Dieter Bechele abnahm.

»Und, hat der alte Kauz die Geschichte abgekauft?«

Leibingers Lächeln war durch das Telefon zu hören.

»Ja, das hat er! Und das Beste daran ist, dass es ja wirklich mein Fingerglied ist, das er da gefunden hat!«

»Und an dieser Stelle bitte ich nochmals um Entschuldigung. Aber es musste halt schnell gehen, außerdem hatte ich schließlich nie zuvor eine Leiche zerlegt.«

»Das passt schon, deine Kompensation war ja mehr als großzügig. Aber bist du sicher, dass die Teile nicht doch irgendwann auftauchen?«

Bechele lehnte sich entspannt zurück und ließ den Blick über die kleinen Fässer gleiten, die die Wand zierten.

»Ja, ich bin sicher! Solange wir beide leben, wird sie unter Garantie niemand finden!«

Barbara Saladin

Weinbergtulpen: Tulpen zum Weinen

Frühling! Hach, da konnte man doch gleich romantische Anwandlungen kriegen. Der Frühling war da, und die holde Braut Freiheit rief mich in ihren Schoß.

Echt. War jetzt einfach pathetisch ausgedrückt, ich weiß, aber so redete einer meiner Zellennachbarn immer, so ein verhinderter Germanistiker, der sich für einen Poeten hielt. Ich selbst bin eher direkt. Ein Mann, ein Wort. Also wenn ich es jetzt in meiner Sprache ausdrücken würde: Bin mal wieder ausm Knast raus. Und es droht mir nicht einmal irgendeine bescheuerte Therapiemaßnahme, bei der ich nur mitspiele, weil sie mir die Freiheit bringt.

Von Beruf bin ich Kleinkrimineller. Was anderes habe ich bis jetzt nie bis zum Ende durchgezogen. Läuft aber ganz gut. Na ja, meistens. Oder oft wenigstens ... Aber jetzt bin ich ja wieder frei.

Ich habe sogar einen neuen Wohnort. Nach meinem letzten unfreiwilligen Aufenthalt in einer staatlichen Institution ohne Türfallen auf der Innenseite habe ich nun in Weil am Rhein eine Bleibe gefunden. Hat eine gute Größe, der Ort: groß genug, um anonym zu bleiben, aber klein genug, um bald in der Natur zu sein. Nicht wegen mir, sondern wegen Wilma. Wilma ist mein geliebter Hund – eine Leonberger-Bernhardiner-Mischlingsdame, die mich seit Jahren treu begleitet. Sie ist meine vierbeinige Gefährtin, die mich ohne Vorurteile mit Liebe überhäuft – und mir mit ihrem monströsen Appetit den letzten Cent aus der Tasche schlingt. Na ja, über 50 Kilo Lebendgewicht müssen ja irgendwie unterhalten werden. Wilma hab ich natürlich als Erstes gleich wieder aus dem Tierheim geholt. Wenn ich rauskomme, soll auch sie rauskommen. Obwohl sie – im Gegensatz zu mir – noch ganz gern in ihrem Vierbeiner-Knast zu sein scheint. Die werden dort auch liebevoller behandelt als wir.

Nun musste ich mich allerdings bereits wieder von ihr verabschieden, denn ich ging arbeiten. Jawohl: Arbeiten! Stellt euch vor: Robby und ein Job. Ich konnt's ja selbst fast nicht glauben. Eine ehrliche Arbeit im Securitybereich!

Ich arbeite jetzt nämlich als eine Art Bodyguard. Aber nicht für VIPs wie Politiker oder Social-Media-Influencer. Sondern für Tulpenzwiebeln. Kein Scherz! Heute war mein erster Einsatz. Ich saß also den ganzen Abend an der windabgewandten Seite eines alten Rebhäuschens am Tüllinger Hügel, das nach feuchter Erde roch, und passte auf, dass niemand Tulpenzwiebeln aus dem Rebberg grub. Die sind nämlich verdammt wichtig und geschützt und so, hatte mir mein Onkel erzählt, der mir den Job verschaffte. Er ist bei irgendwelchen Naturschützern aktiv. Ist halt so ein alternativer Heini mit Wollpullover und ungekämmtem grauem Haar, aber wenigstens hat er als Einziger in der Familie trotz allem immer noch ein wenig an mich geglaubt.

Darum hab ich jetzt diesen Job und bewache die Weinbergtulpe. Tulipa Sylvestris heisst sie auf gescheit, das hab ich auswendig gelernt (war auch nicht so schwierig, man muss nur an Stallone denken). Die kleine gelbe Blume ist scheinbar selten und bedroht. Wo sie wächst, sind gewisse Spritzmittel verboten. Und da die Naturschützer einige der Winzer hier in der Gegend verdächtigen, dass sie nur allzu gern mit irgendwelchem Gift um sich sprühen würden, denken sie, dass die die Tulpenzwiebeln beseitigen könnten. Wo keine Tulpe, da mehr Gift und somit mehr Ertrag und mehr Geld. So hat es mir mein Onkel gesagt. Obwohl, Gift ist zwar Kacke, aber Geld find ich eigentlich schon immer cool.

Ich bewachte also Tulpen, obwohl ich sie hasse. Tulpen bringen mich nämlich zum Weinen. Ich weiß auch nicht, warum das so ist, sonst bin ich doch auch nicht so sentimental. Nur bei Tulpen. Vielleicht, weil sie mich an ein Bild erinnern, das in Großmutters Wohnzimmer an der Wand hing: Ein weinendes Mädchen mit gestreiftem Kopftuch und einem Strauß Tulpen in den Händen, Ölfarbe auf Leinwand. Irgendwie steckte dieses Bild mich immer an mit seiner Trauer, schon als kleiner Junge. Später betrat ich Omas Wohnung nur noch, wenn ich starr an dem Bild vorbei blickte.

Scheißtulpen. Wie auch immer. Eins ist klar: Es ist mein kleines Geheimnis, das niemanden sonst etwas angeht.

Jetzt also Tulpenbewachen am Rebberg. Bereits an meinem zweiten Arbeitstag fand ich meinen Job ziemlich öde: auf etwas aufzupassen, das jetzt im März noch völlig unsichtbar blieb, da es im Boden steckte und eine Zwiebel war! Es war Samstagabend, und ich hockte am Rebberg und bewegte mich kaum vom Fleck. Obwohl auf dem Papier der Frühling schon begonnen hatte, fand ich die Nacht doch noch empfindlich kalt.

Die Geräuschkulisse der Zivilisation drang zu mir hoch, die Lichter des Euro-Airports drüben im Elsass leuchteten aus der Ebene. Von irgendwo her wehten leise wummernde Bässe zu mir an den Rebberg. Ich konnte nicht sagen, ob sie von Weil her kamen oder vielleicht sogar aus Basel, vom Wind über die Grenze getragen. Sie waren nicht mehr als ein Hauch.

Und mir war langweilig. Schon wieder hatte ich Wilma allein zu Hause lassen müssen. Jedes Mal entschuldigte ich mich bei ihr, dass ich sie nicht mitnehmen konnte, obwohl ich weiß, welch toller Wachhund sie eigentlich ist. Damit sie wenigstens was zu tun hatte, ließ ich sie draußen im Garten.

Ich schaute auf die Uhr und wunderte mich, wie langsam die Zeit verrinnen kann. Fast wie im Knast. Nur hatte ich hier zum Glück frische Luft. Als auch gegen Mitternacht noch nichts passierte, holte ich ein kleines Päckchen aus der Jackentasche und baute mir einen Joint. So drehten sich die Zeiger zwar auch nicht schneller, aber wenigstens verschwamm die Nacht, mein Blut begann angenehm warm durch die Adern zu fließen und vertrieb die Kälte. Und die Ödnis meines Daseins bekam farbige Striemen und lustige Flecken.

Wohlig bekifft, wie ich war, schlief ich an meiner windgeschützten Wand des Rebhauses friedlich ein und erwachte erst später mit klammen Gliedern wieder.

Da! Da waren Geräusche. Mein Kleinhirn funkte Alarm. Ich hörte Schritte, irgendwo weiter unten zwischen den Rebzeilen. Und verhaltene Stimmen, Männerstimmen. Ich verharrte regungslos.

Ganz deutlich glaubte ich, jemanden »grab das aus, das Zeug!« flüstern zu hören. Ich sprang auf. Nicht mit mir! Wild entschlossen stürzte ich mich in die Dunkelhaut, brüllend wie ein Säbelzahntiger. Erst im Sprung dachte ich daran, dass ich mich vielleicht noch bewaffnen sollte, aber da sich mein Körper schon in der Luft befand, als ich meinen Oberkörper drehte und meinen Arm nach einer Harke ausstreckte, ging das mit der Gewichtsverlagerung und meiner Flugbahn nicht mehr auf. Mit anderen Worten: Ich krachte der Länge nach zu Boden. Als ich mich wieder aufrappelte und mich in Richtung Feind warf, war mein Gebrüll nur noch ein halber Angriffsschrei. Die andere Hälfte wurde von Schmerzenslauten und all den Flüchen ausgefüllt, die mir reflexartig so in den Sinn kamen.

Dennoch merkte ich erst, wen ich vor mir hatte, als meine Hand schon den Wangen sämtlicher Unbekannter, die da im Rebberg rumstanden, je eine gepfefferte Ohrfeige verteilt hatte: Die Unbekannten waren dummerweise gar nicht unbekannt. Sondern mein Onkel und zwei seiner Weinberg-Naturschutzfreunde, die ich bis zu diesem Moment zwar noch nicht gekannt hatte. Jetzt aber lernte ich sie recht schnell kennen. Sie konnten beide mindestens so gut fluchen wie ich, und es war nur meinen sanften Onkel zu verdanken, dass sie mich nicht gleich fristlos entließen.

Dabei hatte ich doch nur ein Held sein wollen. Was konnte ich denn dafür, dass sie nach irgendeiner Geburtstagsfete (ich wusste gar nicht, dass Männer im gesetzteren Alter noch so lange wach bleiben konnten) auf die Schnapsidee kamen, über den Rebberg nach Hause zu laufen und zu gucken, ob ich auch da sei. Natürlich war ich da – und wie!

Jedenfalls: Sie behaupteten steif und fest, dass keiner von ihnen auch nur annähernd so was wie »grab das aus, das Zeug!« gesagt hatte. Tja, meine Ohren hatten wohl drogenbedingt etwas Mühe mit dem Finetuning gehabt.

Eine halbe Stunde später saß ich wieder vor dem Rebhäuschen. Meine Glieder schmerzten von meinem filmreifen Sturz, und immer noch war ich wütend über die Dummheit dieser drei Typen, dass die mitten in der Nacht einfach so im Rebberg rumliefen.

Ich widerstand dem Drang, nochmals einen Joint anzuzünden, und blieb bei einer Zigarette. Da hörte ich wieder ein Geräusch. Trotz Mondlicht konnte ich nichts Verdächtiges sehen, aber da war ganz eindeutig ein eigentümliches Scharren. Nicht lange, dann war es wieder still.

»Nee, nee!«, rief ich laut den Rebberg hinunter. Diesmal blamierte ich mich nicht mehr! Sollten die doch die ganze Zeit hier rumlaufen und mich von mir aus überwachen, wenn sie meinen Fähigkeiten misstrauten.

Doch bald kamen Zweifel in mir hoch: Waren es wirklich die drei von vorhin? Oder waren trotz allem Tulpendiebe am Werk?

Zur Sicherheit stellte ich mich stramm zwei Meter vom Rebhäuschen entfernt hin, sodass man meine gestählte Silhouette gut vor dem Nachthimmel erkennen konnte (nahm ich zumindest mal an). Offenbar nützte es, denn die Geräusche verstummten, und Stille machte sich breit. Die Hosenscheißer hatten wohl den Rückzug angetreten.

Als es eine ganze Weile ruhig gewesen war, stach mich die Neugier dann doch. Ich nahm meine Taschenlampe und machte einen Kontrollgang zu dem Ort, wo die Tulipa Sylvestris bald das Licht der Welt erblicken sollte.

Doch da war nichts mehr. Adrenalin schoss mir durch die Adern, augenblicklich war mir nicht mehr kalt: Genau an der Stelle, wo die meisten Tulpenzwiebeln schlummerten, war die Erde umgegraben, und die Zwiebeln waren weg.

Ich fluchte. Es half nichts.

Ich fluchte nochmals. Es half immer noch nichts.

Da musste jemand mit großer Schaufel und entschiedener Energie zugange gewesen sein. Und ich hatte ihn gewähren lassen!

Nun steckte ich wirklich knietief in der Scheiße.

Den Rest der Nacht verbrachte ich als geknickter Held beim Rebhäuschen und überlegte mir, wie ich aus dieser Nummer wieder rauskam.

Noch bevor meine Schicht zu Ende war und die Morgendämmerung sich im Osten über den Hügeln des Südschwarzwalds ankündigte, nahm ich schließlich die Harke, die ich früher in der Nacht vergeblich zur Verteidigung hatte greifen wollen, und verwischte die Spuren. Nun brauchte ich echt einen guten Einfall, um meinen Job zu behalten.

In meiner Not eilte ich direkt vom Rebberg zum nächsten Gartencenter. Wenigstens war es Sonntag, sodass ich ungestört über den Zaun der Aussenanlage klettern und in den dort aneinandergereihten Blumentöpfen nach Weinbergtulpen suchen konnte. Weil am Rhein schlief, und das war meine Chance. Erst mit der Zeit und nach der Sichtung von vielen, vielen anderen Blumen sickerte die Erkenntnis durch mein vernebeltes Hirn, dass die Tulipa Sylvestris ja eine Wildblume ist. Darum kann man die vielleicht gar nicht kaufen! Wieder brachte mich eine Tulpe fast zum Weinen.

Andere Tulpensorten fand ich gleich reihenweise. Sie hießen Rosalie oder Olympic Flame oder Monte Carlo. Wer kommt denn auf solche Ideen? Sie waren rotgebändert, violett oder lilienblütig, und sie trieben mir die Tränen in die Augen.

Vor lauter Wut packte ich ein paar Töpfe in meinen Rucksack. Als ich doch noch gelbe Tulpen fand, die allerdings den Namen »Flashback« und nicht »Weinbergtulpe« trugen, sackte ich sie auch noch ein und suchte dann das Weite. Blieb einfach zu hoffen, dass meine Auftraggeber so wenig Ahnung von Botanik hatten, dass der Schwindel nicht aufflog, bevor mein erster Lohn überwiesen war.

Als ich endlich nach Hause kam, lag meine Wilma im Garten. Doch entgegen ihrer Gewohnheit sprang sie nicht gleich freudig auf und warf mich vor Glück über einen Haufen, sondern sie blickte mich nur mit leidenden Hundeaugen an.

»Wilma, na komm schon, es gibt Happi Happi«, rief ich. Doch nicht einmal das fruchtete, was mich noch mehr beunruhigte. Als sie sich zu meiner Erleichterung schließlich doch auf ihre großen Pranken hievte, schien sie sich kurz zu konzentrieren, bevor ihr Körper plötzlich Wellen zu schlagen begann und sie sich erbrach. Wilma kotzte punktgenau vor meine Füße. Aus ihrem Rachen purzelte, vermengt in einer unappetitlichen Sauce, eine beachtliche Menge kleiner Blumenzwiebeln.

Tulpenzwiebeln.

Zwiebeln der Tulipa Sylvestris.

Sprachlos starrte ich auf die Bescherung.

Und während Wilma befreit zu mir hoch sah und ihre Schwanzspitze sich immer schneller hin und her zu bewegen begann, zählte ich eins und eins zusammen. Der fast lautlose Dieb gestern Nacht im Rebberg, den ich nach meiner peinlichen Einlage gehört hatte, war kein menschlicher gewesen, sondern mein Hund. Wilma war wohl ausgebüxt, meiner Spur gefolgt – immer wieder staune ich über ihren guten Riecher – und dann kurz vor dem Ziel von ihrem riesigen Appetit übermannt worden.

Nur dass sie mit vollem Magen nach Hause zurückgekehrt war, ohne mich überhaupt zu begrüßen, fand ich ziemlich asozial.

Ich hatte also die Bescherung. Inständig hoffte ich, dass die Tulpenzwiebeln ihre unfreiwillige Reise in die Magensäfte eines Fleischfressers überlebt hatten. Vorsichtshalber wusch ich sie in warmem Wasser ab und wartete, bis es Abend wurde.

Zurück am Rebberg, zu meiner vierten Schicht, wollte ich die Harke nehmen und die blöden Dinger wieder unbesehen verbuddeln.

Doch bevor ich mein Werk beenden konnte, kamen die drei Clowns von gestern Nacht zurück. Diesmal nicht mit gedämpften Stimmen, sondern sie kamen schnurstracks auf mich zu, und sie blähten sich ähnlich auf wie ich es gestern getan hatte, als ich den unsichtbaren Dieb im Rebberg gehört hatte.

Die drei sauberen Naturschützer – mein Onkel und die zwei anderen, deren Wangen von meinen Ohrfeigen alle noch leicht mitgenommen aussahen – hatten Verstärkung mitgebracht: die Polizei.

Tja, das lief jetzt echt dumm. Wie ich erfuhr, war einer von ihnen nämlich der Filialleiter genau jenes Gartencenters, das ich am Morgen besucht hatte. Er hatte meine Selbstbedienungsaktion mit den Tulpen auf den Aufzeichnungen der Überwachungskamera nachverfolgt und mich erkannt. Wahrscheinlich hab ich halt doch einen bleibenden Eindruck hinterlassen.

Der Rest ist schnell erzählt. Meinen Job bin ich natürlich los, und ich warte nun auf dem Weiler Polizeirevier auf den Entscheid, was mit mir weiter geschieht. Vielleicht bringen sie mich wieder in eine dieser staatlichen Institutionen, die innen keine Türklinken haben.

Ich will nicht, dass Wilma schon wieder ins Tierheim kommt! Obwohl: Eigentlich ist es ja sie, die den Knast verdient hat. Schließlich hat sie mit dem Stehlen angefangen. Und ich wollte alles nur richtig machen mit diesen Weintulpen, die mich, einmal mehr, zum Weinen bringen.

ANTJE FRIES

Das dreckige Dutzend

Da liegen sie dann vor mir, die Mauser, die Walther, die Makarow PB, das Jagdgewehr, mehrere historische Armeewaffen und ein original alter Colt. Ein Dutzend Feuerwaffen insgesamt.

Und Alfred ist tot. 37 Jahre lang waren wir verheiratet, und nun ist Schluss. Für Alfreds Tod kann ich aber gar nichts. Mein Problem ist auch nicht Alfred, sondern seine Waffen. Jetzt. Also, die Sache ist so:

Alfred ist zeit seines Lebens – wie viele Winzer bei uns in der Gegend – begeisterter Jäger und Sportschütze gewesen, alle Waffen waren auf ihn registriert, den Waffenschein hatte er schon ganz früh gemacht, da waren wir noch gar nicht verheiratet. Wir haben uns immer ganz gut vertragen in den 37 Jahren. Es gab natürlich die üblichen Querelen, aber nichts, was man mit Waffengewalt hätte klären müssen. Ihn hat ganz schlicht ein Herzkasper ereilt, mitten auf dem Traktor, mitten auf dem Hof, obwohl ich gerade Kaffee gekocht und extra Torte vom Bäcker geholt hatte.

Nun habe ich ein Dutzend Waffen zu Hause. Illegal. Also rufe ich gleich nach der Beerdigung bei der Polizei in Lahr an, weil die auch eine Kriminalpolizei dabei haben. Die sind bestimmt zuständig: Ich habe nämlich in der Zeitung von dieser Rückgabeaktion gelesen, bei der sie Waffen annehmen, die man nicht mehr braucht, wenn man zu Hause quasi für Abrüstung sorgen will. »Das geht aber nur, wenn Sie auch einen Waffenschein haben«, sagt mir die freundliche Polizistin am Telefon.

»Aber ich habe die Waffen doch geerbt«, sage ich und bin immer noch sicher, dass ich hier an der richtigen Stelle bin.

»Tut mir leid, aber das geht nicht ohne Waffenschein. Sie haben also Waffen zu Hause? Ohne Schein? Gute Frau, das ist leider illegal!«

Schnell lege ich auf. Ich kenne mich da nicht so aus, aber was, wenn die meine Nummer auf ihrem Bildschirm gesehen haben? Dann wissen sie jetzt von dutzendfachem illegalen Waffenbesitz, den ich auch noch selbst angezeigt habe, ohne es zu wollen.

Verkaufen kann ich sie auch nicht, denn auch dazu müsste ich eine Waffenbesitzkarte vorweisen können, und die kriege ich ja nur, wenn ... ach, siehe oben!

Ich muss die Dinger loswerden. Falls die Polizei irgendwann danach sucht, muss alles aus dem Haus sein. Am einfachsten, finde ich, ist es, die Waffen einfach in den Rhein zu werfen. Nach und nach, immer schön einzeln, die größeren vorher zersägt, damit alles in die unauffällige Schultertasche passt, deren Größe gerade noch so als Schultertasche zum Spazierengehen durchgehen mag.

Die erste, die Walther, versenke ich in der Abenddämmerung auf einem ausgedehnten Spaziergang bei Schwanau in einem Altrheinarm. Die Leute, die sich bei gutem Wetter dort am Ufer herumtreiben, sitzen um diese Uhrzeit schon alle vor ihrem Grill und starren auf die Würstchen, die Jogger gucken sowieso nicht nach mir und die Hundehalter sind auch längst zu Hause. Es geht ganz leicht, weg ist das Ding! Ich drehe mich um, marschiere zum Auto und mache mich auf die wenigen Kilometer bis nach Hause. Nummer Eins wäre erledigt. Zufrieden steuere ich zurück nach Friesenheim bis auf unseren Winzerhof.

Am folgenden Abend setze ich mich mit einem Glas von unserem Spätburgunder aus dem Wingert am Kronenbühl auf die Terrasse. Ich habe das Glas noch nicht einmal zur Hälfte geleert, als sich ein Schatten aus der Hecke löst. Ich erstarre vor Schreck, aber der Schatten bleibt. Ob er glaubt, ich habe ihn nicht gesehen? Ich stehe auf und schlendere möglichst lässig ins Wohnzimmer. Dort greife ich nach der Makarow PB, das ist die mit dem Schalldämpfer, und schiebe sie in meinen weiten Ärmel. Ich habe sie vorhin aus dem Waffenschrank geholt, um sie schon mal zu zersägen und morgen wegzuwerfen. »Chabe ich gäsähen dich mit Pistole an Rhein!«, sagt der Mann, als er schließlich doch auf der Schwelle der Terrassentür steht.

»Ja und?«, frage ich.

»Nicht waait gäworfen, chabe ich gäfunden!«, und eklig grinsend hält er mir in einer Plastiktüte die sicher entsorgt geglaubte Walther hin. »Kann ich gähen zu Polizaai!«, sagt er. »Oder gibst du mir alles Gääld was ist in Chaus!« Das kann ja wohl nicht wahr sein! Manchmal ist es praktisch, nicht allzu schnell beim Aufräumen zu sein, denn das Patronenlager der Makarow ist noch voll. Und die Walther nass und in einer tiefen Tüte. Also lege ich kurz an, ziele genau auf seine Stirn, es ploppt einmal und er fällt um. Gut, nun bin ich also wirklich kriminell. Aber das macht ja auch schon nichts mehr. Ich zerre den Mann möglichst dicht unter die Hecke hinten im Garten. Morgen werde ich ihn neben dem Kompost begraben, heute schaffe ich das nicht auch noch. Die Pistolen kommen beide wieder in den Schrank.

Ich bin kaum wieder drinnen und habe mir auch noch gar keinen Gedanken um das weitere Verfahren gemacht, da klingelt das Telefon. Eine unterdrückte Nummer. »Sie verkaufen eine alte Mauser?«, fragt eine leise Stimme mit einem ganz leichten Akzent, den ich irgendwo in Italien verorten würde. »Wie kommen Sie denn darauf?«, frage ich überrascht. »Na, Sie haben doch kürzlich der Polizei gleich mehrere Waffen angeboten, stimmt's?«

»Woher ...«, will ich fragen, aber der Mann unterbricht mich: »Woher ich das weiß, tut nichts zur Sache. Ich biete Ihnen 200.«

»Euro?«, frage ich völlig verdattert, denn eigentlich ist das ja schon völlig wurscht.

»Sie finden das Geld heute Abend im Mülleimer neben der ersten Parkbank in der Anlage am Mühlbach in Offenburg, wenn Sie von der Hauptstraße aus kommen. Es wird in einer Plastiktüte stecken, in die Sie die Mauser legen, wenn Sie das Geld rausgenommen haben.« Dann legt er auf, und eigentlich ist das in Ordnung, denn Fragen habe ich ja gar keine mehr.

Als ich nach dem erfolgreichen Tauschgeschäft wieder von Offenburg nach Friesenheim fahre, muss ich lachen: So einfach kann es auch gehen! Aber ich darf den Kerl in meinem Garten nicht vergessen! Heute habe ich keine Zeit mehr, aber man sieht den Mann draußen ja nur, wenn man nach ihm sucht, also genehmige ich mir noch einen Tag, denn es regnet gerade, da habe ich überhaupt keine Lust, im Garten zu graben. Lieber gehe ich mit meinen unverhofften 200 Euros shoppen und zum Friseur. Auch ein Abendessen in der Lahrer Weinstube ist noch drin. So schlecht ist das Leben ohne den Gatten gar nicht, stelle ich fest, und seine blöden Knarren haben mir sogar diesen netten Tag ermöglicht. Nicht, dass ich sowas nicht auch sonst machen könnte, aber mal ehrlich, wann genehmigt man sich derlei schon mal wirklich?!

Am nächsten Morgen beginne ich früh damit, ein größeres Loch neben dem Kompost auszuheben, das für den Erpresser von vorgestern reichen soll. »Morgen!«, tönt es da plötzlich. Mein Nachbar Rudi! Er hat an der einzigen Schwachstelle der Hecke zwei Ligusterzweige auseinander gebogen und strahlt mich fröhlich an. »Na, wen willst du denn da vergraben?«, scherzt er, stutzt kurz und sagt dann: »Sag mal, ist das ein Paar Füße, was da vorne unter der Hecke rausguckt?« Spontan donnere ich dem armen Rudi den Spaten aufs Hirn. Er fällt vornüber durch die Hecke in meinen Garten, wo ich ihn kurz darauf mit Gewebeband mundtot mache und so verklebe, dass ich ihn komplett gefesselt in den Keller zerren kann. Dann schiebe ich die Füße des Mannes draußen zur Sicherheit weiter unter die Hecke. So, jetzt erstmal in Ruhe einen Kaffee trinken und nachdenken!

Doch dazu komme ich nicht, denn draußen biegen gerade zwei Wagen ziemlich schnittig in die Einfahrt meines Hofs und parken mitten im Weg. Beides sind Kombis, der eine weiß, der andere dunkelblau. Eine Frau und drei Männer steigen aus und ich sehe sofort: Das ist Polizei! Eigentlich habe ich keine Ahnung von sowas, aber nach Hunderten von Fernsehkrimis ist es diese typische Situation. Gleich wird der Ranghöchste sich selbst vorstellen und auf die Kollegen zeigen oder aber der Jüngste seinen Chef und die anderen nennen und selbst seinen Ausweis hochhalten.

»Letzte Nacht sind in Mannheim mitten in der Fußgängerzone zwei Männer erschossen worden«, sagt der Ranghöchste, der sich tatsächlich mit »Schmidt, Kriminalhauptkommissar, das sind meine Kollegen ...« vorstellt, nachdem ich in der Tür erschienen bin.

»Auf den Planken?«, frage ich, um zu zeigen, dass ich durchaus Ortskenntnis besitze. Er nickt. »Zwei Albaner. Wir suchen noch den oder die Täter. Und wissen Sie was?«

Der Kommissar braucht nicht weiterzureden. Ich kann mir etwas Schreckliches denken. Er redet dann doch weiter und bestätigt meine Befürchtung: »Die Tatwaffe haben wir schon. Sie steckte in einem Mülleimer in der Nähe.«

Ich versuche, gelassen zu bleiben: »Ja und? Was habe ich damit zu tun?«

»Mein Beileid, denn wir wissen, dass Ihr Mann erst kürzlich verstorben ist. Aber die Tatwaffe ist auf ihn registriert.«

Jetzt habe ich nur noch eine Chance: »Eine Waffe?«, keuche ich erschrocken. »Auf Alfred? *Meinen* Alfred?«

Schmidt nickt ernst: »Da gibt es leider keinen Zweifel. Dürfen wir mal sehen, wo er die Waffe gelagert hatte, damit wir da auch ganz sicher gehen?«

»Aber ich weiß doch gar nichts von einer Waffe«, rufe ich verzweifelt, was nicht einmal gelogen ist: Ich weiß nicht von einer, sondern von ganz furchtbar vielen Waffen! Und wir stehen in meinem Wohnzimmer direkt davor, denn fast alle der vermaledeiten Dinger lagern in einem als Bauernschrank getarnten Waffenarsenal. Doch das muss ich denen ja nicht eher als unbedingt notwendig erzählen.

»Dann dürfen wir uns sicher mal ein wenig bei Ihnen umsehen«, sagt Schmidt, und es ist klar, dass er das nicht als Frage gemeint hat. Ach du liebe Güte! Wenn die gleich hier den Waffenschrank öffnen! Und: Ogottogott, der Rudi! Wenn sie den im Keller finden, ist alles aus. Endgültig. Aber sie teilen sich auf: Zwei schlendern recht entspannt durch das Erdgeschoss und die Schlafzimmer oben, zwei nehmen sich im Nebengebäude das Büro, den kleinen Lagerraum dahinter und die Weinprobierstube samt Verkaufsraum vor. Von dort kommt nach wenigen Minuten der Ruf: »Chef, hier!«, und schon interessiert sich zum Glück kein Mensch mehr für mein Wohnhaus mit dem Bauernschrank und dem Keller mit dem geknebelten Rudi drin.

In der Schublade von Alfreds Schreibtisch hat einer der Beamten ein Futteral gefunden, das genau zur Mordwaffe passt. Ich bin sehr froh, dass man mir abnimmt, überhaupt keine Ahnung zu haben. Als die Polizisten mitsamt dem Futteral abgerückt sind und nicht einmal nach weiteren Waffen gefragt haben, brauche ich erstmal einen Tresterbrand. Oder auch zwei. Wie aufregend mein früher so beschauliches Leben geworden ist! Schnell kippe ich noch einen Trester und seufze erschöpft.

Da fällt mir der Rudi wieder ein. Ich kann den doch da nicht so liegen lassen! Immerhin sind wir seit Jahrzehnten Nachbarn, und außerdem kriegt der ja auch mal Hunger und muss sicher auch schon längst pinkeln, immerhin hat er neulich mal was von Prostata erwähnt. Schließlich sitze ich heulend neben meinem gefesselten Nachbarn im Keller und erzähle ihm, wie das alles gekommen ist. Er zappelt und will wohl etwas sagen, also knibbele ich möglichst vorsichtig das Klebeband von seinem Mund. Erst schnauft Rudi tief, dann sagt er: »Hör mal, ich hab

doch noch alte Kontakte, das geht ratzfatz, wenn du willst!«
Rudi war nämlich früher mal bei der Polizei und meint, kri-
minelle Subjekte, die Waffen samt Waffenschrank gebrauchen
können, gebe es massig, und er kenne da welche, und wenn die
Polizei die Dinger schon nicht annehmen wolle, dann könne
man ja wenigstens noch ein bisschen was rausholen mit dem
Verkauf so unter der Hand. »Ratzfatz«, sagt er nochmal, »du
wirst's sehen!«.

»Und deine Bedingungen?«

»Zuallererst will ich aufs Klo. Danach regle ich alles. Auch
mit den Kollegen. Sonst verplapperst du dich nachher. Dafür ziehen wir zwei nach der ganzen Chose zusammen irgendwo ins
Warme nach Spanien.«

»Wir zwei?« Ich bin baff: Er erwartet, dass ich meinen Hof
verlasse? Doch loswerden könnte ich den Rudi ja nur, wenn ich
ihn hier im Keller verhungern lasse oder auch noch neben den
Kompost bette. Eigentlich ist mir das alles aber viel zu aufregend
mittlerweile. Rudi grinst mich an: »Weißt du, ich hab schon immer durch die Büsche gelinst, wenn du dich draußen gesonnt
hast. Was ich da sehe, gefällt mir auch heute noch. Also, was ist
nun?«

Was bleibt mir denn da übrig!

Ich lasse Rudi also alle Waffen aus dem Schrank räumen, damit
auch schön seine Fingerabdrücke daran sind, wenn ich nachher die Polizei verständige. Früher hätte er so eine Arbeit nur
mit Handschuhen erledigt, aber er wird im Alter offensichtlich
nachlässig. Dann jammere ich, dass ich das wahrscheinlich nicht
überleben würde vor Aufregung, wenn die ganzen Mordinstru-
mente weiter in meinem Haus lagern, nachdem ich nun durch
den Albanermord mitbekommen habe, was tatsächlich damit
angestellt werden kann. Kaum steht Rudi mit einer alten Reisetasche voller Waffen auf meiner Terrasse, um sich mit meiner
gefährlichen Erbschaft durch die Ligusterhecke nach drüben zu
schleichen, ziehe ich ihm mit dem Spaten wieder eins über die

Rübe. Das kennt er ja schon, also geht er brav zu Boden und macht keinen Mucks mehr. Also so gar keinen mehr.

Nun habe ich endlich mal Zeit für den Erpresser mit dem Osteuropa-Akzent, der ja schließlich immer noch in meiner Hecke liegt. Mit Blickkontakt zum Rudi, also jedenfalls, wenn die beiden noch sehen könnten. Mit dem Spaten grabe ich das angefangene Loch so richtig schön tief. Da passen der Mann mit der harten Aussprache und Nachbar Rudi glatt gemeinsam rein. Und weil der Rudi die Reisetasche mit den Waffen auch im Tod noch so dermaßen fest umklammert hält, lasse ich sie ihm für die Ewigkeit und will gar nicht mehr staunen, dass die Kripo auf allen Waffen seine Fingerabdrücke findet. Erde drüber und gut.

Das hätte ich eigentlich gleich so machen sollen: Gar nicht erst fragen, wohin mit den Waffen. Oder gar verkaufen wollen. Einfach ein Loch im Garten buddeln und Schluss. Verkaufen werde ich aber den mittlerweile entkernten Bauernschrank. Der muss weg. Ich inseriere im Internet und finde schnell einen Käufer. Die speziell angefertigten Bretter, die früher innen die Waffen gehalten haben, brennen prima. Und Rudi kommt nicht mal mehr wie sonst immer und beschwert sich, dass ich offenes Feuer im Garten mache.

Ein paar Tage später klingelt tatsächlich die Polizei nochmal bei mir. Der nette junge Kriminaloberkommissar Lehmann berichtet, Rudi sei verschwunden. Ja, da bin ich dann aber mal völlig ratlos. Ich kann mir auch keinen Reim darauf machen, warum seine Terrassentür offen steht und er sein Haus wahrscheinlich in Hausschuhen und ohne Geldbeutel und Ausweise verlassen hat. Ein Bekannter hatte sich einfach gewundert, dass bei Rudi seit Tagen das Radio dudelte, das Licht brannte und der Briefkasten überquoll, und als er vorsichtig ums Haus herum ging, sah er die offene Terrassentür und verständigte die Polizei, weil er das Haus ohne Rudi vorfand.

»Aber hat Rudi mir nicht irgendwann mal erzählt, dass er schon damals, als er noch Ihr Kollege war, beste Beziehungen zur organisierten Kriminalität gehabt hat? Ich meine, da weiß man ja nie, was solchen Typen einfällt. Oder wie lange sich einer daran erinnert, wer ihn irgendwann mal hinter Gitter gebracht hat. Vielleicht hat ihn ja so einer gekidnappt!«, biete ich an, um davon abzulenken, dass Lehmann weiter schnurgerade auf das Doppelgrab im Garten guckt.

»Haben Sie einen grünen Daumen?«, fragt er plötzlich. Erschrocken krächze ich: »Na ja, geht so.«

Dann sagt er: »Da hinten, die große rechteckige Fläche, da legen Sie wohl ein neues Beet an, oder?«

»Ja, da habe ich jede Menge Moos weggekratzt, und plötzlich war der Rasen mit weg, also werde ich was Buntes dahin pflanzen, mal sehen.«

»Oder legen Sie dort doch ein Gemüsebeet an, so direkt beim Kompost, das ist doch praktischer als jetzt.«

Bei aller Liebe, das dann doch nicht. Der Gartenliebhaber merkt zum Glück beizeiten, dass er ja eigentlich gar keine Zeit mehr hat, entschuldigt sich für die Störung und will gerade gehen, als ihm noch etwas einfällt: »Sagen Sie mal, eine Kollegin hat mich vorhin angesprochen. Sie fand, das seien ein paar Zufälle zuviel von Ihrer Adresse aus: Der Tod Ihres Gatten, der Albanermord mit seiner Waffe, das Verschwinden Ihres Nachbarn und Ihr merkwürdiger Anruf bei der Kollegin, dass Sie ein ganzes Arsenal Waffen loswerden wollten.«

»Oh, Sie wissen, dass ich das war?«

»Klar«, nickt Lehmann. »Dafür sind wir die Polizei. Also, wo sind die Waffen?«

»Die wollte Rudi entsorgen. Seit er die mitgenommen hat, habe ich ihn nicht mehr gesehen.« Das ist nicht einmal eine übermäßig dicke Lüge, finde ich. Der Kommissar seufzt und sagt: »Jaja, schon schade, das alles. Wissen Sie eigentlich, wieviel die Waffen Ihres Mannes wert sind? Da schuldet der gute Rudi Ihnen ganz sicher einen stattlichen fünfstelligen Betrag.«

»Ist nicht wahr!«, staune ich. Als Lehmann endlich das Feld geräumt hat, überlege ich mir, dass es ganz egal ist, was ich tue, Mord und Totschlag gibt es so oder so. Dann kann ich wenigstens noch ein bisschen davon profitieren. Nach dem Abendessen trinke ich zur Vorbereitung einen Schoppen von Alfreds bestem Müller-Thurgau und beginne zu graben. Nicht besonders angenehm, die Ansicht. Aber ich muss ja an die Reisetasche. Da bemerke ich neben mir eine Bewegung. Lehmann sagt ganz freundlich: »Hab ich's mir doch gedacht, dass da noch keine Blümchen drauf kommen!«

Bettina Hellwig

Pferdegeflüster

Varus stand vor mir. Dicht. So dicht, dass ich den Alkohol in seinem Atem riechen konnte. Also viel zu dicht. Immerhin war zwischen uns noch der Zaun, aber man konnte ja nie wissen. Ich hielt die Luft an und schob mich so unauffällig wie möglich etwas zurück. Der Schwarzwälder war zwar nicht mehr der Jüngste, machte aber immer noch gern mal einen auf dicke Hose. Und ich hatte keine Lust auf blaue Flecken oder so. Er hatte schon zweimal Kumpels von mir so zusammengeschlagen, dass die Ärztin kommen musste. Seitdem waren wir für ihn außer Reichweite, getrennt mit weißem Elektroband, das seinen Zweck erfüllte und auch jetzt beruhigend regelmäßig tickte. Auf meiner Seite war ich der Chef.

»Du muschd mir helfen«, sagte Varus, und seine wulstigen Lippen prusteten rötlich gefärbten Speichel in meine Richtung.

Das war jetzt mal was Neues. Nicht die Fahne, die hatte er öfter, er liebte Fallobst und auf seiner Koppel gab es jede Menge davon unter den Apfelbäumen. Noch lieber mochte er aber Weintrauben, den roten Spätburgunder, gerne auch schon etwas angegoren. Die brachte ihm Konni seit einigen Wochen regelmäßig mit. Wuchsen ja schließlich in rauen Mengen in den Rebhängen rund um unsere Koppeln. Manchmal schüttete er Varus sogar die Reste aus seiner Weinflasche in die Tränke. Und so war Varus mittlerweile zum Weinkenner geworden, der die Lippen genießerisch kräuselte, wenn er von intensiven Brombeer- und Kirscharomen schwärmte.

Neu war hingegen, dass Varus mich um Hilfe bat. Ausgerechnet Varus. Ein ehemaliger Deckhengst des Marbacher Landgestüts, der hier bei uns auf Evas Schönblick-Hof zwischen Meersburg und Überlingen eine Rente bis zu seinem Tod bezog. Ok, bitten ist jetzt vielleicht etwas zu viel gesagt. Er hatte mich mit

»Ey, Alter, komm mal her«, zum Zaun beordert. Dabei ist er gerade mal drei Jährchen jünger als ich. Aber ich bin ja auch nur ein ausgemusterter Dressurwallach, der um sein Auskommen bangen muss und nicht verbeamtet ist wie der Herr Hengst.

»Isch brauch dein Rat«, nuschelte Varus, trat einen Schritt zur Seite und deutete mit dem Kopf in die Mitte seiner Koppel. Ich folgte seinem Blick und kniff die Augen zusammen. Unter dem Dach der Weidehütte lag ein dunkler Haufen, etwa von der Größe einer Schubkarrenfüllung Mist.

»Hast du einen Sack Müsli geklaut?«, witzelte ich und schnaubte ein kleines Lachen hinaus. Zwischen uns war ja immer noch der Zaun. Und außerdem hatte Varus mich um Hilfe gebeten, also würde er sich doch zurückhalten. Hoffte ich.

Ich blinzelte und starrte zu der nach vorne offenen Hütte. Bis vor kurzem hatte es heftig gewittert, und auch jetzt goss es immer noch wie aus Tränkeeimern, den großen, die ein Pferd nicht in einem Zug leertrinken konnte. Der Regen hatte den Boden der Koppeln in Morast verwandelt, und wenn wir die letzten verbliebenen Grashalme ausrissen, kamen immer die matschigen Wurzeln mit, die zwischen den Zähnen knirschten und nach Erde schmeckten. Was wollte Varus von mir?

Varus schüttelte den Kopf und stampfte mit den breiten Hufen auf den Boden, sodass Matschfontänen hochspritzten.

Hinter meinem Rücken drängten sich mit deutlichem Abstand zu mir und Varus die anderen drei aus meiner Truppe zusammen. Der Haflinger Nils, ein Pferd im besten Alter (seiner Meinung nach), das elegante Vollblut Myra und Lady, eine etwas ältere Rappstute mit glänzendem Fell, über deren Augen sich aber zu ihrem Kummer weißgraue Stellen ausbreiteten. Dass die schöne Myra hoffnungsvoll in Richtung Varus schielte, hatte ich nicht anders erwartet. Natürlich bin ich nicht mehr der Jüngste, aber Varus auch nicht, und sie hätte wenigstens den Schein wahren und zu mir halten können, wie es mir gebührt, so als Mini-Herdenchef. Aber Anstand ist von einer rossigen Stute wohl etwas zu viel verlangt.

»Du muschd gucken, bitte, bitte«, schnaufte Varus.

Er hatte »bitte« gesagt, sogar zweimal. Also hatte er wohl wirklich ein Problem. Oder zumindest glaubte er, er hätte eines. Trotz seines Alters waren die Muskeln unter seinem fuchsfarbenen Fell immer noch beeindruckend, doch mit Intelligenz konnte er eher nicht protzen.

Ich versuchte es mit dem anderen Auge, konnte aber beim besten Willen im Dunkel der Weidehütte keine Einzelheiten erkennen. Da löste sich Nils aus der Gruppe und trippelte ein paar Schritte nach vorne, immer schön hinter meinem Rücken in Deckung bleibend.

»Das ist doch Konni«, raunte er mir zu und reihte sich dann rasch wieder bei den anderen ein. Nils sah besser als ich, und sein Verstand war so grashalmscharf wie seine Augen. Und zu unserem Pferdepfleger hatte er ein besonders inniges Verhältnis, immerhin brachte der uns täglich das Essen.

»Das scheint Konni zu sein«, sagte ich zu Varus, der bestätigend nickte.

»So weit war ich auch schon«, brummelte er.

»Was ist mit Konni? Was macht er unter dem Baum, mitten in der Nacht?« Kluge Fragen von einem scharfsinnigen Wallach, aber sie verschafften mir Zeit zum Nachdenken.

»Vielleicht will er uns füttern?«, schlug Nils vor. Typisch Haflinger, Robustpferd, denkt immer nur ans Fressen.

»Das kann er nicht, er bewegt sich nicht«, sagte Varus.

»Vielleicht schläft er?«, schlug ich vor.

»Zuviel Bauernbrot mit Landjäger und Blauschimmelkäse gegessen und dann zuviel Spätburgunder getrunken, das macht müde«, sagte Varus. Auch Schwarzwälder Kaltblütern ist Fressen wichtig, wie man sieht.

»Bei dem Regen?« Das war Nils. »Menschen mögen das ja nicht so gerne.«

»Vielleicht hat er in der Hütte Schutz gesucht und ist dann eingeschlafen. Von hier aus kann ich es aber nicht so genau erkennen.« So schnell wollte ich mich von meiner bevorzugten

Theorie nicht abbringen lassen. »Wir könnten bis zum Morgen warten, das ist nicht mehr lange. Ich könnte dann mehr sehen. Und vielleicht wacht Konni dann auf, und die Sache hat sich erledigt.« Das war wohl die beste Lösung, denn schließlich war da ja der Elektrozaun, und da konnte ich nun mal nicht durch. Beim besten Willen nicht.

»Das haben wir gleich«, sagte Varus und warf sich mit voller Wucht gegen die weißen Bänder. Was zur Folge hatte, dass Funken aus seinem Fell in die feuchte Nachtluft stoben. Doch das hielt den Hengst nicht ab, und Varus warf sich ein zweites und drittes Mal dagegen. Das gleichmäßige Ticken verwandelte sich in ein unregelmäßiges Knacken, bei dem sich mein Rückenfell aufstellte. Das musste Varus doch wehtun, aber er schien den Schmerz nicht zu spüren. Er trampelte auf den Bändern herum, bis er sie so vollständig in den Morast eingearbeitet hatte, dass sie nur noch ein ersticktes Protestknistern von sich geben konnten. So schnell hatte sich also die Sache mit dem Zaun erledigt.

Aus den Augenwinkeln sah ich, wie Nils, Lady und Myra während Varus' Zerstörungsaktion Schritt für Schritt zurückgewichen waren und sich jetzt an der am weitesten entfernten Ecke unserer Koppel zusammendrängten. Also vor allem Nils. Lady und Myra hoben synchron Köpfe und Schweife. Doch Varus hatte jetzt kein Auge für die Stuten.

»Bitte schön«, sagte er zu mir, trat zur Seite und gab den Weg frei.

Das war jetzt blöd. In meinem Kopf flogen die Gedanken hin und her wie Schwalben in den Abendstunden. Abhauen ging nicht. Ich hätte es trotz meiner Arthrose mit einem Spurt versuchen können, aber auf Varus' Seite kam wieder ein Zaun, und ich als Edel-Warmblut hatte nicht das dicke Fell, um den niederzuwalzen. Und ohnehin zu wenig Zeit. Über den Zaun zu springen, wie die elegante Myra es gelegentlich tat, kam für mich nicht infrage. In meinem Alter ist man ja doch etwas eingeschränkt in seiner Beweglichkeit.

In der warmen Sommerluft hing der Geruch nach nassem Gras und vergorenem Obst. Aus meinem Schopf rannen Regentropfen über meine Nase und kitzelten mich an den Nüstern. Auf dem Boden tickten die Bänder.

»Du kannst einfach drüberspringen«, schlug Varus vor.

Als ob das mein Problem gewesen wäre. Natürlich konnte ich über so ein blödes Bändchen springen, schließlich hatte ich in meinem Leben als aktives Spitzenklasse-Turnierpferd schon ganz andere Hindernisse überwunden. Aber wenn Varus mich anschließend niedermachen und meine Truppe übernehmen wollte, würde er das tun. Myra wäre begeistert, und Lady vielleicht auch. Und ich konnte nicht mal sicher sein, dass man in meinem Alter für meine Verletzungen die Ärztin rufen würde. Ich hatte im Gegensatz zu dem Herrn Hengst keine Krankenversicherung auf Kosten des Steuerzahlers. Ich sah mich schon einsam und allein mein Leben unter grässlichen Schmerzen auf dem Matschboden aushauchen.

»Kommschd du jetzt endlich. Bitte!«, brummelte Varus.

Die Schwalben in meinem Kopf flatterten aufgeregt hin und her. Die Bänder lagen jetzt nutzlos am Boden und schützten mich nicht länger. Und er hatte »bitte« gesagt. Ich nickte. In dieser Situation erschien mir Kooperation alternativlos. Also bemühte ich mich um einen stilistisch einwandfreien Satz, immerhin sah Myra zu. Ich spannte meine Muskeln an, beugte die Hinterhand und sprang, rutschte etwas, ignorierte die Schmerzen und landete elegant auf der Nachbarkoppel. Gelernt ist gelernt, auch mit Arthrose. Dann tänzelte ich hinter Varus' muskulösem Hinterteil mit dem blonden Schweif zur Weidehütte, während ich hinter mir das Aufatmen meiner Truppe spürte.

Das, was an der Wand unter dem schützenden Dach der Hütte lehnte, war Konnis weinrote Jacke. Und das in der Jacke war Konni, unter ihm eine karierte Fleecedecke, um ihn herum verteilt die Reste eines Vespers, die Zipfel von zwei Landjägern, Käserinde, Brotkanten und eine umgekippte Flasche, die nach Rotwein roch, nach Beeren und Früchten und ganz leicht nach

Mokka und Vanille. Das Rote, das in gleichmäßigen Sprenkeln in Konnis Gesicht verteilt war, sah aus wie Blut.

Das riecht nach Ärger, dachte ich.

»Der schläft nicht«, stellte ich fest, nachdem ich nicht nur das Essen, sondern auch Konni fachpferdisch beschnuppert und vorsichtig mit einem Vorderhuf angestupst hatte. Die Haut im Gesicht und an den Händen roch nach Konni, war aber klamm und kalt. »Der ist wohl tot.« Ich hob den Kopf und sah Varus an. »Alter, du hast ein Problem.«

»Wieso nur ich?«, fragte Varus.

»Konni liegt auf deiner Koppel«, erinnerte ich ihn. »Und du hast seinen Rotwein umgekippt und von der Decke geschleckt.« Ha, das hatte ich doch jetzt wirklich meisterdetektivisch kombiniert!

»Aber das Problem haben wir alle gemeinsam.« Ach nee, auf einmal entdeckte Varus seine soziale Ader.

»Wenn er tot ist, kann Konni uns kein Heu mehr bringen. Und das heißt: Wir alle bekommen kein Frühstück.« Das konnte ja nur von Nils kommen, der Lady und Myra auf Varus' Koppel gefolgt war. Wenn es ums Fressen ging, schaltete sein sonst so kluges Haflingerhirn auch mal auf Sonderweg.

»Das dürfte das kleinste Problem sein«, sagte ich und wandte mich an Varus. »Es ist deine Weidehütte, und die steht auf deiner Koppel. Wir kommen hier normalerweise gar nicht hin.« Der Hengst hörte mir so angespannt zu, dass ihm nicht auffiel, wie unruhig Myra hin und her trappelte. Ich deutete auf den matschigen Boden vor der Hütte, wo sich ovale Löcher mit Regenwasser füllten. »Das da, das sind doch deine Hufspuren?«

»Ich war das aber trotzdem nicht«, sagte Varus

»Bloß wird dir das kein Mensch glauben. Noch dazu, wo du die Spuren des echten Mörders mit deinem Getrampel so gründlich verwischt hast. Und außerdem hast du ihm deine Rotweinfahne ins Gesicht geprustet.«

»Ich habe doch nur versucht, ihn aufzurichten.«

»Ist dein Hirn in die Haferkiste geplumpst?« entfuhr es mir. »Das war ganz klar Mord, und damit ist das jetzt ein Tatort, da darf man nichts verändern.«

»Woher sollte ich das wissen?« Varus schüttelte seine nasse blonde Mähne, dass die Tropfen flogen, und schnaubte beleidigt.

Ja richtig, woher auch. Ich wusste das von unserem Minishetty Maxi, das sich frei auf Evas Hof bewegen durfte. Sonntagabends schaute es immer auf Konnis Terrasse vorbei, der sich dort auf einem kleinen Fernseher Tatort ansah, wenn es dazu warm genug war. Wenn nicht, sah Maxi durch das Fenster zu. Aber Varus redete nicht mit Kleinpferden, das hielt er für unter seiner Würde.

»Er könnte ja auch einfach so hingefallen sein.« Ja klar, Varus, netter Versuch.

»Und hat sich im Suff den Kopf blutig geschlagen? Hier gibt es weit und breit keine harten Gegenstände. Natürlich wird man dich verdächtigen«, sagte ich und trat vorsichtig einen Schritt zurück. Wegen des Überbringens von schlechten Nachrichten und so.

»Die werden das mir in die Hufe schieben?«, fragte er und ließ den Kopf hängen.

Ja, das werden sie, dachte ich. »Das kann man ja auch irgendwie verstehen«, wagte ich zu sagen. Uh, oh, dünnes Eis! Sofort schoss Varus großer Schädel herum.

»Wie meinst du das?«

»Na ja,« sagte ich langsam. »Wegen der Sache mit Claus Erich.«

»Das war ein Unfall, Alter, dafür konnte ich wirklich nichts.« Das konnte man sehen, wie man wollte. Evas Lebensgefährte hatte im Stall nichts zu suchen gehabt. Und unsympathisch war er auch. Aber das war noch lange kein Grund, um plötzlich auf die Hinterbeine zu gehen und zu steigen. Varus wollte ihn zwar nur ein bisschen beeindrucken. Das ging leider gründlich schief, denn Claus Erich stürzte und zerriss sich dabei irgendein Band am Knie, Menschen haben sowas ja auch, worauf er wochenlang nur noch humpelnd über den Hof laufen konnte. Und Varus nicht mehr mochte. Gelegentlich schnappte ich von ihm Wörter wie »einschläfern« und »Schlachter« auf. Beamteter Hengst hin oder her, ich hatte so ein Gefühl, dass Varus sich keine zweite solche Aktion leisten durfte. Und ein toter Konni auf der Koppel war schlimmer als ein verletzter Claus Erich.

»Vielleicht hat Claus Erich Konni umgebracht?«, überlegte ich laut. »Weil Eva neulich so freundlich mit Konni gesprochen hat?« Mit Konkurrenz unter Männern kannte ich mich aus. »Und jetzt will er es dir in die Hufe schieben?

»Meinst du wirklich?« Varus begann zu zittern. Wenn er nicht so ein Idiot wäre, hätte er mir fast leidgetan.

Ich nickte wichtig. »Vielleicht kann ich dir helfen.«

»Wie das?« Das Zittern machte eine kleine Pause, nur um dann umso heftiger wieder einzusetzen. Ich holte tief Luft und prustete. Nur nichts überstürzen, sonst kam Varus mit dem Denken nicht nach. Und dann hatte ich einen Plan.

»Wir trampeln jetzt alle noch mal ausgiebig um die Hütte, stupsen Konni mit den Nasen an und zerren mit den Zähnen an seiner Decke. Dann sind da von uns allen Spuren dran. Wir sind alle verdächtig, und uns alle können sie ja schließlich nicht töten.« Ich hoffte für Lady und mich, dass das auch für ältere Pferde galt.

»Das würdest du für mich tun?« fragte Varus.

»Na klar, das machen wir für dich«, sagte ich, sah mich nach meiner Truppe um und fügte leise hinzu: »Wenn du dich gelegentlich revanchierst und mir, sagen wir mal, eine der Stuten überlässt.« Denn wenn wir jetzt Freunde wurden und auf einer Koppel blieben, würde er als Hengst der Herdenchef werden, so war nun einmal die Natur.

»Aber nicht Myra!«

»Lady ist auch ok«, sagte ich und ging Nils und den Mädels mit gutem Beispiel voran. Bald hatten wir den Boden um die Hütte in tiefen Morast verwandelt.

Die fünf Pferde standen Seite an Seite dampfend in der Morgensonne, als die Stallbesitzerin Eva den toten Konni entdeckte. Eine halbe Stunde später zuckten die Blaulichter von drei Polizei- und einem Krankenwagen im Hof und am Koppeleingang. Um Konnis Weidehütte waren rot-weiße Absperrbänder gespannt. Die kleine Herde drängte sich einträchtig am Zaun zusammen und beobachtete, wie Konni, ihr Konni, in eine längliche weiße Kiste mit Deckel gelegt und in den Krankenwagen geschoben wurde.

»Vermutlich ein Herzinfarkt«, sagte eine Frau mit Pferdeschwanz, die einen weißen Arztkittel trug. »Ansonsten kann ich keine äußeren Verletzungen erkennen. Aber wieso ist hier alles so zertrampelt?«

»Der Pferdepfleger Konni ist eines natürlichen Todes gestorben«, sagte der Kommissar, nachdem er den Obduktionsbericht gelesen hatte. »Nur das mit dem Rotwein im Gesicht ist irgendwie seltsam.«

SUSANNE HARTMANN

Verschütteter Wein

Es war Mittwoch, Ende September. Markus hatte es nach langer Zeit wieder ins Badische verschlagen. Das war sein erster Urlaub seit vier Jahren. Eine Woche konnte er sich leisten, aber nur, weil er bei seinem Cousin wohnen konnte. Der interessierte sich nicht für Traubensaft, erst recht nicht für vergorenen. Im Keller roch es nach Maische. Darunter mischte sich ein Hauch von Wein, als hätte ein Lehrling Klingelberger, Spätburgunder und Muskateller beim Abfüllen verschüttet. Mehr als zwanzig Leute hatten sich eingefunden, um der offenen Weinprobe und Führung beizuwohnen. Der Leiter, ein Önologe, begrüßte alle im Namen der Winzergenossenschaft Durbach.

Gerade erzählte er von achtzig Jahren Tradition des Verbandes, da merkte Markus, wie der Blick eines Mannes auf ihm ruhte.

»Hallo, Markus«, sagte er, »lange nicht gesehen.«

Markus fixierte ihn. Er brauchte ein paar Sekunden, bis er ihn erkannte. War das nicht Kai? Sein Kumpel aus Studienzeiten? Markus gab sich alle Mühe, seinen Schrecken zu verbergen.

Aus Kais straffen Wangen und glatter Stirn war ein schwammiges Gesicht geworden. Früher gewissenhaft rasiert, zierte es nun ein struppiger Vollbart. Zwischen blonden Haaren sprossen Silberfäden. Was war aus den strahlend blauen Augen geworden? Sie wirkten gräulich, wie ein verhangener Herbsthimmel. Darunter zeichneten sich Tränensäcke ab. Breit war er geworden, nicht muskulöser, sondern fett.

Geschieht ihm recht, dachte Markus und versuchte ein Lächeln.

»Na, Kai, auch hier.«

»Wie lange ist das jetzt her?«, fragte Kai und beantwortete seine Frage gleich selbst. »Bestimmt drei Jahre.«

Jemand machte: »Pscht.« Und sie verstummten. Während der Önologe die Besucher zuerst an riesigen Blechtanks vorbei schleuste, danach an Eichenholzfässern, in einem fort redend, linste Kai hin und wieder verstohlen zu ihm rüber.

Nach der Führung blieb Markus nichts anderes übrig, als sich bei der Weinprobe zu Kai zu setzen. Sie saßen einander gegenüber. Der Leiter kredenzte einen Chardonnay. »Atmen Sie dieses Bouquet nach Apfel und Quitte, mit einem Anflug von Ananas.« Markus und Kai schnupperten an ihren Weingläsern.

»Lassen Sie das feinfruchtig Blütenvolle auf der Zunge zergehen.« Sie nahmen einen Schluck und schlotzten. Der Önologe nickte ihnen zu. »Genießen Sie das exotisch Leichte dieses rassigen Weines.«

Zwei weitere Sorten wurden eingeschenkt. Der Weißburgunder, ließ der Weinfachmann wissen, erinnere an Litschi, am Gaumen zeige sich eine cremige Geschmacksstruktur. Die Scheurebe dagegen entfalte ihren Körperreichtum in aromatischen Noten von Maracuja und Honig.

Jedes Mal, wenn er eine Pause einlegte, still war oder mit Gästen plauderte, erinnerten sie sich, wie sie mit ihrer Clique durch die Kneipen gezogen waren, wie sie einander am Lagerfeuer mit Witzen aufgezogen hatten. Ihre diversen Ausflüge in Weingegenden riefen sie sich ins Gedächtnis.

Schließlich fragte Kai: »Wo bist du jetzt überhaupt?«

»In Berlin.«

»Du hast dich überhaupt nicht mehr bei uns gemeldet.« Kais Stimme hörte sich weinerlich an.

»Hättest du das an meiner Stelle getan?« Markus' Ton klang verärgerter, als er beabsichtigt hatte.

Kai fuhr sich über den Bart. »Was kann ich dafür?«

Markus durchfuhr es: Wer weiß?

Er sagte jedoch nichts.

Der Önologe ergriff wieder das Wort. »Wir kommen zu einer weiteren Durbacher Spezialität. Sie haben sicher vom Klingelberger Riesling gehört.« Seit 1782 galt die Rebe als in Durbacher

Weinbergen ansässig. »Dieser Duft nach Pfirsichen. Dieses vollmundige Spiel am Gaumen«, pries der Önologe ihn an.

Als allen eingeschenkt war, fragte Kai: »Was machst du in Berlin?«

»Leben.«

»Aha.«

»Ich fahre Taxi.«

Kai entfuhr: »Es tut mir leid.«

Markus glaubte ihm nicht. Er spürte ein Stechen in der Brust. Doch das wollte er sich keinesfalls anmerken lassen. »Wieso denn? Ich steuere, lenke andere Leute, was will ich mehr?«

Kai zog die Mundwinkel nach unten. »Du weißt ja. Ich habe eine Dozentur für Kunstgeschichte. Seit zweieinhalb Jahren. Schade, dass du …« Er brach ab und sagte stattdessen: »Es ging mir nicht gut die letzten zwei Jahre.«

Er schaute in sein Weinglas, nippte daran und schien darauf zu warten, dass sein früherer Kumpel mehr darüber wissen wollte.

Markus spürte eine wohltuende Welle in sich aufsteigen. Eine Welle, warm und erhebend, wie sich Genugtuung eben anfühlt. Weil er ein höflicher Mensch war, durfte er das natürlich nicht zeigen. Mühsam drückte er das Gefühl von Befriedigung von sich weg. Da purzelten ihm die Worte aus dem Mund: »Kurz nach meinem letzten Besuch bei euch vor fast drei Jahren musste ich der Vorladung aufs Dekanat folgen. Am nächsten Tag bin ich so krank geworden, dass ich zwei Wochen im Bett lag.«

Kai betrachtete ihn einen Moment wie einer, der jemanden unwillentlich angesteckt hat. »Ich wusste nicht, dass es dir derart naheging.«

Lüge, dachte Markus empört. Wie dreist er lügen konnte. Bis heute wusste Markus nicht, wie die Sache aufgeflogen war. Vielleicht war das zufällige Treffen mit Kai ein Wink des Schicksals. Am besten verwickelte er ihn in ein Gespräch. Der Wein würde ein Übriges tun, ihn aus der Reserve zu locken. Er tat so, als könnte er nicht genug hören von Kais Hobbygärtnerei, von dessen Arbeit an der Uni. Markus schwärmte ihm von seiner neuen

Heimat Berlin vor, wie die Taxifahrerei ihn mit den merkwürdigsten Leuten in Kontakt brachte.

»Ach«, meinte Kai, »lange habe ich mich nicht mehr so gut unterhalten.«

Markus spürte, wie sich seine Muskeln anspannten. Jemand musste ihn auf dem Kieker gehabt haben. Damals. Schließlich hatten sich nicht nur er und Kai auf die Stelle in Kunstgeschichte beworben. Was versteckte Kai vor ihm?

Als die Probe zu Ende war, schlenderten sie zum Parkplatz. Markus schlug vor, ihre Plauderei auf der Sonnenterrasse von Schloss Staufenberg fortzusetzen. Kai nahm die Idee dankbar auf.

In Markus altem Klapperkasten fuhren sie durch die Weinberge. Die Rebenblätter begannen, sich rötlich zu verfärben. Einige Weinstöcke waren bereits abgeerntet. An anderen hingen die Trauben blauviolett oder gelbgrün und versprachen eine üppige Ernte. Markus musste lächeln. Kais gerötete Wangen und glasige Augen entlarvten, er hatte einen sitzen und würde bald noch gesprächiger werden. Er besaß diese leichtgläubige Art, war Markus oft auf den Leim gegangen. Er hatte ihm vorgemacht, er habe in Mexiko die Gemäldesammlung eines Millionärs betreut. Kai hatte ihn bewundert, weil er ihm weismachte, für das Goethe-Institut von Peru mit der Regierung verhandelt zu haben. Markus' Lächeln geriet ihm noch breiter. Kai wandte den Kopf und lächelte nun ebenfalls. »Mensch, bin ich froh, dich zu sehen.«

Markus stimmte ihm zu. Das wäre ja gelacht, wenn ihn Kai nicht auf die richtige Spur bringen konnte. Wer hatte dem Dekanat den Tipp gegeben? Womöglich Kai?

Schloss Staufenberg erhob sich sandfarben und ziegelrot über der Ortenau. Seine ineinander verschachtelten Gebäude und seine zweigeteilte Terrasse sahen einladend aus. Sie holten sich bei der Selbstbedienung eine Flasche Klingelberger Riesling und zwei Weingläser. Dann nahmen sie auf dem zinnenbewehrten Teil der

Terrasse Platz. Lediglich zwei Nachbartische waren noch besetzt. Denn es wurde kühl. Die Sonne schwebte wie eine leuchtende Orange am Horizont. Im schwindenden Abendlicht zogen Wolken auf.

Kai meinte: »Schön, dass wir unseren Streit von damals vergessen haben.«

Markus schaute freundlich. »Haben wir gestritten? Nein, du hattest einfach keine Ahnung, wer mich reingeritten hat.«

Er unterdrückte den Impuls, »ans Messer geliefert« zu brüllen.

Kai wiegte den Kopf. »Du hast dich aber ganz schön aufgeregt. Wer weiß, wer dir das mit den Plagiaten in deiner Doktorarbeit angehängt hat.«

Laut sagte Markus »Du kannst ja nichts dafür.« In ihm rumorte der Gedanke: Oder vielleicht doch.

Kai war noch nie gesellschaftsfähig gewesen. In Gegenwart von mehr als drei Leuten bekam er kaum den Mund auf. Wie sollte er als Kandidat eine Dozentur gewinnen, wenn jemand wie Markus gegen ihn antrat? Oder besser ausgedrückt, angetreten wäre. Ohne seine Vera war Kai im Alltagskampf aufgeschmissen. Wo war sie überhaupt? Ach ja, die war wohl als Pressereferentin unterwegs. Komisch, dass sich Kai traute, ohne sie einen fröhlichen Tag zu verleben.

Markus wollte gerade nach Vera fragen, da sagte Kai: »Ich war in Kur bis vor drei Monaten. Bin noch krankgeschrieben. Seither klappere ich Weinkeller und Weinproben im Badischen ab.«

Markus war nicht erstaunt. »Du bist krank?« Wieder musste er denken: Geschieht ihm recht.

Kais Augen füllten sich mit Tränen: »Vera, meine Vera ist nicht mehr bei mir.«

Markus Stimmung wurde schlagartig besser, er versuchte allerdings mitfühlend zu klingen. »Hat sie dich verlassen?«

»Wenn du so willst, ja. Sie ist freiwillig aus dem Leben geschieden. Vor einem Jahr. Sie hat mich immer in allem unterstützt. Ohne sie hätte ich es nie geschafft, am Institut zu unterrichten.«

Markus blickte erstaunt. Vera, die umtriebig obsessive Vera? Aus dem Leben geschieden? Freiwillig? Menschen besaßen mitunter Seiten, die man nicht an ihnen vermutet hätte. Seiten, die im Dunkeln lagen, Gefühle, Eigenschaften, die urplötzlich ins Licht traten. Das hatte einen labilen Typ wie Kai natürlich umgeworfen.

Kai vertraute ihm an, Vera sei von einer Brücke gesprungen. Markus sog die Luft ein. Wie gut, auch Kai hatte sein Fett abgekriegt. Seit ihm die Universität den Doktortitel aberkannt hatte, war Markus' Leben abgedriftet. Er war nach Berlin geflohen. Seine Mona, die er heiraten wollte, war nicht mitgekommen. Bald betrog sie ihn. Er landete in einer Sauf-WG, kiffte und besoff sich monatelang, um diese Wut zu vergessen. Der Gedanke, sich eines Tages zu rächen, hielt ihn aufrecht. Erst vor wenigen Wochen fühlte er sich imstande, wieder ins Badische zu fahren. Er war der Einladung seines Cousins gefolgt. Und jetzt diese Begegnung mit seinem Ex-Kumpel. Ohne direkte Absicht, seinerseits.

Markus musste sich Fotos von Vera und Kai ansehen. Von ihrem Haus, ihrem Mercedes, ihrem Teneriffa-Urlaub und zu allem Überfluss Bildkarten von Veras Kakteensammlung. Während er »schön«, »toll« oder »mhm« dazu brummte, sah er wieder den Dekan vor sich. Wie dieser die Hände in die Hüften stemmte und witzelte: »Da hat sich wohl jemand einen Scherz mit Ihnen erlaubt, einen ganz linken. Ihren Plagiatspass parodiert, wie? Eine linke Parodie sozusagen.«

Als Markus ihn verständnislos ansah, spöttelte er weiter: »Eine Mail hat uns ereilt, mit dem Namen Parodia@Linkii.de. Darin stand ein wunderschöner Hinweis auf Ihren Betrug.« Er lachte schallend und Markus brach der kalte Schweiß aus.

Jetzt sagte Kai in seine Gedanken hinein: »Vera war so hilfsbereit.« Er wischte sich eine Träne fort. »Hat mir in allem unter die Arme gegriffen.« Er lachte leise. »Manchmal ohne dass ich es gemerkt hab. So eine war sie.«

Markus nickte bloß.

Kai entschuldigte sich, er müsse mal für kleine Jungs. Und er würde einen Flammkuchen mitbringen. Die Nacht umhüllte nahezu die staufenbergsche Terrasse. Inzwischen waren sie beide die einzigen Gäste, die noch auf dem zinnenbewehrten Teil saßen. Sie hatten ihre wattierten Jacken angezogen. Denn es war kalt und zugig geworden. Wie in alten Zeiten hielt sie das nicht davon ab, sich den Elementen auszusetzen.

Markus betrachtete die Fotos auf dem Tisch, eine lächelnde Vera, einen strahlenden Kai, eine Bucht von Mallorca und natürlich die unvermeidlichen Kakteenfotos von Vera. Angewidert verzog er das Gesicht. Wer außer Kai hatte gewusst, dass er Sequenzen aus dem Internet in seine Dissertation eingeflochten hatte? Wer außer ihm hatte es auf die Institutsstelle abgesehen?

Ein Windstoß fegte drei Bilder auf den Boden. Er langte danach. Auf der Rückseite eines Kaktus mit honiggelber Blüte stand: Parodia Linkii. So lautete der lateinische Name der Pflanze und – der obskuren E-Mail-Adresse, deren Betreiber ihn verraten hatte. Markus klappte der Unterkiefer nach unten. Also doch. Sie hatten ihn hereingelegt. In Markus reifte ein Plan mit Hochgeschwindigkeit: carpe diem. Besser: carpe noctem.

Am besten warf er Kai seiner grässlichen Vera hinterher. Dafür brauchte er keine Brücke, die Terrasse lag hoch genug über dem Abgrund.

Kai kam zurück, brachte ein Windlicht mit. Zu zweit machten sie sich über den Flammkuchen her.

Markus meinte: »Weißt du noch, wie wir dem Bacchus unser Weinopfer dargebracht haben?«

Kai lachte: »Wir haben ein wenig auf den Boden gegossen.«

Markus wies in Richtung Zinnen. »Lass uns an der Brüstung den Rest unseres Klingelbergers vertilgen und«, Markus griente, »für Bacchus Wein hinabschütten.«

Die Nacht hatte sich herabgesenkt. Man konnte noch ein paar Weinberge erkennen, im Hintergrund die sanft geschwungenen Hügel der Ortenau erahnen. Am Horizont schimmerte ein letztes Bleigrau.

Markus stellte den Klingelberger zwischen zwei Zinnen auf die Mauerkrone. Kai platzierte das Windlicht daneben. Eine Stange auf Hüfthöhe verlief entlang der Brüstung. Auch die würde Kai nicht vor einem Sturz retten.

Eben war Markus im Begriff, das Weinopfer zu begehen, da jammerte Kai: »Hier haben Vera und ich uns das Ja-Wort gegeben.«

Markus ballte die Hand in der Hosentasche zur Faust und schwenkte mit der anderen Hand sein Weinglas. »Wieso war sie depressiv?«

Er schaute um sich. Das Personal war damit beschäftigt, die große Terrasse abzuräumen. Niemand beachtete sie.

»Sie hat das nicht verkraftet«, stieß Kai hervor.

Markus schaute nach unten. Auf die Steintreppe. Das waren gewiss zehn Meter oder mehr.

»Was denn?«, fragte er, ohne dass er es wirklich wissen wollte.

Er malmte seine Zähne aufeinander, dass es knirschte. Wenn er ihn beim Schlafittchen fasste und mit Schwung über die Stange warf, würde er nach unten plumpsen wie ein Kartoffelsack. Bei dieser Vorstellung verspürte er eine Lebendigkeit, eine Energie in sich wie lange nicht mehr.

»Unser Bübli, unser Ennoli«, stammelte Kai.

Markus stutzte. »Ich dachte ...«

»Jahrelang haben wir es probiert und hatten aufgegeben. Aber wenn man es gar nicht mehr erwartet. Sie war schwanger. Und wir so glücklich wie nie.«

Markus versicherte sich schnell, dass sich die letzten Besucher vom anderen Teil der Terrasse wegstahlen und das Personal nicht in ihre Richtung schaute.

»Vera war schwanger?«

»Gleich nach deinem letzten Besuch hat sie mir gesagt, wir bekommen ein Kind.«

Markus überlegte. Sollte er Kai jetzt packen? Er nahm seine Faust aus der Hosentasche und öffnete sie.

Kai blickte hinaus in die Dunkelheit. »Unser Ennoli ist zu früh auf die Welt gekommen. Ein schwerer Herzfehler. Drei Monate war er in der Klinik.« Er stockte.

Markus stellte sein Glas auf die Mauer. Das Timing war wichtig. Er hob die Hand, als erwäge er, ihm tröstend auf die Schulter zu klopfen.

Kais Stimme nahm ein wundwarmes Timbre an. »Wie seine Füßli aus der riesigen Windel geguckt haben. Seine Händli. Manchmal hat Ennoli geseufzt. Überall hatte er winzige Schläuche. So zart, und ...« Er brach ab und rieb sich die Augen.

Markus zog seine Hand zurück. Unwillkürlich fiel ihm sein Neffe ein, auch ein Frühchen, wie er mit dem Atem gerungen hatte. Seine Schwester ermutigte ihn, das Bürschli mit seinen großen Fingern zu streicheln. Da lächelte es tatsächlich. Markus schluckte den Kloß in seiner Kehle herunter.

Kai fasste sich wieder. »Drei Monate hat Ennoli gekämpft. Aber wir haben ihn verloren. Danach war Vera nicht mehr dieselbe. Hat nur herumgelegen, sich die Augen ausgeheult. Später hat sie aufgehört zu weinen. Aufgehört zu sprechen. Nicht mehr geduscht oder die Kleider gewechselt. Psychopharmaka, Therapien, Reisen, nichts hat geholfen.«

Markus wurde es schwer, seine Hände zu heben, Kai zu packen und über die Stange zu wuchten. Doch dann erinnerte er sich von Neuem, wie sehr die beiden ihn hintergangen, ihn ins Elend gestürzt hatten.

Kai berührte seinen Arm. »Ich weiß, dir ging es auch nicht gut. Tut mir leid, die Sache mit dem Dekanat, unser Disput, und dass dich deshalb die Grippe erwischt hat.«

Markus lachte grimmig. »Grippe? Von wegen, eine Kinderkrankheit hab ich mir geholt. Ich als gestandener Mann hab lauter rote Pusteln gekriegt.«

Kai hob die Augenbrauen. »Masern? Windpocken?«

Markus schüttelte den Kopf. Was sollte das?

Auf einmal starrte ihn Kai an. »Röteln.«

»Das hatte mir noch gefehlt, sonst hatte ich ja alle Kinderkrankheiten durchge...«

Auf einmal wurde Markus klar, was er da eben zugegeben hatte.

Zwischen Kais Brauen bildete sich eine Falte. Aus seinen Augen schienen Flammen zu schlagen. Sein Mund verzerrte sich.

Er packte die Flasche am Hals und schlug zu. Markus spürte, wie sein Schädel dröhnte. Er taumelte. Seine Finger öffneten sich. Das Glas zersplitterte in tausend Scherben. Der Wein spritzte über den Boden und zerlief zwischen den Glasstücken. Sterne tanzten vor seinen Augen.

Kai ballte die Fäuste und zischte: »Du warst das. Wegen dir hat Vera Röteln gekriegt, als sie unseren Ennoli ...« Er japste nach Luft. »Du hast sie umgebracht. Du!«

Markus schwankte. Er fühlte sich von hinten gegen die Stange gedrückt. Sie quetschte gegen seinen Bauch. Eine Hand griff in seinen Schritt, eine andere umklammerte seine Schulter. Unter sich erkannte er im Zwielicht die steinerne Treppe. Er wollte schreien. Da kippten ihn die Hände über die Stange und er fiel.

VOLKER HESSE

Zum 175.

Es war selbstverständlich keine gewöhnliche Feier, die Bernhard Jobst im Weingut Zähringer in Heitersheim ausgerichtet hatte. Sein Hof existierte in diesem Jahr 100, er selbst an diesem Tag 75 Jahre. Das passte beinahe wie geplant zum 175jährigen Jubiläum des Weingutes und auch zu seinem Lebensmotto: Ein Jobst überlässt nichts dem Zufall. Das *Who is who* des kleinen Städtchens war geladen. Nicht nur einige bekannte Landwirte und die führenden Mitglieder des Gewerbevereins, nein, auch die Bürgermeisterin war gekommen. Eine Einladung von Bernhard Jobst lehnte man nicht ab.

Der Probierraum des Weingutes passte wunderbar zu dem großen Anlass. Er war erst vor kurzer Zeit renoviert worden, wodurch die Stütz- und Deckenbalken sowie die alten Holzregale schön zur Geltung kamen. Auch die kleine Weintheke, deren Front aus hunderten liegenden, indirekt beleuchteten Weinflaschen bestand, spiegelte die Fähigkeit der Winzerfamilie wider, Altes und Neues geschmackvoll miteinander zu verbinden. Das Weingut war vor über dreißig Jahren auf ökologischen Weinbau umgestellt worden, die Weine waren weit über die Region hinaus bekannt und beliebt.

Das Team der extra für dieses Event gebuchten Zwei-Sterne-Köchin Douce Steiner aus dem benachbarten Sulzburg hatte ein sehr stilvolles Ambiente auf die Tische und in den Raum gezaubert. Eine lange Tafel mit gestärkten weißen Tischdecken und Servietten, modernes Geschirr, im Kerzenschein funkelnde Gläser, unaufdringliche, aber erkennbar aufwändige Blumendekoration – selbst für eine Hochzeit hätte es nicht perfekter sein können.

Die Mienen einiger Gäste wollten nicht ganz zu der feierlichen Atmosphäre passen. Sie tuschelten verkniffen miteinander, wenn ihr Gastgeber, der auf einem breiten Stuhl mit leicht erhöhter Lehne saß, nicht zu ihnen schaute. Traf sie sein Blick, dann fand er lächelnde Gesichter und zuprostend erhobene Gläser mit dem perlendem Jubiläumssekt des Weingutes, einem 2016er Chardonnay Brut Nature. Die Laune konnte trotzdem insgesamt als gut bezeichnet werden, wenn auch manchmal ein klein wenig zu laut, zu fröhlich, zu nett.

Am rechten Ende des Raumes, in einer halbdunklen Ecke bei der Treppe zum Obergeschoss, so unscheinbar, dass er einem Betrachter erst beim zweiten oder dritten Hinschauen auffiel, saß an einem kleinen Tisch ein Mann von undefinierbarem Alter, irgendwo zwischen Mitte fünfzig und Mitte sechzig. Er gehörte offenkundig nicht zu der Gesellschaft und wurde von dieser auch überhaupt nicht beachtet. Vor ihm stand ein Glas Rotwein, das dieses Schicksal teilte, denn der Mann schrieb konzentriert und ohne Unterlass mit einem Bleistift auf ein Blatt Papier und schien den rubinrot schimmernden Genuss darüber vergessen zu haben. Auf dem Tisch um ihn herum verteilt lagen mehrere zusammengeknüllte Seiten. Gerade gesellte sich wieder ein neuer Papierball dazu. Der Mann fuhr sich mit der Linken über die Augen, während die Rechte nach dem Glas tastete. Doch nicht vergessen. Er nippte allerdings nur, stellte das Glas wieder zurück, nahm den Bleistift und begann seinen nächsten Versuch auf einem frischen Blatt, während die Geburtstagsgesellschaft immer besser in Feierlaune kam.

Der Gastgeber Bernhard Jobst schien von den kleinen atmosphärischen Störungen am Tisch nichts mitzubekommen, und falls doch, dann war es ihm nicht anzumerken. Zu seiner Linken saß sein Sohn Daniel, etwa Ende vierzig. Zur Rechten saß seine Frau Lana, ganz offensichtlich nicht die Mutter von Daniel, denn sie wirkte jünger als dieser. In ihrem eng geschnürten, tief dekolletierten Dirndl und mit perfekt gestylten Haaren war sie ein echter Hingucker. Das war auch Grundlage für so manches Rätselraten am Tisch: Was sie wohl an dem alten Bauern finden mochte. Natürlich glaubten die allermeisten, dass es das Vermögen war. Die vernarbte große Nase, das schüttere Haar, die etwas zu kleinen, dafür umso flinkeren Augen oder die etwas grobschlächtige Figur des Bauern konnten es jedenfalls nicht sein. Bei allerlei lautem und leisem Tratsch wartete die Gesellschaft auf das Essen, das kurze Zeit später begann.

Nach zwei wundervollen Grüßen aus der Küche, die die Gäste jeglichen Hauch einer möglichen Verstimmung vergessen lassen hatten, sowie zwei exquisiten Vorspeisengängen ließ es sich die Ausnahmeköchin nicht nehmen, den Hauptgang selbst zu präsentieren: Scheiben vom Loup de mer mit Bretonischem Hummer auf einer Bouillon von Karotten, Zitronengras und Ingwer. Der Juniorchef Fabian Zähringer stellte den dazu passenden Wein vor: einen 2015er Chardonnay SZ. Mit seinen erfrischenden Zitrusfrüchte-Aromen war er der ideale Begleiter. Es folgten noch zwei Dessertgänge, allesamt kulinarische Meisterwerke, bevor das erlesene Menü mit einem *Gingwer 36+* seinen hochprozentigen Abschluss fand. Der donnernde Applaus, der die Köchin aus der Runde verabschiedete, hätte sogar der doppelten Anzahl Gäste zur Ehre gereicht. Oh ja, der Jobst verstand es zu feiern, das musste man ihm lassen!

Der fantastische Jarek versetzte etwas später die Gäste in Erstaunen, die entweder gleich beim Gin hängen geblieben oder aber auf einen der hervorragenden Selektionsweine des Weingutes Zähringer umgestiegen waren. Jarek trug einen weißen Anzug. Mit seinen glatt zurückgekämmten, fast schwarzen Haaren und dem schmalen Oberlippenbart unterstrich der Magier sehr geschickt sein osteuropäisches Aussehen und verlieh sich eine passende, geheimnisvolle Aura.

Ein Kunststück löste das andere ab. Die langen, schlanken Finger waren so schnell und geschickt, dass inzwischen niemand mehr seinen eigenen Augen traute. Fasziniert, beinahe etwas hypnotisiert, verfolgte das Publikum den Auftritt. Begleitet von Beifall und aufmunternden Rufen wurde jetzt der Gastgeber zum Magier gebeten. Mitten auf der kleinen Bühne neben der Weintheke stand aufrecht eine Kiste mit geöffnetem Deckel, die wie ein Sarg gewirkt hätte, wäre sie nicht mit blauem Samt überzogen gewesen: ein Schwerterkabinett. Bernhard Jobst musste ein seidenes, weißes Tuch auseinanderhalten, damit Magier die Schärfe eines Schwertes daran demonstrieren konnte. Erwartungsgemäß schnitt es durch das Tuch wie ein heißes Messer durch Butter. Der Magier fasste anschließend das beweglich gelagerte Kabinett an einer Ecke und drehte es, indem er rundherum ging. Anschließend trat Jobst lachend in die Kiste und winkte seiner Frau zu. Sie warf ihm eine Kusshand zurück. Der Magier schloss das Kabinett und verriegelte es mehrfach mit etwas überdimensionierten, glänzenden Riegeln. Dann nahm er das Schwert wieder zur Hand, setzte es ungefähr auf Halshöhe an der Seite der Kiste an und rammte es hindurch. Ein paar erschrockene Rufe gingen durch das Publikum, als ein Rumpeln und Stampfen aus der Kiste kam, aber die anderen kicherten: Das gehörte sicher zur Show dazu. Alkoholgeschwängerte Heiterkeit verdrängte schnell den Schrecken. Weitere Schwerter wurden mit großem Brimborium an verschiedenen anderen Stellen durch die Kiste geschoben, bis ein knappes Dutzend metallene Spitzen auf der jeweils anderen Seite wieder hinausschauten. Lächelnd breitete der Magier die Arme aus, fasste dann das Schwerterkabinett an einer Ecke und drehte es, indem er wieder herumging.

Plötzlich rutschte er aus und schlug der Länge nach hin. Einige sprangen auf, um zur Hilfe zu eilen, doch der Magier rappelte sich bereits wieder auf. Sein weißer Anzug war allerdings an einer Seite dunkelrot verschmiert. Als die erste Frau zu kreischen begann und auf die immer größer werdende rote Lache deutete, die sich unter dem Schwerterkabinett ausbreitete, wurde allen klar, dass die Vorstellung wohl nicht nach Plan gelaufen war.

*

Das Telefon klingelte, als ich mir gerade ein Glas Spätburgunder vom Weingut Zähringer eingeschenkt hatte. Den mochte ich im Winter besonders gern. Auf dem Display erkannte ich die Nummer und ahnte nichts Gutes: der Kriminaldauerdienst aus Freiburg.

»Na, wen hat's erwischt?«, fragte ich ohne Gruß.

»Dir auch ein herzliches Hallo. Den Jobst aus Heitersche«, antwortete es am anderen Ende. »Kennst du doch: Obst vom Jobst. Hat eine große Geburtstagsfeier gegeben. Bei einer Magiershow, bei der Säbel durch eine Kiste geschoben werden ... wie heißt das Ding doch gleich ...«

»Schwerterkabinett«, half ich.

»Genau so etwas. Danke«, antwortete der Kollege. »Also jedenfalls musste der Jobst in die Kiste und da hat eins der Schwerter ihn quasi geköpft.«

»Und was hab ich damit zu tun? Ungeplante Todesfälle fallen nicht unbedingt in die Zuständigkeit des Polizeipostens Staufen«, fragte ich scheinheilig und schielte zum Rotweinglas, das ich noch immer in der Hand hielt. Der Gedanke an Blut hatte mir den guten Tropfen nicht verdorben, dafür war ich schon viel zu lange bei der Polizei.

»Ich bin gerade allein hier. Die beiden anderen Kollegen sind unterwegs zu einem Tatort. Kannst du vielleicht übernehmen?« Natürlich wusste der Kriminaldauerdienst, dass ich früher einmal beim LKA gewesen war, zuerst in Düsseldorf und dann in Stuttgart. Meine Stelle beim Polizeiposten in Staufen hatte ich erst seit wenigen Jahren und einer mysteriösen Mordsache im Wettelbrunner Weingut Karrenmann.

»Also gut.« Ich konnte den Kollegen nicht hängen lassen. »Sag mal die Adresse.«

»Weingut Zähringer in der Johanniterstraße.«

»Ist nicht wahr«, sagte ich und betrachtete mit gerunzelter Stirn meinen Spätburgunder, bevor ich nun doch das Glas auf der Arbeitsplatte in der Küche abstellte.

Fünf Minuten später war ich am Tatort. Von Wettelbrunn, wo ich seit damals wohnte, war es tatsächlich nur einmal über den Berg. Draußen vor dem Weingut standen im blauen Flackerlicht zweier Streifenwagen ein paar gut gekleidete Personen und rauchten, einige von ihnen vor Kälte zitternd. Mit kurzem Gruß ging ich an ihnen vorbei und betrat den Probierraum. Sofort hatte mich einer der Streifenkollegen aus Müllheim erkannt und kam freudig auf mich zu. »Salli Klaus«, rief er lachend, während seine Hand zum Gruß erhob und in meine ebenfalls erhobene Hand klatschen ließ. »Schöne Sauerei hier.«

Von weiter hinten aus dem Raum kamen entsetzte Blicke aus dem Kreis der Gäste. Ich lächelte entschuldigend und wandte mich dann dem Kollegen zu. »Salli, Thomas. Der Dauerdienst schickt mich. Hast du schon etwas für mich?«

Er schaute zuerst überrascht, weil er natürlich wusste, dass ich für gewöhnlich beim Polizeiposten in Staufen Dienst machte, nickte aber dann und blätterte in seinem blauen Gewerkschafts-Notizblock. »Das Opfer: Bernhard Jobst, 75 Jahre …«

»Ja, kenne ich. Danke«, unterbrach ich ihn. »Etwas zum Tatablauf?«

Der Kollege nickte wieder. »Während der Vorführung des Magiers von einem der Schwerter in der Kiste geköpft. Der Magier sitzt da hinten«, deutete er zu den Regalen in der Ecke neben der Treppe, wo ein weiterer Kollege auf eine verstört blickende Person aufpasste. »Entweder ist er tatsächlich so fassungslos oder er tut nur so. Sagt jedenfalls, dass er keine Ahnung hatte und noch vor drei Tagen alles ohne einen Kratzer funktioniert hat.«

»Na, das wird sich ja herausstellen. Kriminaltechnik?«

»Die KT ist schon hierher unterwegs. Ich habe gleich gesagt, sie sollen mit einem größeren Auto kommen.«

»Gut gemacht. Personalien?«, fragte ich mit einer Kopfbewegung zu den Anwesenden.

»Wir sind noch dran. Etwa die Hälfte haben wir.«

»Prima. Hast du schon einen groben Überblick?«

»Klar. Da hinten seine Frau Lana, 42, rumänischer Abstammung«, zeigte der Kollege mit seinem Notizbuch quer durch den Raum.

Mein Blick blieb in ihrem Dekolleté hängen. »Hui.«

»Kannst du laut sagen«, lachte er meckernd und wurde dann wieder ernst. »Daneben am Tisch der Sohn Daniel, 48, ledig«, fügte er mit süffisant hochgezogener Augenbraue hinzu.

»Was du nicht sagst«, nickte ich. »Sonst?«

»Die Bürgermeisterin, ist gerade draußen zum Rauchen. Einige Großbauern aus der Umgebung. Gewerbeverein.«

»Ah, hat der Jobst allen ihren Platz in der Hackordnung vorgeführt?«, mutmaßte ich.

Thomas nickte. »Sieht ganz danach aus. Das Catering hat jedenfalls Douce Steiner aus dem Nachbarort gemacht.«

»Nee, oder?« Sofort lief mir das Wasser im Mund zusammen. Ich hatte mir diesen Genuss auch schon einmal gegönnt und wusste daher um die sicher angemessenen, aber eben auch nicht für alle Tage geeigneten Preise. »Der hat's ja richtig krachen lassen ... Mal ehrlich: Gutes Handwerk soll auch gut bezahlt werden. Aber in dieser Zusammensetzung wirkt es natürlich wie totale Protzerei.«

Der Müllheimer Kollege nickte zustimmend. Ich schickte ihn wieder zur Personalienaufnahme und ging selbst ein wenig herum, wobei ich mir die Anwesenden ganz genau anschaute. Witterung aufnehmen sozusagen.

Auf den ersten Blick nichts Auffälliges. Die Witwe schluchzte, der Sohn stierte, die Gäste tuschelten oder kneteten unangenehm berührt ihre Hände. Kein noch so kleiner Anflug von Häme, kein verräterisches Glitzern in den Augen. Hier war heute Abend kein schneller Erfolg zu holen.

Die Kriminaltechnik rückte an. Ich ließ sie DNA-Proben von allen nehmen, damit sie später mit Spuren abgeglichen werden konnten. Dann luden die Kollegen nach den üblichen Vermessungen und Fotografien das Schwerterkabinett in den Wagen. Um die sterblichen Überreste kümmerte sich ein Bestatter, den wenig spich direkt zur Rechtsmedizin schickte. Natürlich sperrten wir den *fantastischen Jarek* erst einmal ein. Für alle Fälle. Absichtlich oder nicht: Es war seine Hand, die dem Jobst das Schwert durch den Hals gerammt und die Tür ins Jenseits aufgestoßen hatte.

Ich wollte gerade gehen, da fiel mein Blick auf den unscheinbaren Mann in der Ecke. Irritiert blickte ich zu Frau Zähringer, von der ich mich gerade hatte verabschieden wollen, und zeigte mit dem Daumen über die Schulter. »Wer ist das da? Der gehört doch nicht zur Gesellschaft? Ich hätte ihn fast nicht gesehen.«

Marlis Zähringer lachte und winkte ab. »Nein, nein. Das ist Andreas Bichel. Sitzt hier fast jeden Abend und versucht, ein Buch zu schreiben.« Sie kam mit dem Mund dicht an mein Ohr. »Ein armer Tropf. Er ist so niedergeschlagen, dass es nicht klappt. Deshalb lasse ich ihn auch immer hier sitzen, auch wenn wir ja sonst keinen Ausschank machen.«

Ich lächelte ihr verstehend zu, während mir ein boshafter Gedanke durch den Kopf huschte. Vielleicht sollte er es statt Schreiben mal mit Lesen versuchen. War für den Anfang bestimmt einfacher.

Mein Chef war am nächsten Morgen alles andere als begeistert, als ich ihm vom Einsatz in der vergangenen Nacht berichtete. »Und wie geht's jetzt weiter? Übernimmt das die Kripo, oder wie?« Wir schauten uns an und wussten beide, dass es nicht so sein würde. Er seufzte. »Na gut, dann schreibe ich die Einsatzpläne um. Wie lange brauchst du?«

Ich zuckte mit den Schultern und schlürfte an meinem Kaffee. »Ein paar Tage. Ist ein Mord. Viel Emotion, da übersieht der Täter immer etwas. Er stammt oft aus dem allernächsten Umfeld, wenn nicht gar Familie, … das dauert meist nicht lange.«

Er nickte. »Na, dann mach mal.« Was bedeutete, dass ich gehen konnte.

Ich wollte auf jeden Fall heute noch Lana Jobst vernehmen, nach Möglichkeit auch Daniel Jobst. Der Magier hatte bereits über seinen Anwalt mitteilen lassen, dass er völlig unschuldig sei und außerdem von seinem Aussageverweigerungsrecht Gebrauch machen würde. Also zuerst alle anderen. Aber vorher griff ich noch zum Telefon und bat die Kollegen von der Finanzermittlung, den Betrieb Jobst und das Privatvermögen von vorne bis hinten zu durchleuchten.

Ich rollte mit dem Wagen auf den Hof der Familie Jobst. Wobei das Wort »Hof« eigentlich nicht angemessen war. Das hier war beinahe ein kleines Dorf. Riesige Scheunen, in denen man mehrere Wohnhäuser hätte verstecken können. Riesige Traktoren, in denen man vermutlich nicht einmal etwas merkte, wenn man über ein Auto hinwegrollte. Und natürlich die unvermeidlichen Wohncontainer für die osteuropäischen Arbeitskräfte. Eine Erinnerung tauchte verwaschen auf. Ich blätterte schnell durch meine Notizen und nickte. Lana war ursprünglich Rumänin. Aha.

Wenig später saß ich in der rustikalen Wohnküche von Lana Jobst und nippte an meinem Kaffee, während ich sie unter den Augenbrauen hinweg beobachtete. Ich hörte eine Geschichte von schwerer Kindheit und harter Arbeit, weit weg von zu Hause. Mit Anfang 20 zum ersten Mal als Arbeiterin auf dem Jobst-Hof. Da war die erste Frau vom Jobst schon sehr krank. Als sie im nächsten Jahr wiederkam, bereits beerdigt. In diesem Herbst kehrte sie nicht nach Rumänien zurück, sondern das Laub vor dem Haus des Bauern. Anfang des nächsten Jahres waren sie verheiratet.

Lana Jobst schilderte mit entwaffnender Offenheit, wie es damals gewesen war, und tupfte sich dabei immer wieder kleine Tränen aus den Augenwinkeln. Der Bauer hatte keine Lust gehabt, allein zu sein, und sie selbst hatte im Winter in Rumänien zu oft gehungert, um lange nachzudenken. Sympathie ja, Liebe eher nicht. Die sei erst später dazugekommen.

Während ich ihr zuhörte, machte sich gleichzeitig in meinem Bauch ein immer stärker werdendes Gefühl breit: Das war doch die reinste Seifenoper! Ich setzte mich gerade hin und nahm mir einen Keks aus einer zierlichen Porzellanschale neben einem Blumenstrauß. »Na gut, ich glaube, das war es fürs Erste, Frau Jobst«, sagte ich förmlich und stand auf.

Sie erhob sich ebenfalls und sah zu mir hoch. »Ach, sagen Sie doch bitte Lana zu mir«, flötete sie mit so runden Augen, dass ich unwillkürlich an Katzenvideos denken musste. Also echt: Wir waren hier doch nicht in einer Single-Kneipe!

»Falls ich noch etwas brauche, melde ich mich wieder«, wand ich mich aus der Situation. »Ist Ihr Stiefsohn zu Hause?«

Sie nickte und stöckelte zur Tür, brachte mich aber nicht nach oben zur Wohnung von Daniel Jobst. »Wir ... verstehen uns nicht besonders«, sagte sie leise und schaute zur Seite. Aha: Stiefmutter-Stiefsohn-Konflikt. Die Klischees nahmen wirklich kein Ende.

Die Wohnung von Daniel Jobst war entgegen meiner Erwartung gottlob nicht mit den Postern von Bands aus seiner Jugendzeit vollgehängt. Es gab auch keinen Tischkicker und keine Dartscheibe. Und auch keine Kaffeebecher mit mühsam witzigen Aufdrucken. Die Wohnung war von vorn bis hinten sehr modern, trotzdem gemütlich und zeugte von richtig gutem Geschmack. In einer Glasvitrine standen ein metallener Kran und Baumaschinen, offensichtlich keine Bausätze, sondern handgefertigt. Wow, dafür musste man technisch ganz schön was draufhaben! Diese Gegenstände waren aber auch der einzige Eindruck von Individualität, der Rest der Wohnung hätte direkt aus einem Katalog stammen können.

Auch Daniel holte bis weit in seine Jugend aus. Ingenieursstudium, aber irgendwie trotzdem auf dem Hof gelandet. Nie hatte er es »dem Alten« recht machen können. Nur seine Mutter habe ihn verstanden, die sei aber viel zu früh verstorben. Und dann habe die »rumänische Schlampe« seinen Vater ins Bett gelockt und alles sei noch schlimmer geworden. Sein Vater habe ihm jede Freundin vergrault, keine sei ihm gut genug gewesen. Blablabla ... Ein verbitterter Endvierziger, so lautete meine Zusammenfassung.

Ich musste mich konzentrieren, um nicht gelangweilt herumzuschauen. Da war nichts zu holen. Klar, mit dem über Jahre aufgestauten Frust gab es natürlich ein super Motiv, aber das schien mir zu einfach. Da war ein schönes Erbe als mögliche Motivlage von Lana Jobst schon etwas besser, nicht ganz so offenkundig. Aber lieber keine vorschnellen Schlüsse ziehen.

Daniel Jobst sagte, dass er noch arbeiten müsse. Ob denn noch etwas zu klären sei. Bestimmt jede Menge, dachte ich bei mir, verabschiedete mich aber vorerst von ihm und ging.

Langsam drehte ich mit dem Auto eine Runde über den Hof. Hinter den Scheunen war es aufgeräumt. Alles wirkte sehr sauber. Auch die Container, die aber im Moment nicht bewohnt waren.

Mein Handy klingelte und ich hielt an. »Vogt.«

»Salli Klaus«, tönte es aus der Freisprecheinrichtung. »Ralf von der KT.«

»Grüß dich!«, antwortete ich gespannt. »Erzähl mir was Gutes!«

»Sorry«, lachte es aus dem Lautsprecher, »aber die Spurenlage ist eher schlecht. Da hat jemand nach der Vorbereitung der Tat alles abgewischt. Nur Fingerabdrücke vom Magier. Wir haben DNA-Spuren gesichert und ins Labor geschickt. Abwarten. Warum das Opfer ums Leben kam, ist allerdings geklärt: Die Führung, in der das Schwert läuft, mit dem Jobst beinahe geköpft wurde, ist technisch manipuliert. Das fällt auf den ersten Blick gar nicht auf, wirklich gut gemacht. Sehr interessant.«

Das fand ich auch, bedankte mich und rollte langsam weiter. Als ich um eine Ecke bog, von der aus man das Wohnhaus wieder einsehen konnte, sah ich, wie Daniel Jobst gerade in Arbeitskleidung aus der Tür trat. Hinter ihm Lana Jobst. Auf der Treppenstufe drehte sich Daniel und lächelte Lana an. Überhaupt standen die beiden sehr dicht beieinander. Ach nee. Rumänische Schlampe also, was?

Ich wendete vorsichtig und verließ das Grundstück über die zweite Ausfahrt. Die beiden mussten ja nicht wissen, dass ich sie gesehen hatte.

Nachdem ich Dienstschluss gemacht hatte, ging ich ein wenig spazieren und versank in Gedanken. Wie von allein wanderten meine Füße in Wettelbrunn an der Kirche den Buckel hinauf, durch das Weinanbaugebiet *Maltesergarten*, zwischen der Villa aus der Römerzeit und dem alten Malteserschloss hindurch und ein wenig die Johanniterstraße entlang, bis ich plötzlich zu meiner eigenen Überraschung vor der Tür des Weingutes Zähringer stand. Ich musste lächeln; das war wohl ein Zeichen.

Der Seniorchef Wolfgang Zähringer begrüßte mich und ich fragte frei heraus, ob ich zum Feierabend ein Viertele Gutedel haben könne. Er nickte lächelnd. »Aber ja. Setzen Sie sich nur an den Tisch, ich bin sofort da.« Natürlich war im Raum schon längst alles gereinigt und wieder für das normale Geschäft umgebaut worden, sodass der lange Tisch für die Weinproben wieder links neben der schönen Theke mit den beleuchteten Weinflaschen stand. Wolfgang Zähringer erzählte mir ein paar Details zum Wein, merkte aber schnell, dass ich nachdenken wollte, und zog sich zurück.

Irgendwie inspirierte mich der Tatort, ich konnte gut über meine ersten Erkenntnisse nachdenken. Erstaunt stellte ich plötzlich fest, dass es auf halb acht Uhr zuging. Im Laden war schon längst kein Betrieb mehr. Fabian Zähringer stand hinter der Kasse und schrieb irgendetwas. Ich ging zu ihm und entschuldigte mich, doch er winkte ab. »Ich habe sowieso noch zu tun, kein Problem. Um acht ist eine Weinprobe, da hätte ich mich schon rechtzeitig bemerkbar gemacht«, zwinkerte er. »Außerdem sind Sie ja nicht der Einzige.« Er nickte mit dem Kopf zur Ecke an der Treppe hinüber, wo im Halbdunkel tatsächlich … hm … genau: Andreas Bichel zwischen zusammengeknülltem Papier vor einem beinahe leeren Glas Spätburgunder saß.

Ich lachte. »Der ist wirklich jeden Tag hier, was?«, fragte ich leise.

Fabian Zähringer nickte und beugte sich zu mir über den Tresen. »Jeden Tag, wenn wir geöffnet haben. Seit Jahren schon.«

»Und was arbeitet der?«, fragte ich neugierig.

Zähringer zuckte mit den Schultern. »Angeblich soll er früher in Münstertal bei der Schokoladenfabrik Gubor etwas in der Produktion gemacht haben. Aber seit die 2003 geschlossen wurden, hat er sich in den Kopf gesetzt, Schriftsteller zu werden. Er will einen großen Thriller schreiben, hat er mal zu meinem Vater gesagt«, flüsterte er. »Zwei Viertele Gutedel? Macht 9 Euro«, sagte er dann laut.

Nächster Tag, die nächsten Termine. Aber zuerst war noch Schreibkram an der Reihe. Ich hasste das, aber ohne ging es auch nicht. Konzentriert hämmerte ich die Daten in das System zur Vorgangsbearbeitung, bis der erste Bericht und der Antrag an die Staatsanwaltschaft zur nachträglichen Anordnung der DNA-Entnahme schließlich im Postausgang lagen. Dann konnte ich los.

Die Bürgermeisterin empfing mich mit distanzierter Freundlichkeit. Ihre ganze Körpersprache war wie eine verschlossene Tür. Sofort klickten ein paar Relais in meinem Kopf. »Unangenehme Sache, Frau Spoon, verstehe«, tat ich ganz verständnisvoll. »Mannomann, und das so kurz vor der Wahl«, legte ich noch eins drauf, schaute aber weiterhin ganz scheinheilig.

Sie konnte das genervte Schließen der Augen nicht ganz unterdrücken, fing sich aber sofort wieder. »Herr Vogt, sagen Sie mir bitte, wie ich Ihnen helfen kann.« Sie deutete auf einen Besprechungstisch mit mehreren Stühlen. Kaffee gab es nicht – der wäre bei der Atmosphäre auch sicher sofort kalt gewesen.

Ich fragte sie, ob sie von weiteren Einladungen an Mitarbeiter im Rathaus oder an Gemeinderäte wisse, wie sie allgemein als Amtsträgerin zu Einladungen von Geschäftsleuten stehe und erhöhte von Minute zu Minute den Druck. Sie wich mir geschickt aus. Immer wieder blitzte zwischen den Zeilen durch, dass sie auf gar keinen Fall in der Öffentlichkeit mit der Feier, schon gar nicht mit dem Mord in Verbindung gebracht werden wollte. Politikerin durch und durch. Auch wenn mir dieses Katz-und-Maus-Spiel Spaß machte, ließ ich es schließlich sein. Ein Motiv hatte ich mit meinen Fragen nicht ergründen können, aber vielleicht würde Frau Spoon beim nächsten Mal darüber nachdenken, wenn eine so hochwertige Einladung auf ihren Tisch flatterte. Na ja, vermutlich eher nicht.

In der unteren Innenstadt aß ich eine Kleinigkeit zu Mittag, bevor ich mich wieder auf den Weg machte. Der Hof von Josef Pfefferle lag etwas außerhalb von Heitersheim. Auch hier waren die Gebäude weitläufig, allerdings nicht so gut in Schuss wie auf dem Jobst-Anwesen. Frau Pfefferle empfing mich in der großen Küche und platzierte mich ohne viel Federlesen auf der Eckbank.

»Auf meinen Mann müssen Sie ein wenig warten, der ist aber spätestens in einer halben Stunde da«, sagte sie und stellte mir einen dampfenden Becher Kaffee vor die Nase. Dann wandte sie sich wieder ihrer Küchenarbeit zu und schnippelte irgendetwas.

»Läuft der Betrieb gut?«, fragte ich in ihren Rücken.

Sie drehte sich nicht um, ich konnte aber deutlich hören, wie sie die Luft durch die Nase stieß. »Wir kommen zurecht«, sagte sie leise.

Hui, ein Pulverfass! Die Lunte brannte schon und ich musste nicht lange warten.

»Da hat's endlich mal den Richtigen erwischt«, grollte sie. »Die Welt ist nicht ärmer geworden, als es den Jobst verrissen hat.«

»Sie hatten kein gutes Verhältnis zu Herrn Jobst?«, hakte ich nach.

Jetzt drehte sie sich doch um und schaute mich an, als ob ich nicht alle Tassen im Schrank hätte. Sie fuchtelte mit dem kleinen Küchenmesser durch die Luft und setzte gerade zu einer geharnischten Rede an, schüttelte dann aber den Kopf und ließ die Hand sinken. Stille Freundlichkeit war in ihr Gesicht zurückgekehrt. »Mein Mann wird Ihnen das erklären. Trinken Sie erst einmal in Ruhe Ihren Kaffee. Ich hab auch noch Kuchen, aber den gibt's erst, wenn der Sepp da ist.«

Schade. Ich hatte mich schon auf ein paar interessante Informationen gefreut. Zum Glück musste ich nicht lange warten, bis ein älterer Trecker auf den Hof fuhr. Wenig später saß Josef Pfefferle mit am Tisch. Bevor ich zu meinen Fragen kommen konnte, stellte Frau Pfefferle uns erst einmal ein großes Stück Streuselkuchen hin, das ich aber dankend ablehnte. Sonst konnte man mich am Ende noch mit Frau Spoon in einen Sack stecken – und darauf hatte ich nun wirklich keine Lust.

»So, jetzt wollen Sie wissen, ob ich den Jobst umgebracht habe, was?«, fragte mich der Bauer, noch bevor ich selbst etwas gesagt hatte. Ich nickte und schaute ihn herausfordernd an. Pfefferle lachte leise und hielt mir seine großen, von harter Arbeit gezeichneten Hände hin. »Sehen die hier so aus, als könnten sie so ein Schwertdings umbauen?«

»Woher ...«, setzte ich zu einer Gegenfrage an, aber der Bauer winkte ab.

»Ich bin zwar Bauer, aber nicht blöd«, ging er mir dazwischen. »Ist doch klar, dass da irgendjemand an der Kiste herumgefummelt hat. Ich gehe nämlich nicht davon aus, dass man da drin tatsächlich immer geköpft werden soll.« Er lachte leise. »Aber etwas anderes hätte er auch nicht verdient gehabt«, setzte er ohne Mitleid hinzu.

Es stellte sich heraus, dass Jobst die Pfefferles vor etlichen Jahren beim Kauf von Grund und Boden ausgestochen hatte. Das Stück hätten sie damals dringend gebraucht, um ein wenig expandieren und ihre Maschinen wirtschaftlich auslasten zu können. Aber das hatte ihnen der Großbauer verhagelt. Und Pfefferles waren bei Weitem nicht die Einzigen. Stück für Stück hatte Jobst in der ganzen Umgebung Land gekauft, indem er Beträge bot, die weit über den ortsüblichen Preisen lagen. Ganze Höfe hatte er auf diese Weise seinem Betrieb im Laufe der Zeit einverleibt. Dabei waren die Pfefferles noch einigermaßen gut davongekommen; andere Bauern hatten Insolvenz anmelden müssen. Und niemand konnte sich erklären, woher Jobst das ganze Geld für die Käufe hatte. Ein klares Motiv, aber die ganze Art, wie Pfefferle über die Angelegenheit sprach, ließ mich an ihm als Täter zweifeln. Und ich bekam das ungute Gefühl, dass es mir bei den anderen Bauern ähnlich ergehen würde.

Am späten Nachmittag fand ich mich wieder auf ein Viertele beim Zähringer ein, die Atmosphäre half mir wirklich beim Nachdenken. Ich hatte mir die zwanzigseitige Auswertung der Finanzermittler ausgedruckt und las sie jetzt aufmerksam durch. Nach etwa der Hälfte ließ ich die Blätter überrascht sinken. Der Hof war so gut wie pleite.

Was bedeutete das für die Verdächtigen? Für seine nicht allzu sehr trauernde Witwe und seinen frustrierten Sohn? Es gab faktisch nichts zu erben, Lebensversicherung: ebenfalls Fehlanzeige. Wussten die beiden das überhaupt? Und was war mit den Bauern? Die hätten doch eigentlich nur noch ein wenig warten müssen, um dann die Felder von einem Insolvenzverwalter für einen Spottpreis zu bekommen. Konnten die Bauern das wissen? Der Fall drohte kompliziert zu werden. Ich bestellte noch ein Viertele Grauburgunder.

Nach dem Schriftkram am nächsten Vormittag klapperte ich die ersten Zeugen aus dem Gewerbeverein ab, zuerst den Geschäftsführer eines Supermarktes. Aber sowohl bei ihm als auch bei drei weiteren Gästen der Feier kam ich nicht weiter. Sie waren offenbar nur wegen ihrer Vorstandstätigkeit im Gewerbeverein eingeladen worden, sonst verband sie nichts mit Bernhard Jobst. Frustriert beendete ich den Tag gegen 17 Uhr. Ich fuhr direkt zum Zähringer. Der Sauvignon Blanc war ausgezeichnet. Ich probierte mich allmählich durch alle Weinsorten, aber meinen Favoriten hatte ich noch nicht gefunden. Gern ließ ich mich heute von Wolfgang Zähringer in ein Gespräch über Weinbau verwickeln. Zum Nachdenken über den Fall hatte ich keine Lust.

Der Fußweg von zu Hause zu meinem Auto beim Weingut tat mir am nächsten Morgen gut, auch wenn es ein wenig nieselte. Aus dem einen Viertel waren zwei geworden, am Ende sogar drei. Mit Mühe und Not hatte ich schließlich der Einladung zu einer Weinprobe widerstehen können. Trotzdem hatte ich das Glas Crémant Baden Brut nicht ausschlagen können, das ich plötzlich in der Hand hielt.

Noch etwas benebelt, aber ohne Kopfweh stapfte ich in der morgendlichen Kälte durch die Reben und dachte darüber nach, wie ich weitermachen sollte. Der Magier verweigerte noch immer die Aussage. Die Geschäftsleute waren keine besonders ergiebige Quelle. Die Bürgermeisterin hätte ich noch ein wenig ärgern können, aber danach stand mir heute nicht der Sinn. Nicht einer der Bauern hatte bislang ein ausreichendes Motiv erkennen lassen, auch wenn sie alle stinksauer auf den alten Jobst gewesen waren. Warum also nicht der angeblich trauernden Familie noch etwas Dampf unter dem Kessel machen? Die waren doch alles andere als koscher, so wie sie einerseits übereinander redeten und andererseits miteinander umgingen. Ob die inzwischen wohl wussten, dass es außer Schulden nichts zu holen gab? Alles in allem waren die heimlichen Turteltauben im Moment meine beste Option.

Als ich in Heitersheim angekommen in mein Auto stieg, war meine Laune beträchtlich gestiegen. Heute würde ich den Fall lösen! Ich fuhr gar nicht erst zur Dienststelle, sondern direkt zum Jobst-Hof, wo ich um kurz nach sieben Uhr ankam. Langsam rollte ich im Dunkeln mit ausgeschalteten Scheinwerfern auf das Wohnhaus zu und sah, was ich vermutet hatte: oben in der Küche war Licht an, unten nicht. Ich klingelte trotzdem unten. Lange und provozierend.

Oben ging das Fenster auf und Daniel Jobst schaute heraus. »Was ist denn?«, rief er ärgerlich herunter. Dann erkannte er mich. »Oh, entschuldigen Sie. Kann ich etwas für Sie tun?«

»Sie nicht, Herr Jobst. Ich will zu Ihrer Stiefmutter. Sie wissen sicher nicht, ob sie daheim ist, oder? Sie verstehen sich ja nicht so gut miteinander«, sagte ich scheinheilig, während ich im dunklen Hausflur ein leises Tapsen und das Drehen eines Schlüssels hörte.

In der unteren Küche ging plötzlich Licht an und die Tür zum Flur wurde laut geöffnet. Lana Jobst öffnete mir in einem seidenen Morgenrock, unter dem der Spitzenbesatz der Nachtwäsche hervorlugte. Genau so, wie man sich eine trauernde Witwe vorstellt, dachte ich spottend.

»Ach, guten Morgen Herr Kommissar«, tat sie überrascht und fuhr sich mit großen Augen durch das Haar. Katzenvideo, Folge zwei. »Ich bin noch gar nicht ... ich müsste mich doch erst einmal ... kommen Sie doch herein.«

Ich tat ganz so, als wäre ich mir der überraschenden Situation gar nicht bewusst, und lächelte sie an. »Na, das ist aber nett von Ihnen, dass Sie so früh für ein Gespräch zur Verfügung stehen. Dankeschön.«

Die Küche war eiskalt. Auf dem Tisch welke Blumen neben der Porzellanschale mit den Keksen. Hier war seit meinem Besuch garantiert niemand mehr gewesen, aber ich ließ mir noch nichts anmerken.

Lana Jobst schlang den Morgenmantel enger um sich. Sie konnte ein Zittern kaum unterdrücken. »Kaffee? Ich zieh mir rasch etwas an, während er durchläuft, ja?«

Ich nickte mit einem verständnisvollen Blick. »Vielen Dank. Ist auch wirklich kühl hier drinnen.« Sie schaute nervös umher, während sie Kaffee in den Filter löffelte. Ich konnte förmlich sehen, dass sie überlegte, wie viel ich wusste, tat allerdings ganz unbefangen. »Ich setze mich zum Warten auf die Eckbank, wenn Sie erlauben.«

»Ja, natürlich«, antwortete sie fahrig und verließ die Küche, während das Wasser in der Kaffeemaschine anfing zu gurgeln. Ich grinste von einem Ohr zum anderen.

Nur ein paar Minuten später war sie wieder da. Ich stand auf und ging durch die Küche, während ich oberflächlich von den bisherigen Ermittlungen erzählte. Dabei näherte ich mich langsam der Tür. Schon während ich auf Lana Jobst wartete, hatte ich Geräusche im Treppenhaus gehört.

Unvermittelt riss ich die Tür auf. Wie vermutet stand draußen ein Lauscher. »Herr Jobst, ich glaube, es ist genug Kaffee da. Kommen Sie ruhig herein«, sagte ich freundlich. »Und hören Sie endlich auf, mir hier eine Schmierenkomödie vorzuspielen! Ich bin doch nicht blöd«, blaffte ich hinterher. Als beide mit betretenen Gesichtern am Tisch saßen, setzte ich zum Finale an: »Sie haben doch sicher schon erfahren, wie der Nachlass geregelt ist, oder?«

»Nachlass?«, ätzte Daniel Jobst. »Sie meinen wohl, wer von uns die Schulden übernehmen soll! Hätte ich diese Misere früher gekannt ...«

»... dann hätten Sie ihn nicht um die Ecke bringen müssen«, stellte ich siegessicher fest.

»Hä? Was reden Sie da?« fragte Daniel irritiert. »Ich wollte sagen: dann hätte ich Lana dazu gebracht, sich vorher einen satten Anteil schenken zu lassen, mit dem wir dann gemeinsam neu angefangen hätten. Die beiden hatten nämlich Gütertrennung. Dass der Hof überschuldet war, wussten wir längst.« Er legte Lana den Arm um die Schultern. »Wir haben schon seit einiger Zeit darauf gewartet, dass der Alte das Zeitliche segnet. Er war so voller Krebs, da mussten wir wahrlich nicht nachhelfen.«

Ich war wie vor den Kopf geschlagen. Der Bericht der Rechtsmedizin war für gestern angekündigt gewesen, aber ich war ja den ganzen Tag unterwegs gewesen und hatte heute Morgen noch nicht im Büro vorbeigeschaut. Ich Ochse. Ich kam gerade so aus der Situation heraus, ohne wie ein kompletter Idiot dazustehen.

Rasch fuhr ich in die Dienststelle und hockte mich an meinen Schreibtisch. Der Bericht der Rechtsmedizin trug tatsächlich den Eingangstempel von gestern und bestätigte, was Daniel Jobst heute Morgen gesagt hatte: Bernhard Jobst hatte Krebs gehabt und maximal noch ein Vierteljahr zu leben. Was jetzt?

Bis zum Dienstschluss hatte ich bereits eine neue Idee, aber ich wollte nicht vorschnell sein. Ich fuhr von Staufen aus nicht direkt nach Wettelbrunn, sondern nach Heitersheim, um bei Zähringers eine Flasche trockenen Merlot zu kaufen. Mein nächstes Testobjekt. Marlis Zähringer hatte wie immer ein paar freundliche Worte für mich und fragte, ob ich mich nicht setzen wolle. Ich lehnte dankend ab; in meinem Wagen lag noch Arbeit für den heutigen Abend, die ich gemütlich auf dem Sofa bei einem Glas Wein erledigen wollte.

Während ich zahlte, fiel mir auf, dass Andreas Bichel gar nicht an seinem Tisch saß. »Nein, der ist heute nur kurz da gewesen und schon wieder fort«, sagte Frau Zähringer. »Wenn er mal nicht da ist, fällt es richtig auf, nicht wahr?«, scherzte sie.

»Ja, genau«, bestätigte ich lachend und wandte mich zum Gehen, während der nächste Kunde bereits seine Wünsche vortrug. Den Bichel hatte ich noch gar nicht vernommen, fiel mir ein, während ich eine zusammengeknüllte Seite aufhob, die unter seinen Stammplatz gefallen war. Ich steckte sie mir in die Tasche und fuhr nach Hause.

Auch bei mir war es kalt in der Wohnung. Ich kehrte die kalte Asche aus dem Ofen und legte Holz ein. Dazwischen stopfte ich das zerknüllte Blatt, das ich aus der Probierstube mitgenommen hatte. Ich riss ein Streichholz an und hatte die Flamme schon fast am Papier, als mich plötzlich die Neugier überfiel. Aber ich wollte die Spannung richtig auskosten, legte das Knäuel auf den Wohnzimmertisch und machte den Ofen mit einem anderen Anzünder an.

Kurz darauf war es warm und gemütlich, ich saß mit meinem Merlot auf dem Sofa. Mit beinahe kindlicher Freude entknitterte ich lächelnd das Blatt. Gleich würde der erfolglose Schriftsteller vor meine Augen treten.

Ich las den Text durch. Dann stellte ich mit fassungslosem Blick mein Glas auf den Tisch und las ihn noch einmal.

»Ein Mord bei günstiger Gelegenheit ist die beste Garantie dafür, niemals erwischt zu werden. Und besonders in der Improvisation zeigt sich die Größe des wahrhaft Genialen!

Ich hatte mit dem Bauern und seiner Feier eigentlich nichts zu tun, aber da war dieses Schwerterkabinett, das einige Tage vor dem Fest geliefert worden war und in dem Raum stand, der direkt an den Probierraum des Weingutes angrenzte. Die Idee entstand von ganz allein, und meine begabten Finger warfen allen Rost von sich, den sie seit der Schließung der Schokoladenfabrik angesetzt hatten …«

Spaßbremse

Für eine Krimiautorin ist es wichtig, zwischen Fiktion und Realität zu unterscheiden. Mein ständiger Spruch lautet deshalb: »Ich bin nur auf dem Papier kriminell.« Ich bin Krimiautorin, lebe auf dem Land und kenne viele meiner Leserinnen und Leser aus der Nachbarschaft; man begegnet sich beim Einkaufen, und ich möchte daher ausdrücklich betonen, dass ich ein unbescholtener Charakter bin, eine reine Seele und eigentlich sogar ein ziemlich ängstlicher Mensch. Um es kurz zu machen: Ich will nicht, dass die Leute schlecht über mich reden. Manchmal führt es dazu, dass ich es allen recht machen will. Wenn man da nicht aufpasst, kann man in Teufels Küche geraten. Oder in eine Weinpresse.

Habe ich zu viel verraten? Ganz ehrlich, um das hier niederzuschreiben, musste ich mir etwas Mut antrinken. Es heißt, im Wein liege die Wahrheit, aber bei diesem hier bin ich mir nicht sicher – es ist ein ziemlich kräftiger Roter. Um fünf Uhr morgens – das ist meine übliche Zeit für kreatives Schreiben – ist er vielleicht ein wenig zu kräftig. Wo war ich stehengeblieben? Ach ja, soziale Kontrolle. Sie ahnen ja nicht, wie leicht einem die Recherche auf dem Land gemacht wird. »Sie schreiben Krimis?!«, lautet die Frage, und die Antworten haben es dann ganz schön in sich. So wurde ich einmal zu einem Stammtisch eingeladen, und man präsentierte mir in feuchtfröhlicher Runde ländlich-rustikale Methoden, um eine Leiche verschwinden zu lassen. Im Misthaufen vergraben war da noch die harmloseste. Das Dorf lag weitab in einem düsteren Schwarzwaldtal. Dort gibt es noch echte Misthaufen. So, wie es hier im Hegau auch noch echten, handwerklich gemachten Wein gibt. Ich weiß, der Vergleich hinkt. Wein riecht besser. Ich führe das Glas zum Munde – Aromen von Johannisbeere und Schokolade kitzeln meinen Gaumen. Ein so kräftiges Bouquet braucht Sonne, einen guten

Boden und viel Zeit, um zu reifen. Zeit ist Geld. Massenproduktion spart Geld. Und deshalb ist Bio-Wein so teuer.

Hatte ich schon erzählt, wie ich nach einer Chorprobe mit dem Organisten allein in der alten Dorfkirche blieb und er eine knarrende Tür öffnete, die tief in die Innereien der Orgel hineinführte? An diesem gut durchlüfteten Ort könne man eine Leiche jahrelang aufbewahren – luftgetrocknet und garantiert geruchsfrei. Und dann dieser Ortsbürgermeister einer kleinen schweizerischen Gemeinde, der mich in den Wald entführte – nur ein kurzer Spaziergang, sagte er, ha! – tief in den Wald, bis wir endlich vor dem Einstieg eines vergessenen Minenschachtes standen. Wie er mit vor Eifer heiserer Stimme erklärte, dass man hier eine Leiche verstecken könne. Da wurde selbst mir etwas unheimlich zumute. Zugegeben, so viele Mithelfer bei der Planung meiner Morde zu haben, ist eine tolle Sache – aber manche Zeitgenossen werden dabei etwas aufdringlich, ja geradezu lästig. Zwei Dinge muss ich in diesem Zusammenhang festhalten: Das Landleben ist nicht im Mindesten langweilig – die Leut wissen hier schon, wie sie Ablenkung und Beschäftigung finden. Und selbst das letzte Landei weiß: Mord ist einfach. Das wirkliche Problem ist, die Leiche verschwinden zu lassen. Und jetzt brauche ich einen Schluck, wie weiland Heinz Rühmann im Film die Feuerzangenbowle: »Nor einen wönzigen Schlock.« Das sagte ich auch Karl Leerschmitt, als wir uns zum ersten Recherchegespräch trafen. Aber er servierte lediglich Kaffee. Und zwar schwarz. Vielleicht wäre er mit einem Viertele im Glas lockerer drauf gewesen? »Mord im Weinberg« – das war die Vorgabe des Verlages. Ein Auftragsmord sozusagen. Der Vertrag war unterschrieben und jetzt musste ich liefern. Der Tatort stand fest: Der höchstgelegene Weinberg Deutschlands im schönen Hegau. Es war ein frischer Februarmorgen, als ich zu meinem ersten Treffen mit Leerschmitt fuhr. Der erloschene Vulkankegel des Hohentwiel ragte auf vor dem blassblauen Winterhimmel. Ich hatte gelesen, dass die fruchtbare Vulkanerde den Weinreben genügend Nährstoffe bot, um mit dieser extremen Lage zurechtzukommen. Dennoch waren die Wetterbedingungen auf 560 Höhenmetern ein ständiges Lotteriespiel für den Winzer. Ich schaute hinauf zur Ruine der imposanten Festungsanlage: Die Burgmauer ging über in die sanft abfallende Linie des Berges, der jäh in einer Steilwand endete. Das Bild ähnelte der Schulterlinie einer schönen Frau. Reif lag als verführerisch glitzernder Hauch auf den Baumwipfeln. Ich blinzelte ins grelle Licht. Der Berg zeigte mir die kalte Schulter. Und der Winzer auch.

»Nix Illegales auf meinem Grundstück«, brummte er. Selbstverständlich dürfte ich sein Weingut erwähnen. Reklame sei immer gut fürs Geschäft – aber ja keinen Mord. »Die Leut hier sind konservativ«, lamentierte er. »Die Kundschaft kriegt das in den falschen Hals – und dann geht der Schuss nach hinten los.«

»Spaßbremse«, murmelte ich, als ich zurückfuhr, und hatte dabei den bitteren Kaffeegeschmack noch auf der Zunge. Wieviel besser schmeckt mir jetzt dieser Rote aus Australien. Vollmundiger Körper, runder Geschmack. Natürlich industriell hergestellte Massenware. Einen Bio-Wein kann ich mir von meinen mageren Tantiemen nicht leisten, aber da gibt es auch noch andere Gründe. Sozusagen ... substanziellere ... Sie müssen mir versprechen, dass Sie es nicht weitererzählen – unter gar keinen Umständen. Nicht auszudenken, wenn das rauskommt. Ich wäre erledigt.

Es wurde früh warm in diesem Jahr. Leerschmitts schafften es gerade noch rechtzeitig, alle Reben zu beschneiden und hochzubinden, bevor schon im April die ersten Knospen aufbrachen und sich zarte Blättchen zeigten. Vier Wochen zu früh. Der Winzer war nicht für mich zu sprechen, da er Tag und Nacht im Weinberg rackerte. Seine nette Frau, die Sabine, bot mir schwarzen Kaffee an, blieb aber in der Sache ebenso unerbittlich wie ihr Mann. Ob ich zur Konkurrenz in den benachbarten Olgaberg wechseln sollte? Das Staatsweingut Meersburg wäre sicher nicht so pingelig bei einem fiktiven Weinberg-Mord. Aber diesmal blieb mein Verleger hart: Höchstgelegener Weinberg am Fuße der größten Festung Deutschlands und dann auch noch ein lupenreiner Bio-Betrieb. »Wir brauchen Superlative«, raunzte er am Telefon. »Und wir brauchen eine Leiche.«

Mitte April war das erste große Arbeitspensum im Weinberg erledigt und Leerschmitts schickten die Belegschaft für eine Woche in den Urlaub. Ich konnte mir keinen Urlaub leisten. Denn meine Geschichte steckte immer noch im Entwurfsstadium. Aber dann kam dieser Anruf, abends um neun. »Haben Sie heute Nacht schon etwas vor?«, fragte die Stimme am Telefon und fuhr fort, ohne meine Antwort abzuwarten: »Kommen Sie zum Weingut. Sofort – und ziehen Sie sich warm an.«

Als ich ankam, wimmelte es auf dem gepflasterten Hof von Menschen und ich verstand zuerst gar nichts, bis mich jemand ruppig an der Schulter nahm und mich bergauf in Richtung Ziehweg schob. »Dort geht's lang, Mädle«, raunzte die Stimme eines Mannes, der sich gegen die Kälte einen Schal übers Gesicht gezogen hatte. »Heute Nacht gibt's Frost, und Leerschmitts brauchen jede Hand, sonst ist die Ernte hin.«

Schnell begriff ich, was zu tun war: Meine Aufgabe war es, paraffingefüllte Fünf-Liter-Eimer in den Wingert zu schleppen und in regelmäßigen Abständen zwischen den Reben abzustellen. Kurz nach Mitternacht waren alle Eimer verteilt. Keine Minute zu früh, denn nun zog es an – ich spürte, wie das Gras unter meinen Füßen zu knistern begann und im schnell aufsteigenden Frost starr wurde. Die Helfer liefen nun wieder zurück in den Weinberg und setzten das Paraffin in Brand – über neunhundert Fackeln erhellten nun die Südflanke des Hohentwiel. Als die ersten ausbrannten, war das Gras immer noch froststarr und wir mussten Brennstoff nachfüllen. Erst gegen sechs Uhr morgens wurde Entwarnung gegeben, und die Helfer trafen sich müde und verrußt zu einem deftigen Frühstück im Restaurant, das zur Einsatzzentrale umfunktioniert worden war. Erst jetzt erfuhr ich von den Betriebsferien und dass kaum ein regulärer Mitarbeiter an Bord war. Als Sabine Leerschmitt vormittags von einem arktischen Tiefausläufer las, hatte sie in wenigen Stunden eine logistische Meisterleistung vollbracht. Die erfolgversprechendste

Methode, einen Weinberg zu beheizen, sind sogenannte Frostschutzkerzen. Die waren jedoch überall ausverkauft. Aber Leerschmitts haben Freunde – und so lief die Aktion Weinbergrettung an: In der Ortenau, nahe der französischen Grenze, fand sich eine Wagenladung Fünf-Liter-Eimer, die herangekarrt wurde. In Oberschwaben stellte eine Fabrik 9.000 Liter Paraffin zur Verfügung, die eigentlich für die Kosmetikherstellung gedacht waren. Ein verzweifelter Hilferuf in den sozialen Medien motivierte eine Schar freiwilliger Helfer, die alles gaben, um den heimischen Wein zu retten. Trotz der harten Arbeit waren alle wie aufgekratzt, prosteten sich mit den Kaffeetassen zu, bissen in die belegten Brote und der Raum hallte wider von Gelächter. Der Mann, der mich in den Weinberg dirigiert hatte, stand am Eingang. Irritierenderweise hatte er den Schal immer noch übers Gesicht gezogen und sprach kein Wort. Keiner der Anwesenden beachtete ihn – außer mir. Ich bin Krimiautorin, ich habe immer ein Auge auf solche Typen. Applaus und Hochrufe brandeten auf, als Sabine Leerschmitt auf einen Stuhl stieg und die Hand hob. »Liebe Freunde«, rief sie und räusperte sich dann, da ihr die Stimme beinah versagte. »Vielen, vielen Dank für eure sagenhafte Unterstützung!« Sie machte eine Pause, und ihr Blick glitt über die ihr zugewandten Gesichter. Kurz streifte sie den vermummten Mann und winkte ihm, doch näherzutreten. Der aber blieb, wo er war. »Ohne eure Hilfe hätten wir es nicht geschafft«, fuhr Sabine fort, »und der Karle wird euch nun sagen, wie es weitergeht!« Ihr Mann enterte einen Tisch und erklärte in ruhigen Worten, dass die arktische Front längst noch nicht überstanden sei, weitere Frostnächte seien zu befürchten, ein Ende nicht abzusehen. Er habe versucht, die Belegschaft aus dem Urlaub zurückzurufen, aber viele seien in den Süden geflogen, kurzum – die Schufterei würde auch in den nächsten Nächten noch weitergehen: »Seid ihr mit dabei?«

»Ja klar«, schallte es vollmundig zurück, aber einige blickten dabei merkwürdig konzentriert auf die eigenen Schuhspitzen. Die Eingangstür schlug zu. Der Mann mit dem Schal vor dem

Gesicht war gegangen. Er stieg in einen himmelblauen Transporter, den er auf dem Hof geparkt hatte, wendete und fuhr davon.

Die Bilanz nach sieben Frostnächten war verheerend: In vielen Regionen Deutschlands kam es zum kompletten Ernteausfall. Bei Leerschmitts waren trotz aller Mühen 70 Prozent der Reben betroffen. Es würde zwar noch einen zweiten Austrieb geben, aber die Ernte war zum größten Teil dahin. Entschädigung gab es keine. Aber es war zumindest keine Freundschaft kaputtgegangen. Auch der Mann mit dem Schal vor dem Gesicht war zuverlässig in jeder Nacht mit dabei gewesen; schweigsam und unermüdlich hatte er mit angepackt und war morgens im hellblauen Lieferwagen davongefahren – jedes Mal ohne Frühstück. Niemand kannte ihn.

Der restliche Frühling verlief wie im Bilderbuch und mit zusammengebissenen Zähnen beackerten die Winzer ihre Weinberge, die in diesem Herbst keinen nennenswerten Ertrag bringen würden. »Zumindest tun wir etwas gegen das Insektensterben«, sagte Karl Leerschmitt und verwies auf die summenden Gäste, die sich in den mit Wildkräutern bepflanzten Streifen zwischen den Reben tummelten. »Vierzehn Rebsorten bauen wir an«, erklärte er. »Durch die Hanglage mit den abwechslungsreichen vulkanischen Bodenschichten können wir Sorten mit ganz unterschiedlichen Ansprüchen kultivieren. Als Bio-Winzer gehen wir von einer Lebensdauer unserer Weinstöcke von über vierzig Jahren aus. Im konventionellen Anbau werden die Stöcke schon nach fünfundzwanzig Jahren gerodet. Aber wir schützen das Leben und beuten es nicht aus.«

»Ja klar«, antwortete ich verdrossen. Wie ich diese Lebensschützer und Gutmenschen verachtete! Die hielten noch nicht mal einen Mord auf dem Papier aus. Je liebevoller Karl Leerschmitt über seine Ökosysteme sprach, desto grantiger wurde ich. Daheim brüllte ich meine Tomatenpflanze an, die partout keine Früchte ansetzen wollte. Sie fiel vor Schreck um. Aber am nächsten Morgen zeigte sie zahllose gelbe Blüten. Schuldbewusst band ich ihre Triebe nach oben und gab ihr reichlich Wasser.

»Na siehst du«, murmelte ich und streichelte ihre bepelzten Blätter mit der Fingerspitze. »Es geht doch. Man muss nur wollen.«

Nach diesem Vorfall fasste ich wieder Mut und begleitete die Arbeit im Weinberg weiter mit Argusaugen. Wie zum Spott war der Sommer heiß und trocken, sodass die Weinlese ungewöhnlich früh beginnen konnte. »Nächste Woche ernten wir den Traminer«, wurde ich informiert; ob ich mit dabei sein wollte? Aber als ich am vereinbarten Termin pünktlich ankam, erwartete mich eine zutiefst frustrierte Belegschaft. »Alles weg«, fasste Sabine Leerschmitt die Situation lakonisch zusammen und ihr Mann ergänzte: »Heute Nacht war Vollmond, beste Sichtverhältnisse ... ich habe einen Lieferwagen gehört und noch gedacht, wieso fährt der nachts in den Weinberg ... aber der Weg ist ja öffentlich, ich ...« Er brach ab und seine Frau legte ihm tröstend die Hand auf den Arm. »Mach dir keine Vorwürfe«, sagte sie.

»Wenn ich den kriege«, knirschte der Winzer zwischen den Zähnen. An diesem Abend erlebte ich ihn zum ersten Mal unter Alkoholeinfluss. Im Herbst gibt es im Hegau verschiedene Volksfeste und Leerschmitts hatten an diesem Abend zwar nichts zu feiern, aber ordentlich Zuspruch nötig. Also bot ich an, den Fahrdienst zu übernehmen, und saß stocknüchtern bei Apfelschorle mit ihnen im lärmigen Festzelt, während die beiden ganz unstandesgemäß Trost in frischgezapftem Bier suchten. Während Sabine mit jedem Glas schweigsamer wurde, entwickelte Karl immer abstrusere Theorien zum Tathergang. Die Polizei habe den Fall zwar aufgenommen, konnte ihm aber nicht weiterhelfen. »Bandenmäßiger Diebstahl, beschtens organisierte Hehlerbanden und ab über die Grenze«, sagte er und ergänzte mit schwerer Zunge: »Wenn die Polissei ihre Arbeit nicht ordentlich macht, dann müssen wir ran. Ich weiß nämlich, wer das war!« Die Geräuschkulisse mit Grölen und Blasmusik war infernalisch, aber nach diesem Satz schien es auf einmal still zu werden im Zelt. »Erinnerssdudisch an den Typ mit dem blauen Lieferwagen?«

Ein Herr mit grauen Schläfen zuckte zusammen und drehte sich langsam um. Karl Leerschmitt bemerkte ihn nicht, da er mit dem Rücken zu ihm saß.

»Der damals in den Frostnächten geholfen hat?«, fragte ich zurück und hatte seine Stimme im Ohr, gedämpft durch den Schal, hinter dem er sein Gesicht versteckt hatte. »Mädle« hatte er mich genannt. »Der hat damals gar nicht geholfen. Der hat uns auss...schpioniert«, formulierte Karl mühsam. »Der blaue Lieferwagen ist groß genug, massimal zwei Fuhren und meine Traminer-Ernte ist futsch. Und niemand interessiert sich dafür.« Seine Stimme sank herab:»Aberwennischdenkriege«, nuschelte er. »DannmachischKleinholz aus dem.« Der Teufel muss mich geritten haben, als ich darauf antwortete: »Steck ihn doch in die Weinpresse, Karl – bei Rotwein stimmt dann zumindest die Farbe ...« Er hob den Kopf und blickte mich aus blutunterlaufenen Augen an. Das lockige Haar umstand wirr sein Gesicht, das nun von einem breiten Grinsen verzerrt wurde:»Au ja, Ulrike«, antwortete er. »Des isch mal wirklich eine gute Idee!«

Abrupt stand der Herr mit den grauen Schläfen auf und legte ihm die Hand auf die Schulter. »Du hast genug, Karle« sagte er. »Du redest dich noch um Kopf und Kragen.«

Karl Leerschmitt machte eine heftige Bewegung, als wollte er dem Mann eine langen, aber seine Frau zog ihn wieder auf die Bank und nickte mir zu. »Wir fahren«, sagte sie und ihre Stimme ging fast unter im wieder einsetzenden Lärm. Im Auto erklärten mir die beiden, dass der Herr mit den Silberschläfen ein Stammkunde sei und außerdem einer der leitenden Kripo-Kommissare im Konstanzer Polizeipräsidium. Nein, mit dem Rebenklau sei er nicht befasst. »Mordkommission«, nuschelte Karl Leerschmitt. »Aber wenn mir momentan ein Polissist über den Weg läuft, sehe ich rot.«

Dieser Abend bedeutete das klägliche Ende meiner Recherche. Einige Tage später rief ich den Verleger an und gestand, dass es leider nichts würde mit dem Mord im höchstgelegenen Weinberg Deutschlands. Den Abend meiner Niederlage verbrachte ich mit

meiner Katze auf dem Sofa. Ich hatte Wein beim Discounter gekauft und trank ihn mit hämischem Behagen. Leerschmitt, wenn
du mir keine Leiche lieferst, dann kannst du deinen Bio-Wein
selbst trinken, dachte ich – ich gebe es ungern zu, aber die Sache
nagte an mir.

Was ich nicht ahnte: Als ich mit der Katze meine Kapitulati-
on begoss, saß Leerschmitt in Untersuchungshaft. Wegen Mord.
Oder Totschlag. Denn der blaue Lieferwagen war in der nächsten
Vollmondnacht wieder vorgefahren. Diesmal aber nicht im Weinberg, sondern an einem rückwärtigen Wirtschaftsgebäude, wo einige große Behälter mit Trester auf Weiterverarbeitung warteten.
Üblicherweise wurden die Trauben bis zum letzten Tropfen ausgepresst und der Rest – der Trester – als Viehfutter oder Dünger
im Weinberg weiterverwendet. Nicht so beim Burgunder, der die
Frostnächte ebenfalls leidlich überstanden hatte: Die kostbaren
Beeren wurden sorgfältig vom »Gerüst« also von allen Stängeln
befreit und nur sanft ausgepresst. Das ergab zwar eine geringere
Ausbeute an Wein, aber der hochwertige Trester konnte später
zu aromatischem Grappa weiterverarbeitet werden. Leerschmitt
hatte nämlich auch das Brennrecht. Auf den kostbaren Inhalt
dieser Behälter hatte es der Dieb abgesehen. Da direkt daneben
der hofeigene Gabelstapler parkte, ging das Verladen fix, aber
Leerschmitt, der seit einiger Zeit unter Schlafstörungen litt, hörte
verdächtige Geräusche und nahm die Verfolgung auf. Der Lieferwagen ratterte in halsbrecherischem Tempo davon, Leerschmitt
stolperte und fiel längelang in den Dreck. Er konnte dann nur
noch sehen, wie die Rücklichter des Wagens hinter den Hecken
des Rennwegs verschwanden – einer ungeteerten Abkürzung ins
Twielfeld, die nur Eingeweihten bekannt war.

Am nächsten Tag war er mit verstauchtem Knöchel und
verschrammtem aber strahlendem Gesicht zur Polizeiwache
gehumpelt, um Anzeige zu erstatten, denn er hatte sich das
Kennzeichen gemerkt. Leider war es gestohlen. Und ein him-
melblauer Lieferwagen war im ganzen Landkreis Konstanz
nicht gemeldet. Die Sache wäre wieder im Sande verlaufen,

wenn nicht wenige Tage später ein ebensolcher Transporter am Fuße eines Felsabsturzes am Hohentwiel in Flammen aufgegangen wäre. Der Fahrer war nicht angeschnallt gewesen und herausgeschleudert worden. Nun lag er auf der Schafweide der »Domäne« einige Meter vom Wrack entfernt – auf den ersten Blick unversehrt, aber mausetot. Als wenig später der allseits beliebte Bio-Winzer Karl Leerschmitt unter Mordverdacht verhaftet wurde, machten die Zeitungen im Landkreis einen Riesenskandal daraus. Natürlich fuhr ich sofort zum Weingut. Ich hatte gemischte Gefühle: Einerseits war ich schockiert, aber ein klitzekleines Flämmchen Hoffnung flackerte in einem Teil meiner Seele – in einem rabenschwarzen Teil meiner Seele, wie ich zugeben muss – denn ich überlegte fieberhaft, ob ich nun vielleicht doch noch zu meiner Geschichte käme.

Sabine Leerschmitt war verzweifelt. Die handfeste und in allen Situationen stets gelassene Frau war am Ende ihrer Kräfte. »Niemals hat Karl so etwas getan«, schluchzte sie. »Er ist zwar aufbrausend, und der Kommissar behauptet, er habe damals den Mord im Festzelt angekündigt ... Aber mein Karle wäre doch zu einer Gewalttat niemals imstande ...« Und wenn doch, dachte ich – es muss ja nicht gleich Mord sein. Totschlag wäre für meine Zwecke absolut ausreichend. Und während ich Sabine Leerschmitt tröstend in den Arm nahm, begann ich innerlich bereits an einer Geschichte zu formulieren. Ich imaginierte eine James-Bond-reife Verfolgungsjagd über die engen steilen Kurven des Hohentwiel – dort, wo sich sonntags Touristen und Ausflügler zur Burg schieben, jagten nun zwei Fahrzeuge durch die Nacht, bis einer der Fahrer die Kontrolle über den Wagen verlor, der wie ein Feuerball über die schroff abfallenden Felsen stürzte. »Wieso ist der Transporter eigentlich in Flammen aufgegangen?«, fragte ich und Sabine Leerschmitt zuckte die Schultern.

»Es war offensichtlich mit einer leicht brennbaren Flüssigkeit beladen«, schluchzte sie und in meinem Hirn verwandelte sich der Lieferwagenfahrer in einen Top-Terroristen mit Bombe an Bord.

Bevor ich meinen Gedanken zu Ende spinnen konnte, klingelte es. Zwei Polizeibeamte standen vor der Tür. Ein kurzer Wortwechsel mit der Hausherrin, die leise aufschrie und nach draußen stürmte. Aus dem Polizeiauto stieg Karl Leerschmitt, bleich, verhärmt, aber überglücklich und schloss seine Frau in die Arme. Mit zwei Fingern formte er das Siegeszeichen und rief: »Unschuldig!« – und alle meine Krimiträume zerstoben.

»Es hat sich alles aufgeklärt«, sprudelte Sabine, als sie das Haus wieder betraten. »Es war tatsächlich dieser Halunke mit dem Schal vor dem Gesicht. Er arbeitete als Schafhirte in der Domäne ...«

»... hatte aber einen lukrativen Nebenerwerb«, ergänzte Karl. »In einem Gehölz am Galgenbuck hatte er einen alten Campinganhänger versteckt und dort eine kleine illegale Schnapsbrennerei installiert. Dort oben pfeift immer ein kräftiger Wind, so dass man nichts riecht. Er hat aber immer nur den ersten Brand dort produziert und ihn dann weiterverkauft.«

Einer der Beamten erklärte fachmännisch: »Ein guter Grappa durchläuft nämlich immer mehrere Destillationsdurchgänge.«

»Glücklicherweise war die Leiche nicht verbrannt, denn sonst hätten wir die Todesursache vermutlich nicht zweifelsfrei feststellen können«, setzte sein Kollege hinzu. »Aber so ...«, der Polizist machte eine Kunstpause und beobachtete, wie Sabine eine Flasche Winzersekt entkorkte.

»Zur Feier des Tages«, erklärte sie, als sie das sprudelnde Getränk in die Gläser füllte. Die beiden Polizisten machten abwehrende Bewegungen, aber das ließ sie nicht gelten: »Seid doch keine Spaßbremsen«, sagte sie.

»Das hier ist eine bessere Qualität als das Zeug, mit dem der Schwarzbrenner sich vergiftet hat!«, lachte Karl. »Der Typ hätte doch wissen müssen, dass Grappa mehr toxisches Methanol als andere Spirituosen enthält, aber offenbar hat er es nicht abwarten können und vom Vorlauf genascht ...«

»Wir haben recherchiert, was dann passiert ist«, erklärte ein Polizist: »Halb blind und wahnsinnig vor Schmerzen wegen akuten Leberversagens hat er wohl noch versucht, ins Krankenhaus zu fahren, und die Abkürzung über die Passstraße am Hohentwiel genommen. Das Destillat hatte er an Bord. Weit ist er jedenfalls nicht gekommen – in der dritten Kurve hat es ihn bereits erwischt ...«

»Ganz ohne meine Mithilfe«, grinste Karl Leerschmitt.

Dieses Grinsen gab mir wieder Hoffnung. »Was meinst du, Karle«, fragte ich, nachdem die Beamten gegangen waren. »Der Ganove mit dem himmelblauen Lieferwagen – ob das derselbe war, der dir auch die Traminer-Trauben geklaut hat?«

»Nö,« antwortete der Winzer und sein Gesicht verdüsterte sich wieder. »Das sind gewerbsmäßige Banden. Traubenklau gibt es im ganzen Bundesgebiet.«

»Du müsstest nur einen von ihnen erwischen«, gab ich zurück. »Und dann – ab in die Weinpresse. Das merken die sich und du hast für immer Ruhe ...«

Seine Augen wurden groß: »Stimmt«, sagte er und sein Glas berührte meins mit sanftem Klingen. »Ich habe meine Ruhe und einen Rotwein mit richtig viel Körper.«

Das ist das Ende meiner Geschichte. Es tut mir wirklich leid, dass es kein lupenreiner Krimi geworden ist, aber man muss einer Krimiautorin unter Alkoholeinfluss immer zugutehalten, dass sie lügt – und zwar wie gedruckt.

Andre Rober

Das letzte Glas

Dieses verfluchte letzte Glas!

Und ich weiß nicht einmal mehr genau, was sich darin befand. War es der Ziereisen Syrah? Oder doch die 2007er Bassgeige, Spätburgunder trocken, goldene Medaille? Ich muss mich doch daran erinnern ... Wie war das noch? Um 19:30 Uhr hatten wir uns vor der Gaststätte *Zum Schwabentörle* getroffen, Jochen und ich. Weil Jochen mit der Straßenbahn kam und es von der Haltestelle Oberlinden nur ein paar Schritte entfernt ist. Und weil es mir vollkommen egal war. Einen Tisch hatte ich reserviert, ein Tischlein besser, ganz hinten in der Nische, wo man sich ungestört unterhalten kann. Über dieses und jenes, über Politik – ohne scheinheilige *correctness* – über Lustiges und Trauriges, Schlüpfriges und Unverfängliches. Und über die Vergangenheit und die Zukunft natürlich. Was ich mir nach einer steifen Umarmung und der gegenseitigen Versicherung, wie *blendend* es einem selbst doch gehe, bestellt habe, weiß ich noch ganz genau. Ein Viertele Gutedel, halbtrocken nur, denn etwas von den Speisen zu bestellen hatte ich nach vorangegangener Prüfung meines Kontostandes vermieden. Der Gutedel begleitete mich während des Gesprächs über die Feiertage – Weihnachten lag noch nicht lange zurück. Zu viel getrunken, zu viel gegessen, zu viel Stress, zu viel Besuch. Wie jedes Jahr, und er sei froh, dass es damit wieder vorbei war. So Jochens Bericht, den ich, immer ein wenig von dem leicht süßlichen, fruchtigen Getränk im Mund, mit gespieltem Interesse über mich ergehen ließ. Und bei mir? Ja, auch wie immer. Allein, ohne Stress, ohne Besuch, nichts getrunken und auch normal gegessen. Mein Weihnachten ist anders.

Ob aus Mitleid oder der alten Freundschaft wegen, Jochen kündigte an, mich an diesem Abend einladen zu wollen, und so kam es zu der nächsten Bestellung. Es war ein Riesling, den *man unbe-*

dingt getrunken haben muss. Aus dem Raum Bruchsal sei er, und er habe ihn zu seinem Hauswein gemacht, bei diesem sensationellen Preis von nicht einmal ganz zwanzig Euro die Flasche. Jochen bestellte eine. Und frische Gläser dazu, denn auch nur ein kleiner Tropfen meines zwei Euro fünfzig Gutedels würde den Genuss *hundertprozentig ruinieren.* Ob mir der Wein besser geschmeckt hat als sein süffiger Vorgänger, kann ich nicht einmal mehr sagen. Ich habe ihn getrunken. Und ich weiß noch mit Bestimmtheit, dass es, bis der Boden der Flasche mit Luft in Kontakt kam, um den Beruf ging. Diesmal war ich an der Reihe vorzulegen. Und im Nachhinein ist mir bewusst, hätte Jochen vor mir blumig und begeistert von seinen Taten und Erfolgen gesprochen, ich hätte wohl nicht so offen und ehrlich von meinem Versagen berichtet. Von den Niederschlägen, die ich in den vergangenen zwanzig Jahren, in denen wir uns nicht mehr gesehen hatten, einstecken musste. Von der Verzweiflung, die ich überwunden hatte, und dem Mindestlohn, der mir seit nunmehr vier Jahren als *Picker* im Versandhandel gezahlt wurde. Dass der Riesling, ein 2011er übrigens, besser zu den Partys und Geschäftsessen in der Werbebranche passte, von denen Jochen erzählte, wurde mir schon klar, als ich das zweite Glas in Angriff nahm. Bemüht, einerseits Jochens Ausführungen zu folgen, andererseits zu ergründen, was den Preisunterschied zu meiner Erstbestellung rechtfertigte. Auch der Hinweis, er habe diesen Tropfen sogar im *The Peninsula Hotel New York* bestellen können, brachten mich bei Letzterem nicht weiter. Paris, London, Barcelona, es musste schon toll sein, wenn man sich in diesen Städten auskannte. Ganz zu schweigen von Tokio, Vancouver, Rio und Kapstadt, alles Orte, an denen er mich *liebend gerne* herumführen würde, sollte ich *einmal Lust haben, sie zu besuchen.* Für eines ist der Riesling auf jeden Fall gut: zynische Bemerkungen die Kehle hinunterzuspülen. Und mit diesem letzten, wirklich großen Schluck endete denn auch meine Beziehung zu diesem Wein.

Während ich noch überlegte, ob ich meinen Londonaufenthalt erwähnen sollte, 29 Euro der Flug ab Basel, das Hotel, in Camden immerhin, im Sechserzimmer mit Gemeinschaftsbad auf dem Flur, bestellte Jochen die nächste Flasche Wein. Einen 2013er Grauburgunder, aus Baden natürlich, denn trotz seiner Reisen in die ganze Welt schätze er nun einmal die regionalen Produkte. Vom *Bienenberg* aus Malterdingen stamme der Tropfen und sei preislich auch noch im Rahmen. Warum mir die Lage in Erinnerung ist, kann ich mir nur dadurch erklären, dass ich im bisherigen Verlauf des Abends schon den einen oder anderen Stich verspürt hatte.

Der Grauburgunder schmeckte mir. Außerordentlich sogar. Allerdings weiß ich nicht, ob es an der Qualität des Getränks lag, an dem Blutalkohol, dessen Auswirkungen ich nicht mehr in der Lage war zu ignorieren, oder der Tatsache, dass wir uns den Geschichten aus unserer frühen gemeinsamen Schulzeit zugewandt hatten. Zwei Jungens, die schon im Kindergarten unzertrennlich waren. Kleine Abenteuer, die nicht selten mit einer Standpauke oder einer Backpfeife von den Eltern unwürdige Abschlüsse fanden. Der Grauburgunder lockerte die Zunge weiter, und seit gestern Abend weiß ich, wie die Legendenbildung vonstatten geht. Was waren wir doch für Kerle! Mutig, immer dreckig, stets im Freien, wo wir durch dichtes Unterholz krochen und auf Bäume kletterten. Oder aus sicherer Deckung heraus unseren Musiklehrer mit Eiern bewarfen, Ameisen und Spinnen mit der Lupe verbrannten. Mit dem Wein am Gaumen wurden die Pfade unwegsamer, die Bäume höher, die Gefahren unermesslicher, die Taten glorreicher. Kann man unermesslich steigern? Egal! Wir schwelgten in den Erinnerungen und mit jeder Episode, die wir lautstark zum Besten gaben, schmeckte der folgende Schluck des Weins noch besser als der Schluck zuvor.

Lange machte die Flasche das nicht mit. Mit den letzten Tropfen, die Jochen in unser beider Gläser goss, hielt er den Wechsel auf einen Roten für angebracht. Was Einfaches, zum Umgewöhnen, meinte er und bestellte einen Spätburgunder, *Nimburg-Bottinger Steingrube*. Der Austausch der Gläser auf voluminöse Burgunderkelche war mittlerweile auch für mich Ehrensache geworden. War bis vor wenigen Stunden ein Römer ein absolut zulässiges Gefäß, um Wein jeder Sorte und jeden Preises zu kredenzen, kam mir das in diesem Moment als wahres Sakrileg vor, und den zusätzlichen Genuss, den die Aromenvielfalt noch vor Berührung der Lippen offenbarte, stufte ich als unbezahlbar ein.

Wir waren mit unserer Retrospektive inzwischen auf dem Gymnasium angekommen, das zu besuchen mir trotz meiner Herkunft aus einer traditionellen Arbeiterfamilie erlaubt worden war. Und da ich die Voraussetzungen mitbrachte, reüssierte ich auch, was die Leistung anging. Ob Jochen es ausgeblendet hatte oder seine damalige Wahrnehmung eine andere war, meine sozialen Erfolge in der Klasse waren mehr als bescheiden. Ob er denn damals mitbekommen habe, dass ich als Außenseiter traurig, neidisch auf ihn und die anderen »coolen« Schüler geblickt hatte, wollte ich von ihm wissen, als er das letzte verbleibende Viertel des Spätburgunders gerecht in zwei Achtele aufteilte. Meine Frage musste ziemlich vehement rübergekommen sein, denn was ich erinnere, war sein erschrockenes Gesicht und der Versuch, die Realität zu verbiegen.

Komm schon, du hast doch auch irgendwie dazugehört, klingt es auch heute noch und ich weiß, dass mich die Worte wütend gemacht haben.

Diesmal vermochte der Rebensaft nicht, mich an einer Reaktion zu hindern.

Ja, als dein Anhängsel vielleicht. Und immer dann, wenn keiner von den anderen konnte.

Habe ich das wirklich gesagt? Ich glaube schon. Offenheit und Konflikt war nie meine Stärke gewesen, aber aus der *Nimburg-Bottinger Steingrube* musste ich wohl Mut geschöpft haben.

Aber du hast doch etwas davon gehabt, mit mir befreundet gewesen zu sein!

Seine nächste Bestellung gab mir Zeit, den Schlag ins Gesicht zu verdauen. Von heute aus betrachtet, ist mir das wahrscheinlich nicht ganz gelungen.

Trotzdem kann ich diese Bestellung noch erinnern: Ein Pinot Noir von der Wolfsterrasse. Er war gut! Sehr gut! Allerdings:

Ohne dem Wein zu nahe treten zu wollen, wahrscheinlich hätte mich zu diesem Zeitpunkt ein roter Cuvée aus dem Tetrapack ebenso begeistert. Und der Effekt wäre auch der gleiche gewesen, denn es spielt schließlich keine Rolle, aufgrund welchen Alkohols es nötig ist, sich mehr und mehr zu konzentrieren, um einigermaßen verständliche Sätze zu formulieren. Gelallt habe ich gestern nicht! Glaube ich.

Du aber auch, schließlich habe ich dir immer die Hausaufgaben gemacht. Das in etwa muss ich gesagt haben, nachdem der Kellner den Tisch verlassen hatte, um den Pinot Noir zu holen, wie sonst wäre Jochen dazu gekommen, mir die traurige Wahrheit über meine Hausaufgaben zu offenbaren?

Ja! Und ich habe sie dann an die anderen verkauft, zwei bis fünf Mark, je nach Umfang. Da er das offenbar witzig fand, lachte er aus vollem Hals und hörte nicht auf, bis der Pinot Noir auf dem Tisch stand und die – frischen – Gläser gefüllt waren.

Ich glaube, ich bin ziemlich wütend gewesen. Und enttäuscht. Aber eher wütend. Meine Beherrschung habe ich nicht verloren. Ich habe sogar gefragt, bei welchen unserer Klassenkameraden er mit meinen Hausaufgaben Geld gemacht hat, allerdings nicht, ohne vorher einen, nein zwei Schlucke Pinot Noir getan zu haben. Ich meine, mich an Namen wie *der dicke Peter, Markus, Dominik* und *Susanne* zu erinnern. Vielleicht auch noch *Silke* und *Dirk*. Aber ich weiß noch genau, dass ein besonderer Name fiel: *Isabelle*.

Isabelle, jenes Mädchen, das ich anbetete, seit es in der sechsten Klasse zu uns auf die Schule gekommen war. Ich sehe heute noch vor mir, wie sie, während unser Klassenlehrer sie vorstellte, neben dem Pult stand, schüchtern, fast ängstlich und so *unbeschreiblich* schön! *Isabelle*, deren Anblick mich fast um den Verstand brachte, vor allem im Sommer, wenn sie kurze Kleider trug und ihre lange, blonde Mähne mit einem Pferdeschwanz zu zähmen versuchte, dessen Ende so verspielt ihre nackte Haut auf dem Rücken streichelte. *Isabelle*, die ihre schlanken Arme und Beine so grazil bewegte, als wäre das Leben ein einziger Tanz!

Isabelle, um die ich mir Sorgen machte, wenn sie nicht in der Schule war, und die ich verstohlen beobachtete, wenn sie auf dem Pausenhof mit anderen Mädchen zusammenstand.

Ich habe mein Glas in einem Zug geleert und auch den flüssigen Nachschlag heruntergekippt, als wäre er Wasser. Ob Jochen etwas gemerkt hatte? Oder ob er sich erinnert hat? Ich weiß es nicht. Und jetzt kam auch die Bestellung, die einzige, an die ich mich nicht mehr erinnern kann.

Was auch immer Jochen mir vorgesetzt hat, als das Glas vor mir stand, ich sinnierte noch immer über Isabelle. Ich habe, da bin ich mir sicher, mehr als die drei sprichwörtlichen Sätze mit ihr gesprochen, schließlich blieb sie bis zum Abi in unserer Jahrgangsstufe. Aber es war mir nie gelungen, ihr näherzukommen. Liebe aus der Ferne.

Es muss in der zehnten Klasse gewesen sein, die Sehnsucht verzehrte mich schon vier Jahre, da habe ich Jochen gestanden, was ich für Isabelle empfand. An seine genaue Reaktion kann ich mich nicht erinnern. Der Tenor jedoch blieb haften. Ich solle mich nicht grämen, aber mir sollte klar sein, dass ich bei einem Mädchen wie ihr keinen Stich machen könne. Das hatte ich als guten Ratschlag verstanden und versucht, über mein Unglück hinwegzukommen. *Isabelle!* Es wurde nicht leichter, und der Umstand, dass ich nur zwei Wochen später Jochen und Isabelle, dieses unschuldige, zerbrechliche Wesen, das für mich wie eine Heilige war, beim Knutschen hinter der Turnhalle entdeckte, half auch nicht, meinen Liebeskummer zu überwinden. Die Freundschaft zu Jochen war seitdem verändert. Lange blieben sie nicht zusammen, drei, vier Monate vielleicht, aber auch danach war es mit Jochen nicht wie vorher.

Ich glaube, der Groll, der mich gestern angesichts der Erinnerung überkam, war deutlich stärker als jener, den ich damals empfunden hatte. Aber genau kann ich es nicht sagen, Emotionen, Bilder und Geräusche sind nur verschwommen. Bilde ich es mir nur ein oder habe ich mich wirklich zusammengerissen und gefragt, ob er jemals wieder etwas von Isabelle gehört hat?

Wir haben uns im Studium wiedergetroffen, und als wir beide einen Job hatten, haben wir geheiratet.

Dieser Satz ist ganz sicher gefallen! Ob ich ihn gefragt habe, wie es weiterging?

Letztes Jahr habe ich sie rausgeschmissen. War nicht billig, wie du dir denken kannst. Aber hey, es laufen Frauen rum, da kannst du nur von träumen.

Habe ich geträumt? Oder sehe ich wirklich die halbleere Flasche was-auch-immer in meiner Hand? Und Jochens Kopf auf dem Tisch, das weiße Tuch mit einer sich ausbreitenden Lache Blutes getränkt? Habe ich mir das nur gewünscht?

Das Rasseln eines schweren Schlüsselbundes und das Quietschen einer Stahltür reißt mich aus den Gedanken. Den Mann, der eintritt, kenne ich nicht, aber was er sagt, befriedigt mich in gewisser Weise:

Klaus Schmidt, in der Mordsache Jochen Müller bringe ich Sie jetzt zum Haftrichter.

Johannes Diez

Der Winzer in der Wanne

Warum kommt der Bertram zu mir, fragte sich der Kaiserstühler Winzer Max Meyer. Es war ihm nicht klar, was sie zu besprechen hätten.

Zwei Stunden später wusste er mehr. Aber dieser Erkenntniszuwachs war höchst unerfreulich, hatte geradezu ultimativen Charakter. Denn er lag in einer Badewanne. Das war allerdings nicht der Wellness-Welle geschuldet, denn dazu war seine Lage viel zu unbequem. Wie war es dazu gekommen?

Bertram musste ihn an diesen Platz verfrachtet haben. Er konnte sich nicht mehr an die Details erinnern. Das Letzte, an das sein Bewusstsein anknüpfen konnte, war eine laute Auseinandersetzung mit seinem Gegenüber, dann war der aufgesprungen und mit seinen ca. 100 Kilogramm Lebendgewicht auf ihn zugekommen.

Und nun lag er in einer Badewanne, seiner Badewanne, die Hände und Füße zusammengezurrt, die Beine angewinkelt, verschnürt wie ein Postpaket nach Übersee. Seine Augen konnten gerade noch die Oberkante des Waschbeckens sehen, so tief lag er in der Wanne.

Es war nicht der erste Konflikt mit diesem cholerischen Weinbauerntrampel vom Kaiserstuhl gewesen. Aber Max Meyer fürchtete, dass es der letzte gewesen sein könnte.

In diesem Moment rumpelte Bertram herein. Das Krachen der Badezimmertüre gegen die Wand war gar nicht gut für den frisch Zu-sich-Gekommenen. Er zuckte zusammen und versuchte dann sofort, durch bewusste Entspannung den Schmerz zu lindern. Das schien sogar zu klappen. Aber da durchschnitt eine unfreundliche Stimme die muffelige Badezimmerluft.

»Soso. Ist der Herr aufgewacht?«

Max Meyer hätte gern etwas gesagt, aber drei Schichten Panzertape ließen aus der ängstlichen Frage, was hier gespielt würde, eine schlecht modulierte Tonfolge im Bereich der Vokale A und I werden.

»Willst du mir was mitteilen?«, verhöhnte ihn Bertram.

»Ah, aah, aaaah«, brummte es gepresst aus der Badewanne.

»Ich glaube, ich verstehe dich«, tat Bertram ganz verständnisvoll. »Du willst wissen, was ich in den Kartons habe.« Er bückte sich und stellte die Verpackungen aus Altpapier vorsichtig auf den Boden. »Da ist Wein drin«, sagte er anschließend in sachlichem Tonfall. Dabei blickte er in die aufgerissenen Augen von Max Meyer.

Dann bückte er sich und holte eine Flasche heraus, die er mit etwas Abstand vor seine Brust hielt, um die Aufschrift zu lesen.

»Grauburgunder aus der Steingrube in Jechtingen«, las er vor. »Löß und tonig-sandiger Lehm, soweit ich weiß, tiefgründige alkalische Böden. Da könnte man was draus machen.«

Er schaute auf den Winzer in der Wanne. »Wenn man's kann und sein Handwerk versteht.« Er bückte sich und kam mit seinem Kopf nahe an den des Gefesselten. »Und wenn badisches Blut durch seinen Körper fließt.«

Trotz eines weiterhin sehr ängstlichen Gesichtsausdruckes konnte man erahnen, dass Max Meyer diese Bemerkung verstanden hatte.

Bertram schaute erneut auf das Etikett. »Ja, schau nicht so komisch, für dich ist dein eigener Wein doch sicher gut genug.«

Diese Aussage war allerdings nicht gut genug, um den alarmierten Gesichtsausdruck bei Max Meyer abzuschwächen.

»Früher, als wir gemeinsam in der Weinbauschule waren, da warst du ein Blitzmerker«, sagte Bertram in einem ganz lapidaren Ton. »Manche hielten dich sogar für einen Streber. Die meinten, ein wenig mehr weinselige Gemütlichkeit und ein bisschen weniger geschäftliches Interesse stünden dir gut zu Gesicht. Damals habe ich dich immer wieder verteidigt, gegen die Rheinhessen und die Württemberger.«

Max Meyers Augen wurden eine Spur kleiner, denn so hatte er das auch in Erinnerung.

Sie waren einmal so etwas wie Freunde gewesen.

»Aber inzwischen muss ich leider zugeben, dass alles nichts genützt hat. Dein Geschäftssinn – oder nennen wir es besser deine Habgier? – hat dich deine Wurzeln im Öko-Weinbau vergessen lassen. Gewinnmaximierung geht dir heute über alles.«

Max Meyer hatte eine Ahnung, wie der Monolog weitergehen würde. Beruhigend war diese Vorstellung für ihn aber keineswegs.

»Dass du so weit gehst, hätte sich sicher niemand träumen lassen. Ich konnte es selbst kaum glauben. Aber ich schätze meine Informationsquelle als integer ein.«

Der Gefesselte ahnte, wer gemeint war, und zerrte an seinen Stricken und Kabelbindern. Vergebens, es bescherte ihm nur ziemliche Schmerzen.

»Ich habe nämlich mitbekommen, dass du deine … *Produkte*« – Bertram sagte dieses Wort in einem ziemlich abfälligen Ton – »ins Reich der Mitte verkaufen willst. Okay, das Recht dazu hast du als privater Unternehmer. Und die globale Sicherheit wird dadurch nicht gefährdet. Aber dass du auf eine Exklusivklausel gedrängt hast, welche dir allein gestattet, die Regionalbezeichnung »badischer Wein« in China zu benutzen, das ist schlicht und einfach Verrat!«

Bertram stampfte absichtlich fest auf den Boden, der die Erschütterung ohne Zeitverlust über die Badewanne auf Max Meyers Kopf übertrug und den Gefesselten zusammenzucken ließ.

»Verrat!«, schrie Bertram ein zweites Mal, so laut, dass es sich für den Gefesselten anfühlte, als hätte man mit dem Hammer auf einen leeren Weintank gehauen.

»Dabei«, sagte Bertram mit einem plötzlich angenehmen Ton und schraubte die Flasche auf. Anstatt den Satz zu beenden, nahm er einen Schluck, verzog sein Gesicht und spuckte dann mit solcher Vehemenz aus, dass sich ein feiner Nieselregen auf Max Meyer herabsenkte. »Diese Brühe willst du den

Ching-Changs exklusiv verkaufen? Das würde ja internationale Verwicklungen heraufbeschwören, am Ende noch zu einem Handelskrieg führen. Ich bin der festen Überzeugung, das muss verhindert werden!«

Bertram streckte seinen Arm aus und drehte die Hand um 90 Grad. Blubbernd entleerte sich die Flasche, der Wein ergoss sich auf Meyers Hose, der deshalb sein Gesicht verzog.

»Ich glaube, an deiner Stelle würde ich auch so dumm aus der Wäsche gucken«, verhöhnte Bertram sein Opfer.

Als die Flasche leer war, warf er sie achtlos auf Max Meyers Bauch, der deshalb zusammenzuckte.

»Dann mal weiter«, sagte Bertram zu sich selbst. Schon bückte er sich, nahm die zweite Flasche und drehte sie bereits auf, während er sich aufrichtete. Mit einem höhnischen Grinsen benetzte er seinen Zeigefinger und schleckte ihn ab. Den Geschmack bewertete er mit einem missmutigen Gesichtsausdruck.

»Chinesen-Qualität. Und schon wieder nur Drehverschluss und keine Korken. Das gibt Abstriche bei der Prämierung. Ist aber wohl besser so, wer weiß, ob die Schlitzaugen Korkenzieher kennen.«

Mit der zweiten Flasche durchnässte er das Sweatshirt und das Hemd seines Gefangenen.

Als drittes fischt er eine Flasche heraus, deren Inhalt prämiert worden war. »Eine Goldmedaille, da bin ich mal gespannt.«

»Für einen Tafelwein reicht es«, kommentierte er kurz darauf, während er den Inhalt über den Kopf des prustenden Max Meyer goss.

»Ach ja, einen Roten hast du auch mal ausprobiert«, sagte er kurz darauf mit gespieltem Erstaunen. »Spätburgunder, sogar handsortiert. Da würde ich erwarten, dass er mit seinem Duft meine Nase erfreut.« Bertram roch an der Flaschenöffnung, dann schüttelte er mit gespieltem Bedauern den Kopf. »Wenn er gut ausgebaut wurde, dann brilliert er im Glas.« Er hielt die grüne Flasche gegen das Licht. »Komische Farbe. Den kippe ich lieber nicht in die Wanne, macht nur Flecken in die Kleider. Und dieses komische Rot geht bestimmt nie mehr raus.«

Bertram setzte sich auf den einzigen Stuhl im Badezimmer und stellte die Flasche unter das Waschbecken.

»Dass du bei *der* Qualität nicht längst pleite gegangen bist?!« Er schüttelte verständnislos seinen Kopf.

»Ich sollte weitermachen«, sagte er dann in den Karton, während er die nächste Flasche herausholte. Nach dem Blick auf das Etikett seufzte er theatralisch. »Hatten wir schon«, sagte er dann und knallte die Flasche so stark gegen die Wannenwand, dass sie zersprang und sich in eineinhalb Sekunden geleert hatte.

»Hoppla«, sagte er dann mit einem Grinsen. »Nicht dass noch jemand darauf ausrutscht oder sich weh tut.« Bertram warf die beiden großen Glasteile deshalb in den Karton zurück.

Als er auch die nächste Flasche zerspringen ließ, sprengte sie ein Stück einer Wandkachel ab. »Ups«, sagte Bertram mit gespielt erstauntem Gesichtsausdruck. »Ich muss vorsichtiger sein, schließlich will ich dein Bad nicht im Wert mindern. War sicher nicht die billigste Fliese, so wie ich dich kenne.«

Um seine Worte zu unterstützen, schüttete er die nächsten Flaschen übertrieben vorsichtig aus, indem er den Flaschenmund jeweils direkt an das Emaille der Wanne hielt.

Als die drei Sechser-Kartons schließlich leer waren, lag Max Meyer in einer jahrgangsübergreifenden Cuvée aus Weiß- und Grauburgunder. Und im Raum hing intensiver Weinduft, durchaus angenehm. Aber dafür hatte der Gefangene gerade keinen Nerv, denn das kellerkühle Weingemisch hatte eine ihm unangenehm tiefe Temperatur.

Wieder donnerte die Badezimmertür gegen die Wand. Bertram kam mit einem Bananenkarton voll Flaschen zurück, den er ächzend auf den Boden stellte. Mit dem Fuß gab er der Tür einen Stoß, der sie wieder in Schloss krachen ließ. Wäre nicht er selbst in so einer prekären Situation gewesen, Max Meyer hätte um ihre Unversehrtheit gefürchtet.

»So, zweite Runde«, rief Bertram mit aufgesetzter Fröhlichkeit. »Aber bevor ich dir sage, wie dieser Abend enden wird, muss ich erst einmal meiner Freude Ausdruck verleihen, dass dein Flaschenlager auch edle Tropfen beherbergt. Nämlich ein Produkt aus meinem Keller.« Er hielt die Flasche hoch über seinen Kopf. »Zu edel für die Wanne, finde ich, und zu edel, um dich darin zu ertränken.«

Während Max Meyer seine Augen nun so weit aufriss, dass man fast sicher war, sie würden gleich herausfallen, schlug Bertram eine Hand vor seinen offenen Mund und gab sich erschrocken.

»Entschuldigung, eigentlich wollte ich dich nicht jetzt schon beunruhigen. Aber als ehemaliger Blitzmerker hast du dir das sicher sowieso schon gedacht. Egal, nun weißt du es eben ein paar Minuten früher.«

Aus der Wanne kam ein gepresstes »Mh, mmh, mmmmmh!«

Bertram entnahm dem Bananenkarton eine zweite Flasche und drehte sie so, dass das Etikett zur Badewanne zeigte.

»Bertrams bester«, kommentierte er den Spätburgunder. »Von mir hast du den nicht geschenkt bekommen. Den hat sicher deine Frau organisiert, die hat mehr Geschmack als du. Nein, das wird ihr nicht gerecht, sie hat einen hervorragenden Geschmack, schließlich war sie nicht umsonst Weinprinzessin. Außerdem liegt das in ihrer Familie, wie man an mir sieht. Ich schließe daraus, dass nicht einmal meine Schwester das Küferprodukt aus dem Weingut Meyer trinken wollte.« Bertram lachte höhnisch. Dann nahm er den Korkenzieher, um die Flaschen zu öffnen.

»Qualitätskorken. Teuer, aber jeden Cent wert. Ich werde für meine edlen Tropfen nie etwas anderes benutzen.«

Er setzte die Flaschenöffnung an seinen Mund und legte langsam den Kopf in den Nacken. Nun schloss er die Augen und ließ den Wein behutsam durch seine Kehle rieseln.

»Was für ein Versprechen schon direkt nach dem Öffnen«, schwärmte er. »Bis ich die anderen Flaschen mit dem Fusel von dir in die Badewanne gekippt habe, wird er sich mit dem Sauerstoff verbinden und dann werde ich ihn genießen.«

Dreizehn geleerte Flaschen später war der Pegel in der Wanne zehn Zentimeter höher und Max Meyer begann in dem kühlen

Weißwein zu frieren. Sein Peiniger dagegen saß auf dem Bade-
zimmerstuhl und genoss mit überheblicher Pose seinen eigenen
Wein. Schlückchen um Schlückchen leerte sich die Flasche. Dann
grinste Bertram sein Opfer an. Mit den Worten »Genuss pur«
legte er die leere Flasche auf den Bauch von Max Meyer und
verschwand, um Nachschub zu holen.

Als er den wieder befüllten Bananenkarton abgesetzt hatte,
setzte er sich erneut auf den Hocker.

»Dass du echten Champagner im Keller hast, hätte ich nicht
gedacht. Sollte der für das Fest mit den ostasiatischen Geschäfts-
partnern sein? Als Besiegelung der gewinnbringenden Beziehungen?«

Er ließ nun einen Korken an die Decke knallen, was Max
Meyer mit einem erschrockenen Zucken beantwortete.

»Du bist ein rechter Winzer«, stellte Bertram überrascht fest.
»Du zuckst ja schon bei einem Korkenknallen.« Nun lachte er
schadenfroh. Dann ließ er weitere Korken durch das Badezimmer rasen, einer schoss ein Parfumflakon, das zuvorderst im Regal stand, herab.

»Treffer!«, jubelte Bertram.

Das Duftwasser verteilte sich auf dem Badboden und der
Weinduft wurde nun durch ganz andere Geruchsqualitäten er-
gänzt. Dann nahm er eine der frisch geöffneten Champagner-
flaschen. Schäumend ergoss sich deren Inhalt über den ruhigge-
stellten Winzer in der Wanne. »Nur in deinem selbst gepanschten
Fusel zu ertrinken, wäre selbst für dich zu armselig. Echter fran-
zösischer Champagner, als letzte Ehre.« Bertram verbeugte sich
förmlich vor der Badewanne und ihrem Insassen.

»Prost«, rief er dann und setzte eine Flasche mit dem teuren
französischen Tropfen an den Mund. Schon nach einem Schluck
setzte er ab und entließ die getrunkene Kohlensäure mit einem
Rülpser in die Freiheit. Darüber musste er laut lachen. Zwei
Schlucke später musste er erneut rülpsen, dieses Mal noch lauter.

»So, du Winzer-Verräter, jetzt kommen wir zum zweiten Teil
der Anklageschrift.« Er setzte erneut an und rülpste kurz dar-

auf dem Wehrlosen ins Gesicht. »Dass du den badischen Wein exklusiv an die Kommunisten verscherbelt und uns ehrbare Kaiserstühler und Markgräfler dadurch ausgebootet hast, reicht für sich genommen schon für ein Todesurteil. Aber diesen Ärger spüle ich jetzt weg.«

Nach drei weiteren Schlucken des veredelten französischen Traubensaftes wäre ihm beim Rülpsen beinahe nicht nur Kohlensäure hochgekommen.

»Anklagepunkt zwei ist, dass du wissentlich und absichtlich unserer Vermarktungsgemeinschaft den Todesstoß versetzt hast. Jahrelang habe ich für den gemeinsamen Auftritt der Badischen Winzer geworben, gearbeitet und gekämpft, bin vielen Konflikten nicht aus dem Weg gegangen. Und du hast ihr den ultimativen Todesstoß verpasst, indem du erstens mit den Mao-Nachfahren exklusiv und verräterisch paktiert und zweitens im Rahmen dieser unlauteren Geschäftspraxis mehrere weitere Betriebe in deine Machenschaften eingebunden hast, die deshalb ebenfalls aus dem Verband ausgetreten sind.«

Das wütende Zappeln in der Badewanne ließ Bertram unberührt. Mit Lobeshymnen auf den echten badischen Wein sowie die edle Gesinnung seiner Protagonisten leerte er schlückchenweise die Flasche. »Wie das schön zischt und schäumt«, rief er begeistert. Danach kippte er den Inhalt der restlichen Flaschen in die Wanne. Für die letzten beiden hatte er noch eine besondere Idee. »Falls mir einmal die Erinnerung an diesen besonderen Tag verloren geht«, erklärte er und tippte auf sein Handy. Dann stellte er es so, dass die Badewanne auf dem Display erschien. Nun hob er die Flaschen fast bis unter die Raumdecke, bevor er sie langsam drehte. Der Gefesselte lag vorübergehend in einem Meer von perlenden Blasen, das Bertram über Selbstauslöser in seinem Handy-Bilder-Archiv verewigte.

»Was für ein außergewöhnliches Motiv«, kommentierte er Sekunden später die Aufnahme.

Dann verschwand er wieder für einige Minuten im Keller. Die dritte Füllung des Bananenkartons war bereits bis auf eine Flasche in der Wanne, und von Max Meyer ragte nur noch wenig über die Oberfläche dieser besonderen Cuvée. Unter anderem waren das die Nasenlöcher, aber mit jeder zusätzlichen Flasche kam der Flüssigkeitsspiegel näher an sie heran. Dadurch geriet der todgeweihte Winzer zunehmend unter Stress. Außerdem schlotterte er immer stärker in dem kühlen alkoholischen Nass.

Aber auch an seinem Gegner war die letzte Stunde nicht spurlos vorübergegangen. Ob es der Genuss des eigenen Spitzenweins oder des perlenden Champagners oder die alkoholgeschwängerte Atemluft war, würde sich nicht mehr genau feststellen lassen. Auf jeden Fall war er deutlich angeheitert, nicht mehr standsicher und sprachlich auffällig. Nach einem geschrienen »Uh Drecksau has' mein' Schwester unglücklich gemach'!« griff der Alkoholisierte nach dem Stuhl und hob ihn über seinen Kopf, um seinen Schwager damit zu bedrohen. Doch dabei rutschte er auf dem wein- und parfumbenetzten Kachelboden aus, fiel nach hinten und knallte mit dem Schädel auf die Kloschüssel, aus der spontan ein Stück herausbrach. Bei diesem Sturz ging auch die offene Flasche Rotwein zu Bruch und ergoss ihren Inhalt über den Boden, sodass man nicht mehr sagen konnte, was Spätburgunder und was Blut aus der Platzwunde war.

Auch wenn der Gefesselte nicht über den Wannenrand gucken konnte, so hatte er trotzdem bemerkt, dass sich sein Todfeind nach einem letzten Aufstöhnen nicht mehr geregt hatte. Es herrschte Stille. Hoffnung keimte in Max Meyer auf. Als dies für eine gefühlte Ewigkeit so blieb, war die Hoffnung schon fast zu einem Triumph geworden. Jetzt nur nicht schlapp machen, es würde ihn schon jemand finden! Und dann, dann wäre er endgültig der Sieger. Er hatte seinen Schwager sowieso immer als Loser angesehen.

In diese Ruhe drängte sich plötzlich ein regelmäßiges Geräusch: Plop, Plop, Plop, Plop. Er musste es überhört haben, weil er so auf diesen durchgeknallten Bertram fixiert gewesen war und weil er in dem kühlen Wein ziemlich schlotterte. Woher kam dieses Geräusch?

Dann lokalisierte er es, das Plop war tropfendes Wasser. Im Halbsekundentakt fielen die Tropfen vom Hahn nach unten und verdünnten die Cuvée. Die defekte Dichtung war ihm schon vor vierzehn Tagen aufgefallen und er hatte sie eigentlich reparieren wollen. Vor einer Woche hatte er interessehalber einmal einen Eimer darunter gestellt. Nach einer Stunde war bereits rund ein Liter drin gewesen. Ein Liter pro Stunde, das waren zwei Eimer nach einem Tag. Das hieß, dass der Pegel in der Wanne in vierundzwanzig Stunden um einige Zentimeter ansteigen würde! Panik überkam ihn! In einigen Stunden würde die Cuvée in seine Nase eindringen und er im Wein ertrinken! Im eigenen Wein!

Als er vor Furcht zu hyperventilieren begann, öffnete sich die Türe. Im Rahmen stand Bertrams Schwester, Max Meyers Noch-Ehefrau. Wie versteinert stand sie da, nur ihre Augen wanderten zwischen den beiden Männern hin und her. Dann stürzte sie zu ihrem Bruder und rief kurz darauf: »Der hat ja keinen fühlbaren Puls mehr!« Nach einer für Max gefühlten Ewigkeit nahm sie eine Fingernagelschere aus dem kleinen Spiegelschrank und schnitt das Panzertape an seiner Backe durch.

»Na endlich«, rief Max, halb erleichtert und halb vorwurfsvoll.

»Ich ersaufe fast und du kümmerst dich zuerst um diesen toten Mörder.«

»Mörder? Das ist mein Bruder!«, schrie sie.

»Er wollte mich umbringen, dieser Killer, unter anderem weil ich angeblich dich unglücklich gemacht habe. So ein Schwachsinn! Und jetzt hole mich raus, verdammt noch mal!«

»Schwachsinn?«, kreischte seine Schwester, »deine Launenhaftigkeit und Besserwisserei haben unsere Ehe zu einer Hölle gemacht. Und nun hast du meinen geliebten Bruder auf dem Gewissen! Dafür wirst du bezahlen!«

Dann drehte sie den Wasserhahn der Badewanne auf und setzte sich auf den Stuhl. Der Mund war schon unter Wasser. Immer näher kam der Pegel an die Unterkante der Nasenlöcher. »Das geht mir zu lange!«, rief sie plötzlich.

Mit einer schnellen Bewegung und mit aller Kraft drückte sie seinen Kopf nach unten. Der Gefesselte versuchte sich zu wehren, die Nasenlöcher über der Wasseroberfläche zu halten. Vergebens. Zuerst drang die Flüssigkeit nur durch die eine Öffnung, dann durch beide. Während seine Augen maximal aufgerissen waren, verengten sich ihre zu immer schmaleren Schlitzen. Sie drückte so fest, dass ihr Gesicht rot anlief.

So lange, bis sich keine Bläschen mehr aus seinem Mund den Weg durch die Cuvée nach oben bahnten.

CHRISTOPH RÜCK

Der mit dem Wolf

»Ich cha nimmi!«, jammerte Oma Bächle. »Ich ha scho Blotere
an dr Feäß!«

»Mich dunkt, du hesch bloß Durscht«, entgegnete Opa Bächle.

Die Wandergruppe verschnaufte auf der kleinen natürlichen
Erdterrasse am Fuße des Dürrenbergs. Man hatte ja doch schon
einige Kilometer in den Knochen. Sie waren durch bunte Reb-
hänge voller fast erntereifer Gutedeltrauben spaziert. Und immerhin hatten sie bereits den Batzenberg überwunden, den größten freistehenden Weinberg Deutschlands. Auf dessen Gipfel seit
Neuestem eine riesige Wolfsskulptur thronte.

Der junge Kellermeister der Winzergenossenschaft, Felix
Kirsch und Marketingleiterin Hanna Kern gaben heute die Wanderführer. Sie erzählten sehr unterhaltsam viel Wissenswertes
über den Weinbau in Wolfenweiler. Es war ein sonniger Spätsom-
mertag. Die Aussicht auf die liebliche Markgräfler Landschaft
war grandios. Noch herrschte eine friedliche Ruhe in den Weinbergen, bevor in wenigen Tagen die Lese starten würde.

Ein Holztisch mit zwei grob gezimmerten Bänken lud zum
Vespern und Verweilen ein. Eine angebrochene Flasche Rotwein
und ein Probiergläschen waren von jemandem übrig geblieben.
Über einer Brombeerhecke schwirrte ein Schwarm Fliegen.

»Was für eine Verschwendung«, beschwerte sich der korpu-
lente norddeutsche Feriengast in Kniebundhosen. »Man lässt
doch eine halbe Flasche Spätburgunder nich so einfach stehen!«

Felix Kirsch inspizierte gewissenhaft die Flasche. »Na ja«, re-
lativierte er sachkundig. »Ein Zwosiebzehner. Das war nun mal
kein ganz großer Burgunderjahrgang.«

»Ich mues emol churz in d Büsch«, meldete sich Oma Bächle.
»Dr Kaffee halt – der triibt.«

»Dr Kaffee, des sin drei Schorle zuem Früestuck gsii«, klärte Opa Bächle auf.

Dreißig Sekunden später zerriss ein spitzer Schrei die Stille der Weinberge. Aufgeregt kam Oma Bächle zurückgewackelt. Projekt abgebrochen.

»Gopfadammi! Jetz han i ma ins Hesli gseicht. Do in dr Hecke, do lit e Leich.«

»Jetz scho?« fragte Opa Bächle. »Sunscht siehsch d Gschpenschter doch allewyl erscht am Obed.«

Kirsch packte seine Kollegin am Arm. Die beiden Wanderführer stürzten hinter den Brombeerbusch. Es bot sich ihnen ein grässliches Bild. Unter Millionen gierig brummender Fliegen lag ein blutiges Chaos aus Tierfell, Knochen und zerfetztem Fleisch.

Die beiden jungen Weinexperten reagierten überraschend kaltblütig. »Jepp, der ist tot. Ich weiß sogar, wer das ist«, stellte Felix fest. »Ich erkenne doch den Pelzmantel. Das ist der Spahn. Wie er leibt und lebt.«

»Na, des jetzt weniger«, entgegnete Hanna trocken. »Aber du hesch recht. Des isch de Spähner. Nai, des isch de Spähner gsii.«

Sie zog ihr Smartphone aus der Tasche und schoss schnell ein paar Fotos. Dann wählte sie die 112. Felix stellte sich vor seine Wandergruppe und verkündete mit fester Stimme: »Abbruch! Wir gehen zurück ins Dorf.«

»Mei Herz!« stöhnte Oma Bächle. »Jetz bruch ich erschdemol e Schnaps.«

»Zibärtle sin de neue Herztropfe«, bemerkte Opa Bächle.

*

In Wolfenweiler war Wandertag. Am ersten Sonntag im September veranstaltete die Winzergenossenschaft wie jedes Jahr die große Weinwanderung vor dem Herbsten. Sie hatte sich alle Mühe gegeben, den Gästen ein außergewöhnliches Unterhaltungsprogramm zu bieten. Am Sitz der Genossenschaft hatte man Gelegenheit, das exquisite hauseigene Produkt vor Ort zu testen. Und es war eine Bühne aufgebaut, auf der lokale Musikgrößen die Rückkehrer in fröhliche Stimmung versetzen sollten. Die Reberebelle spielten auf. Und natürlich auch wieder das berüchtigte Duo Willi con Arne.

Aber die Grüppchen, die jetzt nach und nach wieder eintrafen, wirkten alles andere als fröhlich. Sondern vielmehr geschockt und verstört.

Die Polizei hatte schnell reagiert, den Fundort gesichert und den Pfad durch die Weinberge abgesperrt. Damit war die schöne Wanderung übers Markgräfler Wiiwegeli leider drastisch abgekürzt worden. Man hatte schon zufriedenere Gäste gesehen.

Aber wenigstens hatten alle Durst.

*

Kommissar Fritz Möhrt vom Freiburger Dezernat für Tötungsdelikte hätte den Sonntagnachmittag lieber im Stadion verbracht als im gerichtsmedizinischen Institut. Der SC Freiburg spielte daheim gegen Gladbach.

Aber als er heute Morgen in die Weinberge gerufen worden war, hatte er gleich gewusst, dass er seine privaten Pläne knicken konnte. Jetzt begrüßte er herzlich den von ihm hoch geschätzten Mediziner Dr. Frank Finkbeiner.

Der Unterschied zwischen den beiden Männern hätte optisch nicht größer sein können. Der waschechte Badener Finkbeiner war klein, dünn und blass. Er trug eine dicke Brille und schüttere blonde Haare. Möhrt dagegen war eine imposante Gestalt von einem Meter neunzig mit dichter grauer Mähne und einem beeindruckendem Bauch. Sein von vielen Lachfältchen durchzogenes Gesicht wurde von einer großen, leicht geröteten Nase gekrönt. Man sah dem Mann an, dass er das Leben genoss und gerne aß und trank.

Im Radio wurde das Sonntagsspiel übertragen. Der Doktor war ganz in seinem Element. Unter dem Arztkittel schien das rote SC-Trikot durch. »Salli Fritz! Heschs mitkriegt? Mir führe eins null!«

»Tja, Gladbach liegt uns einfach. Aber dass die Leute immer gerade dann abkratzen müssen, wenn der Sportclub spielt …«

»Ja, weisch noch? Wie du mir mal ne Tote auf dem Beifahrersitz von deinem Beetle Cabrio gebracht hesch? Weil der Leichenwagen ne Panne hatte. Nur damit ich noch rechtzeitig ins Stadion komm? Da hesch übrigens noch e Gefalle bei mir gut.«

»Ich werde darauf zurückkommen«, versprach der Kommissar. «Was ist denn jetzt mit unserem Hübschen hier?«

»Ein hochinteressanter Fall«, dozierte der Doc und hob den dürren Zeigefinger. »Der Mann wurde von einem Wolf zerfleischt.«

»Wie?« hakte Möhrt nach. »Seit wann gibt's denn im Breisgau Wölfe? Vom Eishockey mal abgesehen.«

»Des fragsch am beschte den Wildhüter deines Vertrauens. Die DNA isch jedenfalls klar: Canis Lupus. Was die Sache aber spannend macht: Dieser Angriff war nicht todesursächlich.«

»Du meinst, da wird einer komplett von einem Wolf zerlegt, und das ist nicht tödlich?« staunte der Polizist.

»Normalerweise schon. Bloß nicht, wenn man vorher bereits hinüber isch.« Jetzt zog der Arzt das Leintuch weg. Der Anblick war nicht schön. Finkbeiner wies auf einen blutigen Klumpen, der einmal der Kopf gewesen sein musste. »Da siehsch ein Eischussloch. Und da ein Ausschussloch.«

»Dann wurde der Typ also erschossen?«, folgerte Möhrt messerscharf.

»Nai, das jetzt au nit.« Das Lächeln des Mediziners wirkte fast triumphierend.»Der war nämlich au davor schon tot. Die Pump halt.«

Er führte aus, dass das Opfer an Herzversagen verstorben war, nachdem es nach einem Cocktail aus Alkohol und Kokain auch noch eine größere Menge GBL zu sich genommen hatte. Gammabutyrolacton. Auch Liquid Extasy genannt. Und sehr gern als K.-o.-Tropfen eingesetzt.

»Interessant«, meinte der Kommissar. »Der Typ ist ja quasi dreimal gestorben.«

»Schissdreck!« brüllte der Arzt. »Gladbach het usgliche!«

Am Montag quartierte Fritz Möhrt sich im Ochsen in Schallstadt ein. Er war bei seinen Ermittlungen gern ständig direkt vor
Ort. Nur so konnte er sein berühmtes Gespür entwickeln. Die
Aufklärungsquote gab ihm Recht. Seine Abteilung wurde res-
pektvoll als »die Möhrtkommission« bezeichnet.

Und außerdem konnte man hier gut essen und trinken.

Es war noch so einiges passiert am Sonntag. Man hatte im
Weinberg die Kugel gefunden. Wohl abgefeuert aus einem Jagdgewehr von einem nahen Hochsitz. Die Identität des Opfers war
auch schnell geklärt gewesen. Es handelte sich um den Unternehmer Florian Spahn aus Schallstadt, Betreiber mehrerer online-
Vergleichsportale. Im Ort von fast allen »der Spähner« genannt.

Die Medien überschlugen sich fast vor Sensationslust. »*Badischer Unternehmer von Wolf zerfleischt*« machte sich einfach gut
als Schlagzeile. Um Panik zu vermeiden, gab die Polizei die Information heraus, dass das Opfer eigentlich erschossen worden war,
bevor es dem hungrigen Tier als Frühstücksbuffet gedient hatte.
Mit mäßigem Erfolg. Es änderte ja nichts daran, dass die Bestie
munter durch die Reben spazierte.

Und der SC hatte am Ende noch verdient 2:1 gewonnen.

Möhrt wollte gleich am Nachmittag Julia Spahn befragen,
Schwester des Toten und wohl einzige noch lebende Angehörige.
Aber vorher noch die Stimmung im Ort bei einem Mittagessen
erkunden.

Das eingemachte Kalbfleisch schmeckte klasse. Und der leichte Gutedel passte ausgezeichnet dazu.

Beim Essen machte Möhrt Bekanntschaft mit der jungen
Journalistin Tina Kühn. Sie schrieb an einer Reportage über den
Einfluss von Internetportalen auf den Handel. Auch sie hatte
ihre Zelte im Ochsen aufgeschlagen. In Wolfenweiler sollte sie
Spahns online-Portale delikatest.de und winewolf.com unter
die Lupe nehmen. Im Verlauf ihrer Recherche hatte sie den Geschäftsmann ein paar Tage lang begleitet.

»Ziemlich trockne Materie. Den Pulitzerpreis gewinnt man damit nicht. Aber Sie und ich zusammen … Das ist doch eine Win-win-Situation«, grinste sie. Dabei erschien ein vorwitziges Grübchen auf ihrem frechen Gesicht. Mit ihren dunklen Locken und den großen braunen Augen war sie eine attraktive Frau.

»Besser noch wäre eine Wine-wine-Situation«, meinte der Kommissar augenzwinkernd, schenkte Gutedel nach und hob sein Glas.

»Zum Wohl«, antwortete die Journalistin. »Wir machen es so: Ich erzähle Ihnen alles, was ich über den Spahn weiß, und Sie lassen mich bei den Ermittlungen dabei sein. Das ist doch mal eine ganz andere Story als immer diese drögen Wirtschaftsreportagen!«

»Na, dann arbeiten wir ab heute zusammen. Auf das Projekt Pulitzerpreis!«

Fritz Möhrt hatte sich noch nie groß um die Dienstvorschriften gekümmert.

Jetzt waren sie unterwegs zur Schwester des Opfers. Auf dem Weg dahin erzählte Tina Kühn schon mal ein paar Details über Spahn.

Der Bursche war wohl ziemlich speziell gewesen. Charmanter Unterhalter und innovativer Unternehmer einerseits. Seine Vergleichsportale waren Marktführer im Bereich Essen und Trinken. Das Konzept, Kundenbewertungen und Expertenmeinungen zu kombinieren, kam gut an. Auf der anderen Seite ein selbstverliebter Egomane, der, stets auf den eigenen Vorteil bedacht, seine Geschäftspartner aufs Kreuz legte. Null persönliche Freundschaften.

Er hatte in London und Sevilla studiert, bevor er in sein Heimatdorf zurückgekehrt war. Der in Andalusien allgegenwärtige Osborne-Stier hatte ihn auf die Idee gebracht, in ganz Schallstadt überlebensgroße Wolfsskulpturen aufzustellen. Gemäß dem Motto der Wolfenweiler Winzer: »Der mit dem Wolf.«

Julia Spahn lebte in einer kleinen Zweizimmerwohnung im Wohngebiet Ob der Hohlen. Sie war 35 und sah aus wie 27.

Wie Janis Joplin mit 27. Verlebtes Gesicht, Nickelbrille, ungestüme lange Haare, buntes Hippiekleid. Sie beteuerte ihre Trauer um den geliebten Bruder, aber nachdem Möhrt ein paarmal klug nachgefragt hatte, bekam das Bild Risse.

»Ja, Flo hat die Leute ausgenutzt«, musste Julia zugeben. »Vor allem die Mädels. Mich inklusive. Er war ein großer Manipulator.«

Nach dem Tod ihrer Eltern hatte Spahn sich das beträchtliche Vermögen unter den Nagel gerissen und seine Schwester mit der kleinen Wohnung und einer fünfstelligen Geldsumme abgespeist. Aber letztlich hatte sie ja dann den längeren Atem gehabt. Und war jetzt wohl sogar Alleinerbin. Was sie nicht unverdächtig erscheinen ließ. Zumindest hatte sie kein Alibi.

»Wow!«, meinte Tina Kühn auf dem Weg zurück. »Möhrt verhört. Das war große Klasse. Und was machen wir jetzt?«

»Abendessen«, antwortete der Kommissar. »Wir sind ja nicht zum Vergnügen hier.«

*

Im Ochsen gönnte sich Fritz Möhrt das Weinbergmenü: Schneckensüpple, Hasenpfeffer und Weinschaumcreme. Die Journalistin nahm das butterzarte Schäufele mit einem Kartoffelsalat wie von einer badischen Großmutter. Dazu teilten sie eine Flasche Grauburgunder.

Auf dem Herrenklo begegnete der Polizist einem kräftigen, sonnengebräunten Mann mit nach hinten gekämmten Haaren. Der übte vor dem Toilettenspiegel eine Rede ein. Die Trauerrede für Florian Spahn. Es handelte sich um Lutz Leutersberger, den Bürgermeister der Gemeinde Schallstadt-Wolfenweiler.

Möhrt bat ihn an ihren Tisch. Anfangs lobte der Dorfchef den Verstorbenen noch in höchsten Tönen. Aber im Laufe der Unterhaltung stellte sich dann ein durchaus problematisches Verhältnis heraus.

Der Bürgermeister war zunächst begeistert gewesen, als der Jungunternehmer den Betrieb in seinem Heimatdorf ansiedeln wollte. Die Gemeinde lockte ihn mit dem Verzicht auf bürokratische Hürden und mit Steuervergünstigungen.

Zurückgekommen war fast nichts. Die Firmengründung hatte kaum Arbeitsplätze nach Schallstadt gebracht. Die Steuereinnahmen gingen gegen null. Und Leutersbergers Wähler waren genervt von den riesigen Wolfsskulpturen, die der Geschäftsmann an den Ortseingängen, in den Weinbergen und rechts und links der A5 hatte aufstellen lassen.

»Die Werbefigur Wolf hat ja ursprünglich unsere Winzergenossenschaft entwickelt. Der Spahn hat sie sich unter den Nagel gerissen und seine eigene Firma damit beworben. Für ihn war das ein Riesenerfolg. Aber in der Gemeinde kam der Effekt kaum an.«

Schließlich musste der Bürgermeister zugeben, dass Spahn ihn auch persönlich unter Druck gesetzt hatte. Wegen einer größeren Summe Bargeld, die der Unternehmer ihm mal als Wahlkampfspende überlassen hatte und deren Verbleib Leutersberger jetzt nicht mehr schlüssig benennen konnte. »Ja, man könnte es fast Erpressung nennen«, gestand er auf Nachfrage ein.

Sein Alibi sah auch nicht so gut aus. Am Sonntagmorgen war er allein zu Hause gewesen, weil seine Frau gerade mit den Kleinen auf Mutter-Kind-Kur weilte. Ein Gewehr besaß er als ehrenamtlicher Vorsitzender des Schützenvereins natürlich auch.

Möhrt ließ noch eine Flasche Wein kommen. In der Gaststube war der Geräuschpegel angeschwollen. Der Stammtisch diskutierte lebhaft die Gefahren durch freilaufende Wölfe und Mörder.

»E bitzeli Angscht ha ich scho«, seufzte Oma Bächle. »Ich muess mir äweng Kurasch aapäpere.«

»Dewiilscht hesch scho Kurasch für zwölf Welf«, sagte Opa Bächle.

Ein drahtiger Alter mit wirrem Haar erhob sich so abrupt vom Stammtisch, dass ein paar Gläser umfielen. Wein lief auf seine Cargohose. »Ich ha kei Angscht!« brüllte er und zeigte mit dem Finger in Richtung Möhrts Tisch. »Wenn sich de Herr Burgermeischter nit kümmert, erledige mir des allei!«

Schwankend verließ er den Gasthof.

»Das war der Gutedelguschtl«, raunte Lutz Leutersberger. »Gustav Schütz. Ein alter Winzer und Eigenbrötler. Der hatte übrigens auch noch ein Hühnchen mit dem Spähner zu rupfen. Der hat ihm mal ein Grundstück für den neuen Firmensitz abgeluchst. Ihm dafür Ruhm und Reichtum versprochen. Seine Weine wollte er international bekannt machen. Aber dann forderte Spahn wohl immer mehr Grund und Boden, und der Guschtl hat auf stur geschaltet. Sie haben sich total zerstritten, und der Spähner hat den in seinem Portal total niedergemacht.«

*

Beim Frühstück am Dienstag saß am Nebentisch eine große schlanke Frau in Lederklamotten. Eine herbe Schönheit mit feuerroten Haaren. An ihrem Tisch lehnte eine Flinte.

»Frühstücken Sie immer so schwer bewaffnet?« fragte Möhrt.

»Das ist ein Betäubungsgewehr. Ich hole mir meinen Wolf zurück!«

Sie hieß Hera Busch und besaß eine Filmtieragentur in Detmold. Regisseure aus aller Welt mieteten bei ihr abgerichtete Tiere für Werbe-, Dokumentar- und Spielfilme.

»Der Gorbi ist so ein tolles Tier«, schwärmte sie. »Er wurde als Welpe auf einem Truppenübungsplatz gefunden. Seine Eltern waren von einem übereifrigen Rekruten getötet worden, und das Rudel hatte ihn verstoßen. Seine Vorfahren stammten aus Russland. Darum heißt er auch Gorbatschow.«

Florian Spahn hatte Gorbi für Werbeaufnahmen gebucht. Hera wollte ihr Lieblingstier persönlich betreuen und hatte es mit ihrem Transporter selbst nach Schallstadt gefahren. Aber der egozentrische Unternehmer musste einen Moment der Unaufmerksamkeit ausgenutzt haben und war allein mit dem Wolf losgezogen.

»Wenn der nicht schon tot wäre, würde ich ihn umbringen!« zeterte sie.

»Und warum hat das Tier den Mann angefallen?« fragte der Kommissar.

»Gorbi würde nie einfach so einen Menschen angreifen«, versicherte sie. »Er muss extrem unter Stress gestanden haben. Und dann ist da ja wohl Blut geflossen. Das kann schon was in so einem Wolf auslösen.«

Hera Buschs Alibi war etwas prekär. Sie sagte, sie habe die Nacht bei Spahn zuhause verbracht. Als sie erwacht sei, seien Mann und Wolf verschwunden gewesen. Sie war also eine der letzten gewesen, die das Opfer lebend gesehen hatten. Und der Einzige, der ihr Alibi hätte bestätigen können, war tot.

Fritz Möhrt fragte sich, ob man das Betäubungsgewehr auch mit scharfer Munition laden konnte. Aber das mussten die Ballistiker klären.

Die Tür zum Frühstücksraum wurde aufgestoßen und der Bürgermeister kam hereingestürzt. »Der Wolf ist tot!« verkündete er so stolz, als hätte er ihn persönlich erledigt. »Ein Jäger hat ihn heute Morgen erwischt.«

Hera Busch erlitt einen Nervenzusammenbruch.

*

Der Kommissar hatte sich am Vorabend noch ein wenig mit Spahns Internetportalen beschäftigt. Vor allem auf winewolf. de war er einige Zeit herumgesurft. Die Weine der WG Wolfenweiler kamen hervorragend weg. Das Weingut Gustav Schütz hingegen nicht. Anfangs hatten die Kommentare noch begeistert geklungen und schwärmten von dem charakteristischen Gutedel mit Rasse und Feuer. Aber auf einen Schlag wurden die Bewertungen vernichtend schlecht. Den Alten musste er sich mal vorknöpfen.

Aber zunächst stand ein Besuch in der Winzergenossenschaft an. Geschäftsführer Matthias Leicht bat sie ins Probierstüble. »Ich würde Ihnen gern eine kleine Probe anbieten. Aber Sie sind ja leider im Dienst.«

»Kein Problem«, antwortete Fritz Möhrt. »Polizeidienst bedeutet immer auch Ausprobieren.«

Und so verbanden sie die Vernehmung mit einer kleinen Degustation.

»Wir fahren im Wesentlichen drei Produktlinien. Weißer Wolf, grauer Wolf und schwarzer Wolf«, erklärte Leicht und stellte die Probiergläschen auf den Tisch. »Gutedel, Grauburgunder und Spätburgunder. Das sind die Weine, die bei unserem Klima und auf unseren Böden am besten gedeihen.«

Sie probierten die Palette bester Tropfen durch und unterhielten sich ungezwungen. Matthias Leicht hatte ein sehr ambivalentes Verhältnis zu Spahns Portalen.

»Wir werden da ja super bewertet. Wir haben durchaus profitiert. Der Absatz ist immens gestiegen, seit es die gibt. Andererseits hat der Spahn fast das ganze Geschäft an sich gerissen. 90% unserer Produkte werden inzwischen über winewulf.de verkauft. Unser Eigenvertrieb ist eingebrochen. Die Verkaufsprovision frisst einen Großteil unseres Ertrags. Und er hat uns unseren Werbewolf geklaut!«

»Was halten Sie denn von Gustav Schütz?« wollte der Kommissar wissen.

»Ach, der Gutedelguschtl! Ein echter badischer Bruddler. Hat sich von uns losgesagt, weil unsere Weine ihm zu *artig* sind. Schade, denn sein Wein ist super. Aber mit dem Spähner hat er einen Riesenstreit gehabt. Der war scharf auf ein wertvolles Flurstück aus Guschtls Besitz. Der hat es ihm dann praktisch geschenkt. Gegen das Versprechen, ihn auf dem Portal groß rauszubringen. Der alte Schütz wollte auf einmal Weinkönig im Internet werden. Und das, obwohl er nie einen Computer besessen hat. Ja, der Spahn konnte die Leute schon gut manipulieren. Und er konnte Existenzen vernichten.«

Nach der ausführlichen Weinprobe fühlte Fritz Möhrt sich etwas schläfrig. Er wollte sich ein wenig aufs Ohr legen und verabredete sich mit Tina Kühn zu einem frühen Abendessen. Danach wollten sie dem Gutedelguschtl mal auf den Zahn fühlen.

Dienstags gab es im Ochsen Leberle. Es schmeckte wieder großartig. Zur Abwechslung tranken sie beide ein Bier. Nebenan tagte der Stammtisch.

»Polizischt meäscht mer sii«, sagte Oma Bächle. »Luege der mol a. Isch de ganz Dag am pichle. Un krieget au no Geld defir.«

»Jo«, antwortete Opa Bächle. »Sem si Beruef isch ä echti Ochsetour.«

*

Fritz Möhrt schob das schwere Hoftor auf. Beide ächzten. Der Kommissar und das Tor. Tina Kühn folgte ihm neugierig. Hinter der hohen Mauer herrschte eine Atmosphäre wie aus einem längst vergangenen Jahrzehnt. Das alte Steinhaus duckte sich in die linke Ecke. Daneben stand ein antiker Traktor, Marke Porsche Diesel, auf dessen hinteren Kotflügel ein dicker schwarzer Kater in der Abendsonne schlief.

Rechts, vor dem windschiefen Brennhüsli, qualmte Winzer Gustav Schütz grimmig seine Pfeife und über ihm auf dem Dach munter der Kamin.

Hinter den trüben Butzenscheiben brannte ein fahles Licht und, wie es aussah, der Bauer heimlich schwarz Schnaps.

»Grüß Gott!«, rief Möhrt ihm zu. »Können wir hier wohl ein Weinchen trinken?«

»Hier gits nur Guetedel«, grummelte Schütz und fuhr sich mit der Hand durch das struppige Haar. »Un für d Polente koschts doppelt.«

Gutedel war doch in Ordnung. Sie waren ja schließlich beim Gutedelguschtl.

Der schenkte jetzt großzügig ein. »Bi mir isch de Wii unartig. De Vadder het als gsait: *E artige Wii cha nit großartig sii.*«

Zwei Flaschen Wein und etliche Mirabell später war der verschrobene Winzer voll, und seine Stimmung wechselte in rascher Folge zwischen polternder Besoffenheit und weinerlichem Selbstmitleid. Der Polizist hatte das Gespräch geschickt in die richtige

Richtung gelenkt. Erwartungsgemäß hegte der Weinbauer einen heiligen Zorn gegen Spahn und seine Portale.

»Dein Wein ist hervorragend«, lobte der Kommissar. »Wie kann das sein, dass der bei winewolf.com so schlecht bewertet wird?«

»Alles Bschiss!«, zeterte der Landwirt mit hochrotem Kopf. »Welli mi nit ha erpresse loo! De Spähner het jo nit gnueg kriege kenne. Un denoh het er mi fertigmache welle. Erscht schriibt er mi nuff, dass ich nimmi nochkumm mit em Liefere. Um mi hintenoh keie ze loo wie e heiße Herdepfel! Un dodefir ha ich im mei bescht Grundschtuck überlasse!«

Der gebürtige Niedersachse Fritz Möhrt kam nach all den Jahren im Badischen mit der alemannischen Mundart einigermaßen klar. Aber bei dem besoffenen Geplärr war er raus. Er verstand kein Wort. Was aber auch keine Rolle mehr spielte. Denn eins hatte er deutlich verstanden: Der Kerl war reif.

Vorsichtig wechselte er das Thema: »Ich habe gehört, du hast ein Gewehr?«

»No klar hani e Gwehr! Ich bi jo e Schütz. Un ich heiß au no Schütz.«

Der Kommissar klang jetzt einfühlsam: »Natürlich. Ich verstehe. Du warst auf dem Hochsitz. Und dann passiert das quasi von allein ...«

»Jo. Do siehni seller Schisskerli uffem Bänkle schlofe. Un nebedro hockt seller Wolf. Ich ha no denkt, der het jetz e Hindli. Ich ha so ne Sauwuet kriegt. Ich ha do gor nit anderscht kenne.« Jetzt begann der Mann, jämmerlich zu schluchzen. Von dem knorrigen Winzer war nur noch ein Häufchen Elend geblieben.

Möhrt legte dem Häufchen Elend die Hand auf die Schulter. »Bringst du die Flinte mal her?«

»Erscht gang i go seiche«, lallte der Alte. Er erhob sich schwerfällig, pinkelte ungelenk an den Walnussbaum und heulte dabei. Der Rotz lief ihm aus der Nase. Dann schlurfte er schwankend in Richtung Scheune.

»So ein Jammerlappen!«, raunte Tina Kühn. »Der weint ja wie ein Mädel.«

»Na ja«, meinte Möhrt. »Schließlich ist das ja auch ein Weinkrimi.«

»Ha, ha, sehr witzig. Aber was für ein selbstmitleidiger, hirnloser Honk!«

»Gutedel kann er jedenfalls«, gab der Kommissar zu bedenken.

Als der Winzer wieder aus der Scheune getorkelt kam, hielt er sich bereits das Gewehr an den Kopf. Der Polizist und die Journalistin stürzten noch auf ihn zu. Aber da krachte schon der Schuss. Der Kater sprang erschrocken vom Traktor.

Sie kamen zu spät. Der einstmals so stolze Landmann lag tot im Dreck. Aus dem blutigen Loch im Kopf trat graue Gehirnmasse aus.

»Tja«, stellte Fritz Möhrt ungerührt fest. »So hirnlos war er dann ja auch wieder nicht.«

*

Am Mittwoch trafen sie sich erst spät zum Frühstück. Der Abend war lang geworden.

»Was für ein Drama gestern Abend«, seufzte die Journalistin. »Aber irre schnell aufgeklärt, der Fall. Das gibt eine Superstory!«

»Nur blöd, dass es nicht so war, wie es aussieht«, entgegnete Möhrt nachdenklich.

»Inwiefern?« fragte sie irritiert.

»Weil das Opfer schon tot war, als der Alte seine Kugel abgefeuert hat.«

»Sie meinen, die Tropfen waren tödlich?«

Der Kommissar zog die buschigen Augenbrauen hoch und belegte konzentriert sein Weckle mit Wurst. »Ja«, sagte er bedächtig. »Aber das dürfen Sie nicht schreiben. Das ist Täterwissen.«

Tina Kühn verschluckte sich schier an ihrem Milchkaffee. Ihr wurde abwechselnd heiß und kalt. Scheiße. Sie hatte sich verquasselt.

Jetzt öffnete sie dem Ermittler ihr Herz. Sie hatte sich in ihr Rechercheobjekt verliebt. Die beiden hatten eine stürmische Affäre miteinander gehabt.

»Es hätte mich auch sehr gewundert, wenn der eine so schöne Frau ausgelassen hätte«, bemerkte Fritz Möhrt.

Am Sonntag war Tina früh morgens mit Spahn zu einem Fototermin in den Weinbergen verabredet gewesen. Der eitle Kerl wollte sich ins rechte Licht rücken lassen. In der Morgensonne wirke er am besten, hatte er gemeint.

Sie war zu seinem Landgut gekommen, um ihn abzuholen. Im alten Hundezwinger hatte Gorbi leise geheult. Die Haustür hatte offen gestanden.

Die Rothaarige hatte nackt, breitbeinig und irgendwie lasziv auf der großzügigen Sofalandschaft geschlafen. Überall hatten halbleere Weinflaschen herumgestanden. Das Wohnzimmer hatte ausgesehen wie nach einer Schülerparty mit Kissenschlacht. Florian Spahn hatte sie betrunken, bekokst und äußerst euphorisiert empfangen. Sie abwechselnd beleidigt und befummelt. Sie hatte die Situation als zutiefst verletzend empfunden.

Dann kam er auf die Idee, den Wolf mit in den Weinberg zu nehmen. Das gebe geile Fotos, hatte er gemeint. Die Filmtierfrau ließ er schön weiterschlafen.

Bevor sie aufbrachen, packte sie die Flasche Rotwein ein und ließ noch schnell die GBL-Tropfen aus Spahns umfangreicher Drogensammlung mitgehen.

»Das Tier wirkte total nervös, als er es an der Leine mitzerrte«, erzählte die Journalistin. »Ich bat ihn, es zurückzubringen, aber er lachte nur und grölte: *Der will doch nur spielen!*«

Als sie am Vesperplätzchen angelangt waren, hatte er sich mit Wein und Wolf in Positur gebracht und sich selbstgefällig in seinem Taschenspiegel betrachtet. Da hatte sie ihm schnell eine ordentliche Dosis K.-o.-Tropfen in die Flasche gekippt.

»Ich glaube, ich wollte ihn gar nicht töten«, sagte Tina Kühn leise. »Nur bloßstellen. Er sollte einfach hilflos daliegen, wenn die Wanderer vorbeikämen. Er war ein Schwein. Und jetzt können Sie mich verhaften.«

Der Polizist nahm einen Schluck Kaffee. »Nu mal langsam«, bremste er. »Ihre Aussage ist doch gar nicht gerichtsverwertbar. Weder wurde sie protokolliert, noch habe ich sie gehört. Wir haben die Tatwaffe. Der Täter ist tot. Und Sie gewinnen mir mal schön den Pulitzerpreis!«

»Aber Ihre Kollegen? Die werden doch sicher nachfragen?«

»Denen habe ich das mit den Tropfen ebenso wenig erzählt wie Ihnen.«

»Und dieser Gerichtsmediziner? Der weiß doch in jedem Fall Bescheid!«

»Der Finkbeiner? Ach was!« Kommissar Möhrt winkte ab. »Bei dem hab ich noch einen Gefallen gut.«

*

Wieder saß der Stammtisch im Ochsen zusammen. Es gab ja schließlich viel zu besprechen.

»Im Guschtl sii Driibl bliibe diss Johr hänge«, sinnierte Oma Bächle.

»Ha jo, un kei unartige Guetedel meh«, seufzte der Opa.

Ein paar Schorle später war die Stimmung schon nicht mehr so schwermütig. »Wie guet, dass ich ha seiche müesse« krähte die Oma stolz. »Sunscht hätt me der am End gar nit gfunde. Aber jetz hämmer in Wolfewiler e Fall, wo Gschicht schriibe kennt.«

»Jo«, sagte Opa Bächle. »I ha au scho e Namme für d Gschicht: *Der mit dem Wolf.*«

RALF KURZ

Ein minder schwerer Fall

Ein Leben als Witwe war ungleich angenehmer, wenn man eine reiche Witwe war. Das plötzliche Ableben ihres Mannes hatte Carola Hohenstein ein Vermögen beschert, gegen das sich ein Lotto-Jackpot wie ein Taschengeld ausnahm, auch wenn sie das Erbe mit den beiden Kindern aus erster Ehe ihres verstorbenen Gatten hatte teilen müssen. Auf die Anteile an dem florierenden Unternehmen, die nun in die Hände der nächsten Generation übergegangen waren, konnte sie ebenso gut verzichten wie auf die Zwanzig-Zimmer-Villa am Schönberg. An den unzähligen Antiquitäten lag ihr ebenso wenig wie an der umfangreichen Kunstsammlung. Nur das schicke Anwesen am Lago Maggiore hätte sie gerne gehabt, doch das gehörte nun der Schwester des Verblichenen. Von den materiellen Gütern blieben ihr lediglich ihre Kleider, ihre Schuhe und der Schmuck, den Albert ihr geschenkt hatte; alles in allem kaum mehr als ein paar Hunderttausend Euro. Dass sie dennoch eine reiche Frau war, lag an dem Aktienpaket, über das sie nun verfügte und dessen Wert sich auf knapp zweihundert Millionen Euro bezifferte. Ihren beiden Stiefkindern, die älter waren als sie selbst, gefiel das zwar nicht, doch da sie die Firma geerbt hatten, deren Wert das Aktienpakt sogar noch überstieg, hatten sie keine Chance, das Testament anzufechten. Als stärkster Trumpf stach jedoch der Ehevertrag, in dem die gleiche Vereinbarung wie im Testament festgelegt war. Bei einer Scheidung hätte sie eine Abfindung erhalten, gestaffelt nach der Anzahl der Ehejahre, doch beim Tod ihres Mannes fiel ihr das Aktiendepot zu. Albert hatte ein sehr glückliches Händchen bei der Auswahl der Wertpapiere bewiesen und fürs Erste musste Carola nicht einmal Aktien verkaufen. Die Dividenden bescherten ihr nach Abzug der Steuern ein jährliches Einkommen von rund zwei Millionen Euro. Ihr Anwalt und ihr Steuerberater hatten die Angelegenheit bereits geregelt und alles war in trockenen Tüchern. Als ebenso gut aussehende wie reiche Frau lag Carola Hohenstein mit Anfang dreißig die Welt zu Füßen. Sie konnte tun und lassen, was sie wollte, und hatte beschlossen, Weihnachten und Silvester in St. Moritz zu verbringen. Das Hotel war bereits gebucht und sie würde mit kleinem Gepäck reisen. Winterkleidung und Skiausrüstung fanden auf ihrer Kreditkarte Platz, während sie angenehme Abendgesellschaft vor Ort wählen konnte. In dem noblen Schweizer Skiort ließ sich garantiert etwas Passendes finden, vielleicht sogar für länger. Männer zu umgarnen war für sie schon immer ein Kinderspiel gewesen, denn Männer waren einfache, berechenbare und leicht zu manipulierende Geschöpfe. Einer Frau, die ihre Waffen geschickt einzusetzen wusste, hatten Männer nichts entgegenzusetzen. Carola war eine Expertin, wenn es darum ging, einem Mann den Kopf zu verdrehen – in dieser Kunst war Albert ihr Meisterstück gewesen – doch nun war sie auf ihre Fähigkeiten und Fertigkeiten nicht mehr angewiesen. Es war nicht mehr nötig, sich einen reichen Mann zu angeln, denn nun war sie selbst reich, richtig reich.

»Frau Hohenstein.«

Carola wandte den Kopf und sah den Justizbeamten an, der ihr auffordernd zunickte. Sie erhob sich, strich ihren Mantel glatt und ging auf die offene Tür zu, hinter der sie eine lästige Pflicht erwartete. In dem Prozess, in dem das Tötungsdelikt zum Nachteil ihres Mannes verhandelt wurde, war sie aufgerufen, als Zeugin auszusagen. Sie hatte sich dieser Pflicht nicht entziehen können, auch wenn sie an den Vorfall nicht erinnert werden wollte. Das Blut, das ihr Gesicht und ihre Kleidung bespritzt hatte, und das Ekel erregende Geräusch, als der Schädel ihres Mannes eingeschlagen worden war, hatten tagelange Übelkeit verursacht. Als sie den Justizsaal betrat, tröstete sie sich mit dem Gedanken, dass sie nun den Schlusspunkt unter ihr bisheriges Leben setzen würde. Nach ihrer Zeugenaussage und später nach der Verurteilung des Mörders konnte sie ein neues Kapitel aufschlagen.

Alle Augen waren Carola zugewandt, als sie den kleinen Tisch ansteuerte, der zusammen mit einem Stuhl etwa zwei Meter vor dem Richtertisch stand. Bewundernde Blicke waren für sie alltäglich. Selbst wenn dicke Winterkleidung ihre atemberaubende Figur verbarg, erregten ihre langen feuerroten Locken allgemeines Aufsehen. Sie stellte ihre Handtasche auf den Tisch, zog ihren Mantel aus, unter dem sie ein hochgeschlossenes, eng anliegendes schwarzes Kleid trug, nickte dem vorsitzenden Richter mit einem ganz leichten Lächeln zu und nahm Platz.

»Nennen Sie bitte Ihren Namen und Ihren Beruf.«

Carola zögerte. Die Aufforderung des Richters hatte sie überrascht, denn sie hatte nicht damit gerechnet, einen Beruf angeben zu müssen. Nach der Mittleren Reife hatte sie sich darauf verlegt, sich Männer zu angeln, die für ihren Lebensunterhalt aufgekommen waren. Die Notwendigkeit, einen Beruf zu erlernen, hatte sich für sie nie ergeben, vor allem, nachdem Albert sie geheiratet hatte.

»Frau Hohenstein?«

»Ja, Entschuldigung. Mein Name ist Carola Hohenstein. Einen Beruf habe ich nicht.«

Der Richter nickte. Aus seinem Gesicht ließ sich nicht schließen, was er dachte, doch der peinliche Moment war sogleich vorüber, als er die nächste Frage stellte: »Sind Sie mit dem hier anwesenden Angeklagten verwandt oder verschwägert?«

Carola sah nach links, wo Ulrich Schwab neben seinem Anwalt am Tisch der Verteidigung saß und ihr direkt in die Augen blickte.

»Nein, Herr Richter.« Sie wandte sich wieder nach vorn und schüttelte den Kopf. »Weder verwandt noch verschwägert.«

»Frau Hohenstein, als Zeugin vor diesem Gericht sind Sie verpflichtet, die Wahrheit zu sagen. Zuwiderhandlungen können bestraft werden. Haben Sie das verstanden?«

»Ja.«

Der Richter sah zum Tisch der Staatsanwaltschaft und Carola folgte seinem Blick. Beim Betreten des Verhandlungssaals war ihr nicht aufgefallen, dass die Anklagevertretung von einer Frau geführt wurde.

»Frau Staatsanwältin, soll die Zeugin vereidigt werden?«

»Ja, Herr Vorsitzender.«

Der Richter ließ Carola schwören, die Wahrheit zu sagen und wies sie darauf hin, dass nun ihre unter Eid zu machende Aussage ein größeres Gewicht besaß. Falschaussagen würden deshalb auch härter bestraft werden, weil sie sich vor Gericht des Meineids schuldig machen würde. Carola nickte zum Zeichen, dass sie die Belehrung verstanden hatte, und der Richter forderte sie auf zu beschreiben, was sich am Abend des zweiten Oktober zugetragen hatte.

»Mein Mann Albert und ich waren zur Eröffnung einer neuen Sporthalle eingeladen. Ich wollte eigentlich überhaupt nicht hingehen, aber Albert hat gesagt, dass wir uns dort sehen lassen müssten, weil er viel Geld für den Bau gespendet hatte. Albert war in solchen Dingen ziemlich großzügig und bei der Eröffnung wollte sich die Schule bei ihm bedanken. Als seine Frau musste ich ihn deshalb natürlich begleiten.«

»Wie spät war es, als Sie die Veranstaltung verließen?«

»Das war so gegen elf, ungefähr. Zuerst gab es Vorführungen und danach Smalltalk und Händeschütteln. Ich war froh, als wir endlich gehen konnten.«

»Warum waren Sie froh darüber?«

»Weil ich mich gelangweilt habe.«

»Was haben Sie anschließend getan?«

»Albert hatte noch Lust auf ein Glas Wein, also sind wir zu *Weber's Weinstube* gefahren.«

»Haben Sie das Lokal vorgeschlagen oder Ihr Mann?«

»Das war Albert.«

»Und um wieviel Uhr sind Sie dort angekommen?«

»Vielleicht gegen halb zwölf.«

Der Richter notierte sich die Daten auf seinem Schreibblock, dann setzte er die Befragung fort. »Den polizeilichen Vernehmungsprotokollen nach war das Lokal sehr gut besucht. Wie kam es, dass Sie am Tisch von Herrn Schwab Platz nehmen konnten?«

»Ich kenne Uli, also Herrn Schwab, aus dem Fitness-Studio.« Carola wechselte einen Blick mit dem Angeklagten, dann sah sie den Richter wieder an. »Als wir das Lokal betraten, habe ich ihn erkannt. Er saß mit seiner Freundin an einem Tisch und es waren noch zwei Plätze frei. Ich bin zu ihm hin und habe ihn gefragt, ob wir uns zu ihnen setzen können.«

»Kannte Ihr Mann Herrn Schwab schon vor diesem Treffen?«

»Nein, ich habe die beiden einander vorgestellt.«

»Wie hat Ihr Mann bei der Vorstellung reagiert?«

Carola zuckte mit den Achseln. »Ganz normal. Albert und Uli haben sich die Hand gegeben.«

»Kannten Sie oder Ihr Mann Frau Brugger vor diesem Treffen?«

»Nein, Uli hat uns Sophie vorgestellt. Wir haben sie beide an diesem Abend zum ersten Mal gesehen.«

»War es für Sie offensichtlich, dass Herr Schwab und Frau Brugger ein Paar waren?«

»Ja, Uli hat gesagt, Sophie sei seine Freundin. Sie machten auch einen ganz verliebten Eindruck.«

Wieder fertigte sich der Richter Notizen an, dann wandte er sich erneut der Zeugin zu. »Fahren Sie fort, Frau Hohenstein. Wie verlief dieses Zusammentreffen bis zur Tat?«

»Eigentlich war alles ganz normal. Albert hat eine Flasche Spätburgunder Weißherbst bestellt. Den mochte er gerne. Wir haben getrunken und uns unterhalten.«

»Worüber?«

»Zuerst über Sport. Uli und ich gehen in dasselbe Fitness-Studio. Wir sprachen darüber, dass er lieber mit Gewichten trainiert und ich lieber Fitness-Kurse besuche. Dann erzählte ich von der Eröffnung der Sporthalle und wie langweilig die Veranstaltung gewesen war. Irgendwie kamen wir dann vom Sport zu Kinofilmen. Sophie schien sich da ziemlich gut auszukennen. Wie unterhielten uns eine ganze Weile über Filme, Hollywood und Schauspieler. Irgendwann hat Uli noch eine Flasche Wein bestellt. Eigentlich war es ein ganz netter Abend.«

»Aber es kam zum Streit zwischen Ihrem Mann und Herrn Schwab.«

»Ja, das war später.« Wieder warf Carola dem Angeklagten einen Blick zu. »Wir waren, glaube ich, schon bei der vierten Flasche Wein. Der Alkohol war uns allen ganz schön zu Kopf gestiegen. Das war auch der Grund, warum diese ... diese Anzüglichkeiten begannen.«

»Was meinen sie mit Anzüglichkeiten?«

»Wie das halt so ist, wenn man getrunken hat.« Carola nickte, als wollte sie ihren eigenen Worten zustimmen. »Albert ist eigentlich gar nicht so der Typ, ich meine, er war eigentlich nicht vulgär. Ich habe mich auch gewundert, warum er so auf Sophie abgefahren ist, vor allem in meiner Gegenwart.«

Der Richter hob die Augenbrauen. »Sie meinen, er hat ganz offen mit Frau Brugger geflirtet?«

»Geflirtet? Er hat Sophie mit seinen Blicken ausgezogen. Und weil er so viel getrunken hatte, nahm er auch kein Blatt vor den Mund.« Zum dritten Mal wechselte Carola einen Blick mit dem Angeklagten. »Als Albert einen Partnertausch vorgeschlagen hat, ist die Sache eskaliert. Uli hat Albert beschimpft und Albert hat gesagt, sie sollen sich doch nicht so anstellen. Ein Wort gab das andere und plötzlich hat Uli nach der Flasche gegriffen und sie Albert auf den Kopf geschlagen.«

»Können Sie den Wortwechsel, der dem Schlag vorausging, genauer beschreiben?«

Carola schüttelte den Kopf. »Nein, ich kann nur sagen, dass die beiden immer lauter wurden und dass sie sich gegenseitig beleidigt haben. Wer was gesagt hat, weiß ich nicht mehr, aber Worte wie Arschloch, Wichser, alter Drecksack und so weiter sind gefallen. Es war schrecklich.«

»Was geschah nach dem Schlag?«

»Albert ist zusammengebrochen und auf den Boden gestürzt. Was dann genau passiert ist, weiß ich nicht mehr.« Carola atmete heftig, wobei sich ihr Busen merklich hob und senkte. »Ich stand völlig unter Schock. Sein Blut ist mir ins Gesicht gespritzt und auf mein Kleid. Ich war wie gelähmt.«

Sie brach ab und schüttelte den Kopf. Nach zwei, drei weiteren hefigen Atemzügen beendete sie stockend ihren Bericht: »Irgendwann kam der Notarzt ... und die Polizei ... aber da war Albert schon tot ...«

Der Richter nickte schweigend, dann wandte er sich an die Anklagevertretung: »Möchten Sie die Zeugin befragen, Frau Staatsanwältin?«

»Ja, Herr Vorsitzender.« Sabrina Lautenschläger erhob sich von ihrem Stuhl, verließ aber den Platz hinter ihrem Tisch nicht. Sie griff nach dem Strafgesetzbuch und schlug es an einer Stelle auf, die mit einem gelben Merkzettel markiert war. »Nach Paragraph ...«

Ihre Rede wurde unterbrochen, als die Tür geöffnet wurde. Ein Mann um die fünfzig betrat den Verhandlungssaal. Er hatte schulterlange Haare, trug Jeans und eine Lederjacke und steuerte zielsicher auf den Tisch der Anklagevertretung zu, während er dem Richter grüßend zunickte. Bei der Staatsanwältin blieb er stehen und flüsterte ihr etwas ins Ohr. Nach einigen Augenblicken schrieb sie etwas auf ihren Notizblock, dann dankte sie leise und der Mann setzte sich auf einen Besucherstuhl.

»Ich bitte um Entschuldigung für diese Unterbrechung, Herr Vorsitzender, aber Kriminalhauptkommissar Bussard hat mir soeben wichtige Erkenntnisse übermittelt.«

Der Verteidiger hob die Augenbrauen, intervenierte jedoch nicht. Offenbar wollte er keinen Schuss ins Blaue abgeben, solange er nicht wusste, was es mit den neuen Erkenntnissen auf sich hatte. Es war ohnehin ein leichter Fall. Der Tathergang war zweifelsfrei geklärt und durch mehrere Aussagen von Augenzeugen bei den polizeilichen Vernehmungen bestätigt worden. Sein Mandant hatte im Streit Albert Hohenstein mit einer Weinflasche auf den Kopf geschlagen. Dabei war das Schädeldach gebrochen und hatte eine Hirnblutung verursacht, an der das

Opfer innerhalb weniger Minuten gestorben war. Nach der Tat hatte der Täter auf das Eintreffen der Polizei gewartet. Er war nicht vom Tatort geflohen, sondern hatte im Gegenteil bei seiner ersten Vernehmung ein umfangreiches Geständnis abgelegt und sich reuig gezeigt. Der Fall war ein Paradebeispiel für eine Tat im Affekt und es ging nur noch darum, eine möglichst geringe Strafe zu erwirken. Nach Lage der Dinge konnte Ulrich Schwab sogar damit rechnen, mit einer Bewährungsstrafe davonzukommen, da er nicht wegen Mordes, sondern wegen eines minder schweren Falls von Totschlag angeklagt war. Selbst der Richter hatte nur einen einzigen Verhandlungstag angesetzt, was auf einen schnellen Abschluss der Verhandlung und möglicherweise auch auf ein mildes Urtei schließen ließ.

»Frau Hohenstein.« Die Staatsanwältin nahm den gelben Zettel aus dem Strafgesetzbuch. »Paragraph 213 StGB sagt uns folgendes: *War der Totschläger ohne eigene Schuld durch eine ihm oder einem Angehörigen zugefügte Misshandlung oder schwere Beleidigung von dem getöteten Menschen zum Zorn gereizt und hierdurch auf der Stelle zur Tat hingerissen worden oder liegt sonst ein minder schwerer Fall vor, so ist die Strafe Freiheitsstrafe von einem Jahr bis zu zehn Jahren.* Das ist die Definition für den minder schweren Fall von Totschlag. Glauben Sie, dass dieser Paragraph auf den Angeklagten Ulrich Schwab anzuwenden ist?«

»Einspruch! Die Zeugin ist keine Juristin.«

»Stattgegeben.« Der Richter nickte dem Verteidiger zu, dann wandte er sich an die Anklagevertreterin. »Frau Staatsanwältin, was bezwecken Sie mit dieser Frage?«

»Ich formuliere die Frage anders. Frau Hohenstein, geschah die Tat Ihrer Meinung nach im Affekt oder glauben Sie, dass die Tat vorsätzlich geplant war?«

Wieder erhob der Verteidiger Einspruch, doch diesmal ließ der Richter die Frage zu. Carola sah abwechselnd von der Staatsanwältin zum Richter, der sie abwartend beobachtete. Schließlich schüttelte sie den Kopf und zuckte gleichzeitig mit den Achseln. »Das war doch alles Zufall. Wir haben uns zufällig in *Weber's*

Weinstube getroffen. Irgendwie kam es dann zum Streit. Das kann man doch nicht planen.«

»Hat Ihr Mann häufig Alkohol getrunken?«

Der abrupte Themenwechsel der Staatsanwältin verunsicherte Carola und sie runzelte die Stirn. »Na ja, eigentlich hat er schon jeden Tag Alkohol getrunken. Zum Essen gehörte für ihn immer ein Glas Wein, aber er war kein Alkoholiker, wenn Sie das meinen.«

»Nahm Ihr Mann Medikamente?«

Carola schüttelte den Kopf. »Nein, jedenfalls nicht oft. Vielleicht mal ein Aspirin, wenn er Kopfschmerzen hatte, oder etwas gegen Grippe, wenn er krank war. Das kam allerdings nicht häufig vor. Albert war im Prinzip kerngesund. Er brauchte keine Medikamente.«

»Vor Ihrem Besuch in *Weber's Weinstube* nahmen Sie an einer Veranstaltung anlässlich der Eröffnung einer Sporthalle teil. Hat Ihr Mann bei dieser Veranstaltung Alkohol getrunken?«

»Ich glaube ja, ein Glas Wein oder so.«

»Gab es bei der Veranstaltung einen Getränkeausschank?«

»Äh, ja, wieso?«

»Haben Sie die Getränke für Sie beide an diesem Getränkeausschank geholt?«

»Einspruch!« Der Verteidiger intervenierte erneut. »Wohin sollen diese Fragen führen?«

Die Staatsanwältin sah zuerst zum Verteidiger, dann zum Richter. »Ich halte es für erwiesen, dass die Tat nicht im Affekt geschah, sondern vorsätzlich herbeigeführt wurde.«

»Vorsätzlich?« Der Verteidiger schüttelte vehement den Kopf. »Das sind doch Hirngespinste!«

»Herr Vorsitzender?«

Der Richter wiegte den Kopf und dachte einen Augenblick nach, dann traf er eine Entscheidung. »Einspruch abgelehnt. Fahren Sie fort, Frau Staatsanwältin, aber sehen Sie zu, dass Sie auf den Punkt kommen.«

»Danke. Frau Hohenstein, ich nehme an, dass Ihr Mann bei der Veranstaltung ständig mit anderen Leuten im Gespräch war.

Deshalb wiederhole ich meine Frage: Haben Sie die Getränke für Sie beide an dem Getränkeausschank geholt?«

»Ja, kann schon sein.«

»Und hat Ihr Mann ein alkoholisches Getränk zu sich genommen?«

»Ja, ein Glas Weißwein.«

»Sie haben also für ihn ein Glas Weißwein beim Getränkeausschank geholt?«

»Ja, aber ich habe schon bemerkt, dass er ihm nicht besonders geschmeckt hat.«

»Wie groß war das Glas beziehungsweise wie viel Weißwein hat er getrunken?«

»Das war ein normales Glas, also ein Viertel.«

»Er hat demnach ein Viertel Liter Weißwein getrunken, bevor Sie zu *Weber's Weinstube* gefahren sind?«

»Ja.«

»Fürs Protokoll: Bei der Eröffnung der Sporthalle hat Frau Hohenstein ein Glas Weißwein für ihren Mann beim Getränkeausschank geholt und Herr Hohenstein hat dieses Glas Weißwein während der Veranstaltung getrunken.«

»Ich sehe immer noch keine Relevanz.« Der Verteidiger klopfte ungeduldig mit den Fingerspitzen auf den Tisch. »Die Staatsanwältin vergeudet hier lediglich unsere Zeit.«

Sabrina Lautenschläger zeigte sich unbeeindruckt vom Einwand des Verteidigers und fuhr mit der Befragung der Zeugin fort. »Ihr Mann, Frau Hohenstein, war vierundsechzig Jahre alt und damit doppelt so alt wie Sie, erfreute sich aber noch bester Gesundheit. Er hätte gut und gerne noch zwanzig, dreißig Jahre leben können. Sein Tod hat Sie zu einer reichen Frau gemacht. Wieviel haben Sie geerbt?«

»Einspruch!« Der Verteidiger klopfte nun energischer auf den Tisch. »Das tut doch alles nichts zur Sache. Wir haben den Tathergang doch schon längst geklärt und mein Mandant hat ein umfangreiches Geständnis abgelegt. Was soll diese absurde Fragestunde?«

»Wir kennen den Tathergang, nicht aber die Hintergründe.« Die Staatsanwältin sah dem Richter direkt in die Augen. »Zweihundert Millionen Euro sind ein sehr starkes Tatmotiv.«

»Wieso Tatmotiv? Frau Hohenstein ist als Zeugin geladen. Der geständige Täter sitzt auf der Anklagebank.« Der Richter zögerte einen Moment. »Nach meinem Kenntnisstand ist Herr Schwab nicht Erbe des Hohenstein'schen Vermögens, oder irre ich mich?«

»Herr Schwab nicht, aber Frau Hohenstein.« Die Staatsanwältin wandte sich wieder an die Zeugin. »Aber da Sie ein Verhältnis mit dem Angeklagten haben, wird er sicherlich auch in den Genuss der Annehmlichkeiten eines großen Vermögens kommen.«

Carola wurde blass und schluckte. »Wieso Verhältnis?«

»Sie haben angegeben, Herrn Schwab aus dem Fitness-Studio zu kennen.«

»Ja, und?«

»Aus den Verbindungsnachweisen seines Handys geht hervor, dass Sie in den sechs Monaten vor der Tat mehr als neunzigmal miteinander telefoniert haben. Das ist im Durchschnitt jeden zweiten Tag. Die Gespräche dauerten oft mehrere Minuten, manchmal sogar über eine Stunde. Worüber haben Sie mit Herrn Schwab gesprochen?«

»Wir ... also ... wir haben meistens über Sport gesprochen.«

»Über Sport? Ein halbes Jahr lang jeden zweiten Tag?«

Carola antwortete nicht, doch die Staatsanwältin ließ nicht locker. »Haben Sie ein Verhältnis mit Ulrich Schwab?«

»Uli hat doch eine Freundin.«

»Das beantwortet nicht meine Frage. Haben Sie ein Verhältnis mit Ulrich Schwab?«

Carola fühlte sich wie die sprichwörtliche Maus in der Falle. »Und wenn? Das spielt doch gar keine Rolle.«

»Frau Hohenstein.« Der Richter, der plötzlich hinter seinem Tisch viel größer wirkte, sah die Zeugin streng an. »Ich erinnere Sie daran, dass Sie unter Eid stehen. Bitte beantworten Sie die Frage: Haben Sie ein Verhältnis mit dem Angeklagten Ulrich Schwab?«

Carola atmete einmal tief durch, dann gab sie das Verhältnis zu. »Ja.«

Als die Staatsanwältin die nächste Frage stellte, klang ihre Stimme scharf wie ein Skalpell. »Haben Sie die Ermordung Ihres Mannes zusammen mit Ihrem Liebhaber, dem Angeklagten Ulrich Schwab, geplant?«

Carolas Augen weiteten sich und ihre Finger begannen zu zittern, doch sie verlor nicht die Beherrschung. Sie wusste, dass das Geschehen eine Sache war, das Beweisen aber eine ganz andere. Wenn sie die Nerven behielt, konnte ihr nichts passieren. »Nein.«

Anstatt weiter zu bohren, wechselte die Staatsanwältin erneut abrupt das Thema. »Die Zeugin Sophie Brugger hat ausgesagt, Herrn Schwab erst eine Woche zuvor kennengelernt zu haben. Es handelte sich um eine Internet-Bekanntschaft. Nach unserer Einschätzung war dies Teil des Plans. Herr Schwab hat an dem Tatabend eine Freundin präsentiert, um das Opfer zu täuschen. Dafür hat er Frau Brugger ausgewählt. Frau Brugger sagte weiterhin aus, dass Herr Hohenstein auf sie einen euphorischen bis aggressiven Eindruck gemacht habe. Können Sie uns einen Grund für sein aggressives Verhalten nennen, Frau Hohenstein?«

Carola schüttelte den Kopf. »Keine Ahnung.«

»Laut Obduktionsbericht der Rechtsmedizin hatte Herr Hohenstein zum Zeitpunkt seines Todes 1,8 Promille Alkohol im Blut, was sich anhand des durch die Zeugen dargestellten Weinkonsums durchaus nachvollziehen lässt. Außerdem hat die Rechtsmedizin eine erhebliche Konzentration des Arzneistoffs Tilidin im Blut des Opfers nachgewiesen. Haben Sie ihm das Tilidin verabreicht?«

»Ich? Ich weiß nicht einmal, was das ist.«

»Tatsächlich?« In der Stimme der Staatsanwältin schwang eine Spur Spott mit. »Tilidin ist ein verschreibungspflichtiges Medikament, ein starkes Schmerzmittel, das zur Gruppe der Opioide gehört. Es wird in Kapseln und als Flüssigkeit dargereicht. In hoher

Dosierung entwickelt Tilidin eine euphorisierende Wirkung, die sehr leicht in Aggression umschlägt, vor allem in Verbindung mit Alkohol. Seit geraumer Zeit häufen sich Fälle von randalierenden Jugendlichen und jungen Erwachsenen, die beim Versuch, sie zu verhaften, kaum zu bändigen sind. Oft sind mehrere Beamte und der Einsatz von physischer Gewalt notwendig, um die unter dem Einfluss von Tilidin stehenden Täter unter Kontrolle zu bringen. Das wussten Sie doch, Frau Hohenstein, oder?«

Carola antwortete nicht und die Staatsanwältin fuhr fort. »Sie haben sich auf dem Schwarzmarkt Tilidin besorgt und Ihrem Mann während dem Besuch der Einweihungsfeier der neuen Sporthalle verabreicht. Dazu haben Sie sich in eine einschlägig bekannte Diskothek in Freiburg begeben. Sie haben das Tilidin in seinen Weißwein gegeben, den Sie für ihn beim Getränkeausschank besorgt hatten. Dass ihm der Wein nicht geschmeckt hat, könnte durchaus an den Tropfen gelegen haben, die Sie in sein Glas gegeben hatten.«

»Das ist doch pure …«

Die Vertreterin der Anklage ließ die Zeugin nicht aussprechen. »Der Plan war, Ihren Mann in eine aggressive Stimmung zu versetzen, damit es zu einem Streit kommen konnte, in dessen Verlauf Ihr Mann erschlagen werden sollte. Dazu hatten Sie sich mit Herrn Schwab verabredet. In *Weber's Weinstube* gab es deshalb auch kein zufälliges, sondern ein von langer Hand geplantes Treffen. Nicht Ihr Mann hatte das Lokal ausgewählt, sondern Sie.«

»Das sind doch Ammenmärchen, Frau Staatsanwältin.« Der Verteidiger erkannte, dass es durch die von der Anklagevertreterin dargestellten Tatumstände auch für seinen Mandanten eng werden würde. Statt einem minder schweren Fall von Totschlag stand nun ein gemeinschaftlich geplanter Mord im Raum. »Nichts von dem, worüber Sie hier fabulieren, können Sie beweisen.«

»Alle Indizien sprechen für einen gemeinschaftlich geplanten Mord.« Die Staatsanwältin wandte sich an den Richter. »Frau

Hohenstein hat ein Verhältnis mit dem Angeklagten eingestanden. Bei einem minder schweren Fall von Totschlag hätte der Angeklagte auf eine Bewährungsstrafe hoffen können und eine Haftstrafe in der Justizvollzugsanstalt wäre ihm vermutlich erspart geblieben. Dies war das Kalkül der beiden Täter. Frau Hohenstein und Herr Schwab haben einen sorgfältig geplanten Mord in aller Öffentlichkeit begangen, mit einer Flasche Spätburgunder Weißherbst als Tatwaffe und getarnt als minder schwerer Fall von Totschlag.«

Der Verteidiger erkannte, dass ihm und seinem Mandanten die Felle davonschwammen. Trotzdem unternahm er einen letzten Versuch zu retten, was nicht mehr zu retten war. »Aber nichts davon lässt sich beweisen.«

»Die Beamten der Kriminalpolizei haben einen Zeugen gefunden.« Die Staatsanwältin warf einen Blick auf ihre Notizen, dann schenkte sie der Zeugin ein kaltes Lächeln. »Draußen wartet Herr Sameh Alfadi. Erinnern Sie sich an ihn?«

Wie betäubt schüttelte Carola den Kopf. Ihre Welt brach gerade in sich zusammen, während man sie nach einem Namen fragte, den sie bereits vergessen hatte.

»Herr Alfadi erinnert sich aber sehr gut an Sie, vor allem an Ihre roten Haare. Auf einem Foto hat er Sie bereits wiedererkannt und ich bin sicher, dass er Sie identifizieren wird, wenn ich ihn gleich in den Zeugenstand rufen werde.« Sabrina Lautenschläger gönnte sich drei Sekunden des stillen Triumphs, bevor sie Carola Hohenstein den juristischen Todesstoß versetzte. »Sameh Alfadi ist der Mann, der Ihnen in der Diskothek das Tilidin verkauft hat.«

Abgemacht

»Marina! Liebes! Schön, dich zu sehen!«

Ich erwidere Connis Umarmung, obwohl mir gar nicht danach ist.

»Geht es dir jetzt gut?«, fragt sie und mustert mich ausgiebig.

»Ähm, ja.«

»Ach, lass uns oben bei einem Glas Wein genauer darüber reden«, schlägt sie vor. »Bist du bereit?«

Ich nicke und wir verlassen den Parkplatz am Durbacher Rathaus, wo Conni ihren Wagen abgestellt hat. Ich bin nicht sicher, ob ich den Weg zum Schloss Staufenberg noch gefunden hätte – aber eigentlich muss man ja nur durch die Weinberge und irgendwo irgendwie am Waldrand entlanggehen, auf jeden Fall bergauf. Bei unserem Abi-Treffen vor über einem Jahr habe ich nicht darauf geachtet, aber das ist auch egal, Conni kennt sich aus.

Wir sprechen über Belanglosigkeiten und alte Bekannte, tauschen berufliches Blabla aus. Die Sonne scheint, erstaunlich, wie sehr sie jetzt im April schon wärmt. Es ist wirklich kein Wunder, dass es hier in der Ortenau so wunderbaren Wein gibt. Ich freue mich schon auf mein Viertele Klingelberger oben auf der Terrasse.

Eine andere Begleitung wäre mich allerdings lieber. Nicht dass ich etwas gegen Conni habe, aber eigentlich waren wir schon in der Schulzeit keine Freundinnen und ich verstehe nicht wirklich, warum sie mich jetzt so unbedingt wieder treffen wollte. Gut, wir haben uns beim Abi-Treffen quasi verabredet, aber da hatten wir eine große Weinprobe hinter uns und haben eine ganze Menge Unsinn geschwätzt.

Dennoch, abgemacht ist abgemacht, ich bin ein Mensch mit Prinzipien und stehe zu meinem Wort. Und so erreichen wir schließlich die alten Burggemäuer. Mittelalterlich sind sie allerdings wohl nicht mehr, ich tippe eher darauf, dass einer der Markgrafen von Baden die Burg im romantischen 19. Jahrhundert ausgebaut hat.

Die Aussicht auf den letzten Metern ist schon toll, wenn auch ein bisschen diesig. Conni bleibt gleich nach dem Tor an der Mauerbrüstung stehen und blickt über die Weinberge bis in die Rheinebene. Ich dagegen halte mich nicht lange damit auf, sondern strebe weiter, der Terrasse der Weinstube zu. Schließlich gibt es da auch Aussicht.

»Hast du solchen Durst oder willst du nur das Thema wechseln?« Conni ist mir gefolgt. Ihr Blick hat etwas Lauerndes.

»Ich muss jetzt sitzen, hab was am Fuß«, behaupte ich.

Conni zieht die Augenbrauen hoch. Verdammt, wie macht sie das, dass sie immer noch die große Anführerin ist, nach deren Pfeife alle tanzen und deren Wohlwollen so wichtig scheint? Es fällt mir schwer, mich aus ihrem Sog zu lösen.

Und ja, ich will das Thema wechseln, bei dem wir gerade angelangt sind! Es war natürlich illusorisch zu glauben, dass Conni über Norberts Tod schweigen würde, aber ich hatte es doch gehofft.

»Dann hol ich den Wein«, bietet sie an. »Was willst du für einen?«

»Klingelberger.«

Ich liebe Riesling – spritzig, säurebetont und süffig. Und der allerbeste Riesling ist für mich der Durbacher Klingelberger. Reif und ausgewogen – der König der Weißweine. Hier ist er zuhause.

Conni ist im Nu zurück und stellt zwei volle Viertele-Gläser auf den Tisch. Dann setzt sie sich mir gegenüber.

»Woran denkst du?«, fragt sie.

»Ich überlege, wo genau das Gewann Klingelberg liegt, von dem der Riesling seinen Namen hat. Ich weiß nur, dass das irgendwo hier auf dem Staufenberg ist. Da baut man Qualitätswein schon seit dem 18. Jahrhundert an.«

Conni lacht. »Du spinnst. Wen interessiert denn das?«

187

Mich. Mich interessieren Namen und wie sie entstanden sind. Vielleicht liegt es an den Erzählungen meiner Mutter, dass sie den Schlager *Marina* in meiner Schwangerschaft tausend Mal gehört hat und ihr daher kein anderer Name einfiel. Nun ja, hätte schlimmer kommen können.

Conni kommt natürlich von Cornelia und hat mit altem römischen Adel zu tun.

»Auf Norbert – in absentia aeterna«, sagt sie passenderweise auf Latein und hebt ihr Glas.

In ewiger Abwesenheit. Ich stoße mit ihr an, obwohl ich dabei ein blödes Gefühl im Magen habe.

»Und nun erzähl! Wie ist es als lustige Witwe?« Connis Blick hat etwas Lauerndes und ich merke, wie mir heiß wird. Schnell nehme ich noch einen kräftigen Schluck.

»Ganz gut. Es war natürlich eine Umstellung ...«

Conni lacht. »Aber eine, die dir gutgetan hat, wenn ich dich so ansehe. Hast du dir einen Lover angelacht?«

Ich hoffe, ich bin jetzt nicht rot geworden.

»Also ja. Schön für dich. Ja, so ein Ehemann ist doch am besten, wenn man ihn los ist!«

Leider ist da etwas Wahres dran, wenn ich an Norbert denke. Wir haben spät geheiratet, sind gerne gereist und wollten beide keine Kinder. Doch was zuerst wie eine perfekte Partnerschaft ausgesehen hatte, war in den letzten Jahren ein Albtraum geworden. Norbert war die Eifersucht in Person. Ich war oft nahe daran gewesen, ihn zu verlassen, hatte mich jedoch immer wieder entschieden zu bleiben. Die ersten Male, weil ich ihm eine neue Chance geben wollte, später, weil ich Angst hatte, er würde mir dann auflauern und ...

Conni lacht wieder. »Guck doch nicht so schuldbewusst, als hättest du den Wagen gefahren!«

Ich zucke zusammen. Natürlich habe nicht ich das Auto gefahren, das Norberts Leben vor einem Jahr beendet hat, und Fahrerflucht begangen. Die Polizei hat lange nach Wagen und Fahrer gesucht – vergeblich. Dennoch habe ich irgendwie ein schlechtes Gewissen. Vielleicht, weil ich mir so sehr gewünscht hatte, dass ihm etwas zustoßen sollte.

Der kühle Weißwein mildert das Gefühl ein wenig.

»Du hast einen ganz schönen Zug!«, stellt Conni fest. »Ich hol dir noch einen.« Sie greift nach meinem leeren Glas und verschwindet im Haus.

Einen Moment bin ich versucht, heimlich zu gehen, denn was, wenn sie gleich von Peter spricht? Aber bis ich mich entschieden habe, ist sie schon zurück und stellt ein frisches Glas und eine ganze Flasche Wein auf den Tisch.

»Hier, bitte. Und jetzt ist der Peter dran.«

Der Klingelberger ist mein Freund. Er fließt kühl die Kehle hinunter und beruhigt. Ich schweige und sehe Conni fragend an.

»Du musst endlich was unternehmen.«

Ich blinzle. »Was unternehmen?«

»Das haben wir schließlich beim Abi-Treffen abgemacht«, sagt Conni. »Dein Mann gegen meinen. Und abgemacht ist abgemacht.«

Meint sie das, wie es jetzt plötzlich klingt? Mir wird so heiß, dass auch der Klingelberger nichts mehr nützt. Natürlich erinnere ich mich. Genau hier auf dieser Terrasse haben wir damals rumgeflachst – zwei nicht mehr junge Frauen in unglücklichen Ehen.

»Ich beseitige deinen und dann sorgst du dafür, dass ich meinen loswerde!«, hatte Conni festgelegt.

Lachend hatten wir beide unsere Arme eingehakt und darauf getrunken.

»Aber Norbert starb bei einem Unfall!«, flüstere ich.

»Denkst du!« Conni grinst.

»Aber ...« Meine Hände umklammern mein Glas.

»Ich habe meinen Teil erfüllt, nun bist du dran! Es wird endlich Zeit.«

Das kann nicht sein. Conni macht wieder einen ihrer heimtückischen Witze. Aber sie sieht sehr ernst aus dabei. Ernst und – fordernd.

»Ist es denn immer noch so schlimm für dich mit Peter?«, frage ich vorsichtig.

»Na ja, eigentlich schon eine Weile nicht mehr. Ist eigentlich fast so, als ob wir zwar im selben Haus, aber getrennt leben. Vor allem beansprucht er mich nicht mehr im Bett. Und er ist auch sonst viel ausgeglichener. Vielleicht hat er sich endlich eine Geliebte gesucht.« Sie lacht abfällig.

Ich werde Conni nie verstehen. In unserer Schulzeit hatte sie einen Freund nach dem anderen, aber Spaß am Sex scheint sie nie gefunden zu haben. Und dann hat sie ausgerechnet den sinnlichsten Mann geheiratet, mit dem ich je ...

Peter war mein Fels, meine erste Liebe. Und mein erster Mann. Damals waren wir siebzehn und ich dachte, der Himmel würde sich öffnen. Es hatte nicht lange gehalten – wir waren zu jung, zu unreif, vielleicht auch zu neugierig auf all das, was uns Leben und Liebe noch zu bieten schienen. Dennoch.

Ich räuspere mich. »Aber dann ist doch alles gut, oder?«

Conni schüttelt den Kopf. »Abgemacht ist abgemacht«, wiederholt sie.

Ich schaue über die Rebberge hinab ins Tal. Die Aussicht ist wirklich wunderschön.

»Ich verstehe dich nicht«, sage ich schließlich. »Wenn doch jetzt alles besser ist ... Und überhaupt, was ist mit Scheidung?«

»Nee, ich sorg lieber nachhaltig vor. Sonst ist am Ende das schöne Geld weg.«

»Geld?«, frage ich und starre sie an.

»Hast du 'ne Ahnung, was der Peter für ein Vermögen hat? Und ich Dubel hab damals einem Ehevertrag zugestimmt! Eine Scheidung bringt mir gar nichts, aber als Witwe bin ich gut versorgt. Wir müssen also zusehen, dass er nicht etwa wegen seiner Tussi die Scheidung einreicht, bevor du deinen Teil erledigt hast.«

Ich schlucke. Ist es der Klingelberger, von dem sie mir schon wieder nachschenkt, oder warum kommt mir das alles hier so irreal vor? Hat Conni eben wirklich von mir verlangt, dass ich Peter – umbringe?

»Am besten machst du das in den nächsten drei Wochen. Ab morgen bin ich nämlich in Kur auf Borkum. Und vielleicht nicht gerade mit 'nem Verkehrsunfall.«

»Wie hast du das eigentlich hingekriegt?« Ich bemühe mich, meine Stimme im Griff zu behalten. Was soll ich nur tun?

Conni zuckt mit den Achseln. »Ich hab eine ältere Bekannte in Straßburg. Der hab ich den Autoschlüssel gemopst und dann zwei Tage lang ihren Wagen für eine Spritztour in euer Nest dort im Norden ausgeliehen. Und ihn später sofort in die Garage zurückgebracht, als ich alles erledigt hatte. Jeanne fährt eigentlich gar nicht mehr Auto, wahrscheinlich steht es schon seit Monaten in der Garage rum.«

»Jeanne? Aber nicht die Jeanne Dupont von früher aus der Clique?«

»Nein, Jeanne Baudin. Du kennst sie nicht.«

»Und du hast Norbert einfach so auf dem Weg zum Fitnessstudio abgepasst ...«

»War nicht schwer, du hattest mir ja alle Informationen gegeben.«

Mein Gewissen sendet mir einen Stich in die Magengrube, der nur mit einem Schluck Klingelberger zu beruhigen ist. Ich hatte ja nicht gewusst, dass Conni vorhatte ...

Hatte ich wirklich nicht?

Ich sehe mich um. Die Terrasse ist voll geworden, gut, dass wir hier in der Ecke ein wenig abseits der anderen Gäste sitzen.

»Du hast fast gar nichts getrunken«, stelle ich fest. Connis Glas ist noch immer halb voll und nachgeschenkt hat sie meiner Erinnerung nach nicht.

»Ich muss schließlich gleich wieder nach Offenburg fahren, während du gleich in Durbach unten in dein Hotelbett fallen und den Rest deines Kurzurlaubs genießen kannst.«

Hotel. Bett. Das klingt gut.

»Sollen wir langsam aufbrechen? Ich hab noch nicht fertig gepackt und besprochen ist ja jetzt alles«, sagt Conni und erhebt sich.

191

Ich schüttle den Kopf und sage mit schwerer Zunge: »Geh du ruhig schon. Ich bleib noch ein bisschen hier in der Sonne sitzen. Wäre doch schade um den Klingelberger.« Ich deute auf die noch halbvolle Flasche.

Conni lacht. Es wirkt herablassend und selbstsicher. Vielleicht könnte man es sogar triumphierend nennen.

»Aber denk dran: Abgemacht ist abgemacht«, sagt sie noch einmal und fügt dann großspurig hinzu: »Kannst dir ja ein Taxi rufen, wenn du nicht mehr gehen kannst.«

Ich nicke und sehe ihr nach, wie sie mit großen Schritten die Terrasse verlässt und um die Ecke biegt.

Nach ein paar tiefen Atemzügen gehe ich zum Getränkeausschank. So betrunken, wie Conni denkt, bin ich nicht, ich habe heute Mittag gut gegessen und vertrage eine ganze Menge. Ich lasse mir dennoch eine große Flasche Wasser und einen Korken für meinen Klingelberger geben, dann setze ich mich wieder an den Tisch.

Das Wasser schmeckt nicht – zu viel Kohlensäure für meinen Geschmack – und ich kriege einen Schluckauf. Aber mein Kopf wird von Glas zu Glas klarer und ich weiß plötzlich, was zu tun ist.

Ich fummle den Notizblock aus meiner Tasche, bevor ich den Namen vergesse, obwohl Namen eigentlich mein Ding sind. Ein bisschen bin ich stolz auf mich. Jeanne Dupont von früher, haha! In der Clique hat es nie eine Jeanne Dupont gegeben, aber so hat sich Conni bemüßigt gefühlt, den Namen richtigzustellen.

Ich schreibe alles auf. Jeanne Baudin aus Straßburg und ihr Wagen. Conni, die darin Norbert aufgelauert und ihn überfahren hat. Irgendwie muss ich in den nächsten Tagen diese Nachricht der Polizei zukommen lassen, vielleicht als anonymen Brief? Oder am Telefon? Auf jeden Fall am liebsten so, dass ich nicht direkt weiter in die Sache verwickelt werde. Verwickelt ist das alles nämlich ohnehin genug. Aber es wird einfacher, wenn Conni verhaftet ist. Und sicherer. Nicht nur für mich.

Ich stecke den Block erstmal wieder in die Tasche. Dann greife ich nach meinem Handy, schaue auf die Uhrzeit, zögere kurz, wähle, warte.

»Marina?« Seine dunkle Stimme ruft das bekannte Kribbeln hervor.

»Bist du schon im Hotel?«

»Ja, wieso?«

»Kannst du mich auf Schloss Staufenberg abholen? Ich hatte etwas viel Klingelberger und überhaupt ...«

Er lacht. »Und Conni?«

»Sie ist vor über einer halben Stunde runtergelaufen. Das Auto stand am Rathaus, sie müsste also längst weg sein.«

»Okay, wart auf dem Parkplatz am Schloss, ich komme.«

Ich stehe bereit, den Klingelberger in der Hand, als sein Wagen einparkt. Er steigt aus und wir fallen uns in die Arme. Der Kuss ist leidenschaftlich wie immer, wenn wir uns nach längerer Zeit für ein Wochenende wiedersehen. Nein, eigentlich wie immer. Punkt.

Damals mit siebzehn.

Im vergangenen Jahr, als ich ihn nach Norberts Tod nicht ganz zufällig wieder traf.

Heute.

Es wird Zeit, dass wir ins Hotelzimmer kommen.

»Du solltest die Scheidung einreichen«, sage ich, als wir die Zimmertür endlich hinter uns schließen und ich den Klingelberger abstelle. »Gleich am Montag.«

Er lächelt, nickt und zieht mich zum Bett.

»Ich beseitige deinen und dann sorgst du dafür, dass ich meinen loswerde!«, hat Conni gesagt.

Wir haben uns beide daran gehalten, obwohl ich es etwas anders verstanden habe als sie.

Aber abgemacht ist abgemacht.

Ich bin Norbert los.

Und sie ist Peter los.

Der gehört jetzt zu mir.

SUSANNE HARTMANN

Breisgau-Psycho

Sie würden ihn nicht hereinlegen. Diese Bio-Betrüger. Von denen er umringt war. Hier auf der Vernissage und auch sonst überall. Anton grinste und holte sich einen Solaris vom Buffet. Der Weißwein schmeckte nach Mango und Pfirsich. Er schlürfte und dachte an Pfirsichhaut. Wie die von, wo war sie denn gleich?

Seine Augen wanderten durch den Raum und blieben auf Sondra Ritter haften, die heute zum ersten Mal aufgetaucht war. Gleich einer Elfe, zartgliedrig und leichtfüßig, tänzelte sie auf ihren Mokassins über den Boden. Ihre schulterlangen Haare schimmerten kupferfarben. Sie nippte an ihrem Glas und betrachtete einen kniehohen Lastwagen, fabriziert aus bunten Metallresten. Eine Arbeit aus Botswana.

Der grau melierte David Gutknecht näherte sich der Elfe Sondra und raunte ihr etwas zu, das Anton nicht verstand. Sie drehte sich nach David Gutknecht um und schüttelte den Kopf. Anton zog die Mundwinkel nach unten. Versuchte diese Kanaille etwa, sie anzumachen? Was dachte er sich eigentlich? Anton nahm einen großen Schluck aus seinem Glas, um den schlechten Geschmack hinunterzuspülen. David Gutknecht, dieses Ekelpaket.

Das Ekelpaket nickte Sondra Ritter zu und schlenderte zu einem hölzernen Mann, der auf einem ebenso hölzernen Fahrrad saß.

Anton wusste, was Gutknecht für einer war. Seit seiner Kindheit. Als Stiefbruder war er in sein Leben eingebrochen. Anton sog die Luft ein. Nachdem sie sich zwanzig Jahre nicht mehr getroffen hatten, war David vor drei Jahren mit seiner Gattin Iris nach Freiburg gezogen. Sie hatten Anton und seine Frau Marion aufgesucht. Um Gerede zu vermeiden, stimmte Anton dem Besuch zu. Dabei entglitt ihm die Situation völlig. Denn Marion und Iris freundeten sich geradezu schlagartig miteinander an.

Sondra Ritter ging weiter zu einem Gemälde, auf dem Kunststoffeimer, ausrangierte Zahnbürsten, Plastikflaschen und Tüten in einem bläulichen Meer schwammen. Sie nahm ihre Spiegelreflex zur Hand, die an einem Band von ihrer Schulter baumelte. Durch die Kameralinse beobachtete sie alles und jeden.

Im Ausstellungsraum des Freiburger Weingutes Dilger hatten sich an die dreißig Menschen eingefunden, vor allem Mitglieder der GöK. Die Gutknechts hatten sich sogar den Vorsitz der noch jungen GöK, der Gesellschaft für ökologische Kunst, erschlichen. Die Vernissage lief unter dem Motto »Öko-logisch-künstlerisch – Wir zeigen es der Welt«.

Und ich erst, dachte Anton, ließ einen Mundvoll Solaris über seine Zunge laufen und schlotzte begierig. Wieder driftete sein Blick über die Grauschöpfe, die Silberköpfe, die jüngst Erblondeten, die Spiegelglatzen und Sackgesichter und blieben bei Sondra Ritter hängen. Wie ihr samtener Teint doch leuchtete. Wie ihre grünen Augen strahlten. Erst gestern war ein Porträt von ihr in der hiesigen Presse erschienen. Es feierte die Newcomerin vom Fachverband für nachhaltige Dokumentation. In dem Zeitungsinterview ließ sie die Leser wissen, wie gerne sie allein durch Felder und Wiesen streifte, auf der Suche nach schönen Aufnahmen.

Sondra schoss ein paar Bilder von Spielzeug aus recycelten Blechteilen und einer Skulptur, die aus einem Baumstumpf geschnitzt war. Sie zeigte einen Mann, der einen Baum anflehte.

Leutselig plauderte sie mit ein paar Umstehenden und holte sich noch ein Gläschen Wein. Dann trug sie sich auf ein Blatt ein, um sich in den Verteiler der GöK aufnehmen zu lassen.

Anton sah, wie seine Frau Marion immer noch mit Davids Gattin Iris schwatzte. Er konnte einfach nicht widerstehen und ging hinter Sondra her. Sie griff sich ein Schnittchen vom Buffet. Bevor sie abbeißen konnte, kullerte das Gürkchen vom Hüttenkäse und landete auf dem Boden. Sie wollte sich eben danach bücken, da trat sein Schuh darauf und zerquetschte es. »Oh, wie ungeschickt von mir«, sagte Anton in gespielt demütigem Ton. Sie lächelte, wandte sich ab und ließ das zertretene Gürkchen liegen. Wie zufällig betrachtete er das Blatt mit ihrer Eintragung und merkte sich ihre Rufnummer.

Mit Genugtuung dachte er an die Sorgen, die David, Iris und das ganze Ökogesocks umtrieben. In Freiburg und Umgebung war Merkwürdiges vorgefallen. Fälle, denen sich die Kriminalpolizei nur höchst stiefmütterlich widmete.

Dafür fielen die Zeitungen darüber her und berichteten in aufgebrachtem Ton, was geschehen war. Hühner in einem Freigehege waren ertränkt worden. Dazu hatte jemand eine Plastikwanne mitgebracht. Kühe auf der Weide waren des Nachts mit Giftpfeilen ermordet worden. Die Salatköpfe eines Biobauern hatte jemand ausgerissen und zerfetzt. In einer privaten Forschungsstation war ein solcher Jemand eingedrungen und hatte sämtliche Marienkäfer mit einem Insektizid besprüht. Dieser Jemand kannte sich aus, mutmaßten die Journalisten. Denn die Forschungsstation hielt sich noch bedeckt und war der Allgemeinheit nicht bekannt. Es musste sich um einen Insider handeln, vermuteten die Schmierfinken und fragten: »Welcher Öko-Hasser läuft in Freiburg und im Breisgau nächtens Amok?«

Zu guter Letzt hatte der Jemand Reben am Schönberg mit einer Ladung Pestizid bedacht. Weit kam er freilich nicht und konnte lediglich einem kleinen Rebstück Schaden zufügen. Ausgerechnet zum Weingut Dilger gehörte es. Ökologisch vorbildlich, vor allem mit seinen pilzresistenten Rebsorten, engagierte sich das Weingut auch kulturell.

Gutknechts Versuche, die Polizei einzuschalten, waren ziemlich im Sand verlaufen. Über »den Frevel an den unschuldigen Traubenstöcken« regte sich David besonders auf. Das Unternehmen lag ihm am Herzen, ebenso der Schönberg, wo er gern spazieren ging und Erholung fand. Anton lachte grimmig in sich hinein. Was für eine Erholung? Etwa mit seiner Frau Marion? David hatte alle längst eingelullt, selbst seine eigene Gattin Iris.

Aber Anton durchschaute Davids Machenschaften. Sein Ökogeheul und Gutmenschgelaber diente ihm, um sich zu bereichern und andere in die Pfanne zu hauen. Aber nicht mit ihm, Anton.

Dieses Biogetue war eine Masche. Erderwärmung fand nicht statt. Bei den Aufnahmen von schmelzenden Gletschern handelte es sich um Fälschungen. Von der Ökomafia produziert, um Gewinne voranzutreiben. In Wahrheit waren industrielle Verfahrenstechniken die einzigen Mittel, um die Weltbevölkerung zu ernähren. Er, Anton, wusste, wie es sich verhielt. Hatte er alles aus dem Internet erfahren. Ihn führten die Umweltfuzzis nicht hinters Licht mit ihren naturbelassenen Stoffen und nachhaltigen Anbauweisen! Gegen dieses Netz aus Lügen musste jemand etwas tun.

Er schickte Briefe an die GöK und die Presse, wo er weitere Aktionen ankündigte. An jedem Ort seiner Einsätze hinterließ er Gedichte wie »Kommt ein Huhn dahergelaufen, lass ich es sofort ersaufen«, »Salat, Salat, das hass ich grad« oder »Kühe auf der Weide viel sind ein ganz famoses Ziel«.

Anton Breitbach setzte den Trichter auf die Öffnung des Tanks und schüttete das Gift hinein. Er lächelte. Wie das munter plätscherte. Seine Mixtur bestand aus irgendwelchen -azolen, -strobinen, -morphinen und Hexa-sonstwas. Unmöglich, sich diese Namen zu merken. Sie klangen kompliziert, lustig und sehr effektiv. Er schraubte die Spritzpistole am Schlauch fest und stellte das Ganze in den Schrank. Dem Darknet sei Dank, besaß er alles, was er brauchte. Er verließ den Nebenraum des Kellers und betrat den Hauptraum. Hier standen seine Modelleisenbahnen. Am Werkzeugtisch reparierte er Uhren und anderes Gerät. Sie würde ganz gewiss nicht nach unten kommen. Sie mochte seine Hobbys nicht. Nicht seine offiziellen. Anton schmunzelte. Und schon gar nicht sein inoffizielles, seine neue Liebhaberei.

Von oben drang eine spitze Stimme: »Bist du so weit?«

»Jaha«, rief er zurück.

Er schloss die Kellertür und stieg die Treppe empor.

»Beeil dich, sie warten auf uns.«

Marion griff nach ihrem Aktenkoffer. »Hast du die Flyer eingepackt?«

»Jaha.«

»Und meine Rede?«

Die hatte Anton ganz vergessen.

»Muss man dir alles x-mal sagen?«

»Hol ich gleich.«

Kaum war er aus dem Büro zurück, stieß sie den Zeigefinger in Richtung Sofa. Dort lagen seine Zeitschriften wild zerstreut.

»Du weißt, Vater sieht das gar nicht gerne, wenn er morgen kommt.«

»Doch morgen erst.«

»Die liegen seit zwei Tagen rum.«

Anton presste die Lippen zusammen. Sein Schwiegervater, und gleichzeitig sein Chef in der Firma, besuchte sie alle paar Tage. Marion verkaufte Grundstücke und Immobilien, ökologisch-biologisch geprüft, zu horrenden Preisen.

Er reichte ihr die Blätter mit dem Vortrag.

Marion schnappte danach. »Bei deiner tranigen Natur kann Vater froh sein, wenn ihm nicht die Kunden davonlaufen. Ohne deinen Bruder David hätten wir in diesem Quartal noch keinen Gewinn erzielt.«

Bei dem Wort Bruder biss Anton die Zähne aufeinander. Es knirschte gefährlich in seiner Mundhöhle.

Sie stopfte ihre Rede mit Nachdruck in ihren Aktenkoffer. »Schau nicht so bedröppelt.«

Sein Brustkorb krampfte sich zusammen.

Sie musterte ihn. »Wenn du schon alles vergeigst, dann mach wenigstens ein freundliches Gesicht.«

Er spürte, wie es ihn pikte, am Hals und an den Armen, wie von tausend Nadeln.

Ihre Miene verzog sich zu einem Spiel aus Spott und Verachtung. Genauso wie ihr Vater es zu tun pflegte, wenn er ihm Anweisungen erteilte. Anton konnte es nie recht machen. Dabei unterstütze er ihre Ökoeinsätze. Jedenfalls nach außen hin. Er korrigierte ihre Reden, die sie auf Versammlungen hielt. Damit sie glaubte, er falle auf ihre Fuzzis herein. Eine prima Tarnung war es, dass er Pressetermine für sie vereinbarte, sich um Logistisches kümmerte. Sogar den Familiennamen hatte er seinerzeit von ihr und dem Schwiegervater angenommen, um in die Breitbachsche Villa einzuziehen. Seit David sich in ihr Beziehungsgeflecht drängte, war Marion immer öfter unterwegs. Um seinen Stiefbruder zu treffen. Es war fast wie damals, als sein Stiefvater und David ihm einen Diebstahl unterjubelten. Aber er hatte seine Mutter nie bestohlen. Seine Mutter bewunderte David, vergötterte den Stiefvater, folgte ihm in allen Dingen. War sie außer Haus, zerdepperte David Antons Kassetten, schmierte Dreck auf seinen Zimmerboden oder warf seine Hefte in den Müll. Was für ein Unhold Anton doch sei, hieß es vonseiten des Stiefvaters. David hielt er für eine Intelligenzbestie, eine Sportskanone, einen Mädelsheld. Mit dreizehn Jahren schoben sie Anton ins Internat ab.

Er faltete die Hände und drehte sie von sich weg, bis die Gelenke knackten. Bald würde Marion sich scheiden lassen. Sein Schwiegervater würde ihn aus der Firma werfen. Im Ehevertrag hatte er auf sämtliche Ansprüche verzichtet. David, der Rechtsanwalt, eignete sich ja auch viel besser für Immobilien. Anton schnaubte kaum hörbar.

Und diese dumme Gans Iris merkte nichts.

Das nächste Wochenende wollte Marion zu einer Tagung, einem biobäuerlichen Symposium. Ob sich David zu ihr schleichen würde? Was würden sie aushecken?

Marion und ihre Ökospezies, wie sie gegeifert hatten, als die abgeschossenen Kühe entdeckt wurden. Wie sich ihre Gesichter röteten, nachdem sie von seiner Aktion in den Weinbergen des Gutes Dilger erfahren hatten. Die Sache mit den Marienkäfern, die tot von den Blättern purzelten, trieb ihnen Tränen in die Augen. Anton fühlte Kraft in sich aufsteigen. Sein Rücken straffte sich. Auf einmal musste er lächeln.

»Aha«, sagte sie, »so will ich dich nachher sehen, beim Vortrag.«

Ja, beim Vortrag würde er strahlen und mehr noch am nächsten Wochenende. Da hatte er das Richtige vor. Unwillkürlich musste er an seine Elfe Sondra Ritter denken. Leider war sie indoktriniert, durch die Ökofuzzis und durch David.

Sie hatte Anton auf der GöK-Ausstellung im Weingut Dilger so lieb zugelächelt. Wenn er sie nur kennenlernen könnte und ihr sagen, wie sich alles wirklich verhielt. Wie diese Bioheinis sie für ihre Zwecke benutzten. Wie ihn David zum Narren hielt. Wie ihn seine Frau mit ihm betrog.

Er musste Sondra unter seine Fittiche bekommen. Mit ihr zu zweit sein. Doch auf welche Weise konnte er das anstellen? Bestimmt war sie schon so gehirngewaschen, dass er sie dafür erst mal in seine Obhut nehmen musste.

Nach dem Projekt in den Reben des Weingutes Dilger würde das sein nächstes sein. Oder er lockte sie bereits vorher in seine Fänge. Er konnte sie in den Keller bringen. Der war groß genug, um dort eine Person zu beherbergen. Sogar eine Toilette und ein Waschbecken waren dort untergebracht. Sie würde ganz ihm gehören, eine Zeit lang. Wie seine Kaninchen hinterm Haus. Die hatten zuerst auch nicht gewollt, aber sich schnell an die Käfighaltung gewöhnt. Jetzt ließen sie sich bereitwillig streicheln, ja sie verlangten geradezu danach.

Während sie in den Wagen stiegen und davonbrausten, malte sich Anton aus, wie er Sondra Ritter eine Falle stellen konnte.

Endlich befand sich Marion auf Reisen. Anton kribbelte es gehörig in den Fingern. Schließlich war er noch nicht fertig am Schönberg. Heute Nacht war Dreiviertelmond. Allein den Tank in den Geländewagen zu verfrachten, machte Spaß, ein wunderbares Vorspiel.

Der Range Rover besaß ein hybrides Antriebssystem. Mit dem Elektromotor konnte er leise zum Schönberg fahren und ebenso leise über die Wege rollen. Er stellte den Wagen neben der Rebanlage ab. Dann hievte er seinen Tank heraus. Er saß auf einem Gestell mit Rädern. Das Teil hatte er extra aus biobehandelten Hölzern und recycelten Rädern gebastelt. Anton keckerte ein kurzes Lachen, bevor er in seinen Schutzanzug stieg, die Gesichtsmaske überstülpte und die Kapuze aufsetzte. Den Handwagen zog er zwischen zwei Rebreihen. Die Räder holperten nahezu lautlos über das Gras. Anton stoppte und schaltete das Pumpwerk an. Die Spritzpistole zischte und sprühte. Im Licht des Dreiviertelmondes glänzte das Pestizid vielversprechend auf den Blättern, den Fruchtstielen und -knoten. Schritt für Schritt versah er die ökologisch angebauten Pflanzen mit einem dichten Nieselregen seines Gebräus. Erst eine Reihe, dann eine zweite und eine dritte. Er bog in die vierte ein und war so vertieft, dass er ihn nicht kommen hörte.

»Hören Sie auf!«, schrie er.

Anton zuckte zusammen und hielt inne. Als er sah, wer es war, kochte Wut in ihm hoch. Es war David. Anton sagte nichts.

In zwei Sätzen sprang David zu ihm. Anton ließ die Spritzpistole sinken. Sein Gegenüber starrte auf seine Maske. »Kenne ich Sie?« Er runzelte die Stirn. »Ich rufe die Polizei.« Seine Finger zogen ein Handy aus der Jackentasche und fingen an zu tippen.

Antons Muskeln spannten sich an. Er hob den Arm und drückte den Abzug. Eine Gischt schoss in Davids Gesicht. Er kreischte auf und sank in die Knie. Sein Handy landete im Gras. Anton packte ihn an der Schulter und sprühte immer fort. In den Mund, die Nasenlöcher und die Augen. Er zuckte ein paar mal, kippte um und blieb liegen. Schaum trat vor seinen Mund. Schlussendlich war alles ruhig.

Anton hob den leblosen Körper auf und schleppte ihn zum Range Rover. Weit und breit war kein Mensch zu sehen. Dann holte er seinen rollenden Gifttank und lud ihn ebenfalls in den Wagen. Er stieg ein und knallte die Tür zu. Wieder war er nicht mit seiner Aktion fertig geworden. Und er hatte noch ein Problem. Oder eines weniger? Letztendlich war im Keller ja genug Platz.

Anderntags meldete Iris, David sei nicht nach Hause gekommen. Zu Antons übergroßer Freude ging die Kripo davon aus, dass David seine Iris vermutlich verlassen habe. Das konnte man wohl sagen. Verlassen hatte er nicht nur sie, seine Marion, die Ökomafiosi, sondern die ganze Welt. Und er würde nicht wiederkommen.

Selbst die Mitglieder der GöK berichteten von Zwistigkeiten in der Ehe. Auch sei David Gutknecht durchaus in der Lage, selbstständige bis eigensinnige Entscheidungen zu treffen. Schließlich besaß er ein Landhaus auf Mallorca. Sodass die GöKs fragten, ob er dort abgeblieben war.

Anton beschloss, die Sache Sondra in Angriff zu nehmen. Er schickte eine Nachricht auf ihr Smartphone: »Wollen Sie wissen, wer hinter den Ökotaten steckt? Für Ihre Dokumentation? Kommen Sie um 20 Uhr ins Restaurant Jesuitenschloss. Allein. Ich spreche Sie an.«

Am Abend parkte Anton seinen Range Rover beim Jesuitenschloss. Er spazierte über den Weg, der zum Restaurant führte, bis er durch die Scheiben der Glaswände lugen konnte. Sondra saß allein an einem Tisch und betrachtete ihr Handy. Sie war also bereit für ihn.

Sogar die Nacht selbst machte sich fertig für seine schönste Aktion. Was war das nur für ein wundervolles Purpur und Samtrosa am Horizont. Das Licht des Abendrotes verwandelte die Hügel, die Weinberge, den Waldrand und, zu Füßen des Schönbergs liegend, die Stadt Freiburg in eine geradezu kitschig malerische Landschaft. Anton stapfte zum Wagen, startete und fuhr los. Sondra ließ er warten, fünf Minuten, zehn, fünfzehn.

Dann schrieb er ihr die nächste SMS: »Begeben Sie sich in die Weinberge just unterhalb des Jesuitenschlosses. Wegbeschreibung in nächsten SMSen.«

Sondra simste zurück: »Es ist fast Nacht.«

»Haben Sie Angst?«

»Nein«, behauptete sie.

Anton lotste sie über Feldwege und durch Reben bis an ein Rebstück, das mit »Weingut Dilger Traubensorte Georges Blanc«

gekennzeichnet war. In einer letzten SMS wies er sie an, zwischen die Rebreihen zu gehen.

In seinem Schutzanzug, die Maske über dem Gesicht, baute er sich vor ihr auf, eine Armeslänge entfernt. In der Faust hielt er eine Sprühflasche, gefüllt mit einem Chloroformgemisch, das er eigens gemixt hatte. Er richtete die Spritzdüse auf sie.

Sondra riss eine Pistole aus der Jackentasche und schlug damit nach ihm. Ein Schmerz jagte über seinen Handrücken. Er ließ sein Spritzwerkzeug fallen und brüllte: »Du Aas!«

Sondra zielte auf ihn. »Maske runter.«

Anton langte zögernd danach. Die Elfe war wohl eine kleine Hexe. Aber das machte die Sache bloß spannender. Sie winkte mit der Pistole. Anton hob die Maske an und streifte sie über den Kopf.

Im Mondschein erkannte sie sein Gesicht. »Sie habe ich doch auf der Ausstellung der GöK im Weingut Dilger gesehen.«

Anton grunzte, hieb ihr die Maske ins Gesicht und schnappte nach der Pistole. Ihr Arm zackte hoch, so schwungvoll, dass es ihr die Pistole aus der Hand schleuderte und sie in hohem Bogen über die Rebreihen flog.

Sondra stellte ihm ein Bein.

Er fiel, schaffte es jedoch, sie mit zu Boden zu werfen. »Na, du kleine Wildkatze, du kommst jetzt mit mir.«

Sondra entwand sich seinem Griff und schlug mit der Faust auf seine Schläfe.

Er heulte auf und patschte mit der flachen Hand nach ihrer Wange. Schnell kam er wieder auf die Beine und rief: »So nicht, Madame!«

Sondra rappelte sich hoch. Im selben Moment packte er von hinten ihren Hals und begann sie zu würgen. Sondra japste. Ihr Körper erschlaffte.

Er schob ihren Kopf zwischen die Stöcke einer Rebreihe, drückte ihr Genick gegen einen Draht und bog den darüber angebrachten so weit nach unten, dass er ihn erst über ihren Kopf, vorbei am Gesicht, und dann über ihr Kinn ziehen konnte. Jetzt war ihr Hals zwischen zwei Drähten eingeklemmt. Er zog am nun unteren Draht und quetschte ihn gegen ihre Gurgel. Der andere schnitt ihr ins Genick. Sie krächzte wie ein sterbender Rabe und krallte nach seinen Händen.

Anton stöhnte. Wann war sie endlich bewusstlos?

Auf einmal zog sie mit der Rechten an den Drähten.

Anton stutzte. Was sollte das?

Plötzlich rissen die Drähte ab. Überrascht ließ er sie los. »Verflucht!«

Sondra schnellte herum, packte ihn an der Kapuze und hieb seinen Kopf gegen ihr hochkickendes Knie. Vor Antons Augen tanzten Glühwürmchen und entschwanden in die Nacht, ins pure tiefe Schwarz.

Als er die Augen öffnete, lag er am Boden, seine Arme ruhten, mit Handschellen gefesselt, auf seinem Bauch.

Über ihm grätschte Sondra. »Auf frischer Tat ertappt. Ich bin Private Ermittlerin. Die Polizei ist gleich da.«

Anton blinzelte. »Was bist du?«

Sondra rieb sich den Hals: »Einen wie dich hab ich schon mal erledigt. Ihr Gauner seid doch alle gleich. Glaubt, ich sei leicht zu kriegen.«

Bis die Polizei erschien, hielt sie ihm einen Vortrag über ihre Detektiv-Zertifikate, ihren schwarzen Gürtel in Taekwondo, die Meisterschaften im Sportschießen. Zu allem Übel berichtete sie von den Gutknechts, die ihr den Auftrag erteilt hatten, für den »Breisgau-Psycho«, wie sie ihn nannten, den lebenden Köder zu spielen.

Ursula Schmid-Spreer

Sonnenstuhl mit tödlicher Wirkung

»Wo sind meine Manschettenknöpfe? Die mit meinem Mono-
gramm? Übrigens, du brauchst nicht auf mich zu warten«, sagte
Robin. »Der Chef möchte, dass ich den neuen Geschäftspart-
nern unsere schöne Stadt Breisach zeige und anschließend gehen
wir noch einen Schoppen trinken.« Er hauchte einen flüchtigen
Kuss auf Silkes Wange. Sie ließ das Kochbuch sinken, in dem sie
gerade geblättert hatte. Sie sagte nichts. Das Windspiel an der
Haustür klingelte noch einige Zeit.

»Heute wäre unser Kennenlerntag gewesen, ich hätte dir dein
Lieblingsgericht gekocht.« Hatte sie das laut gesagt? Zwanzig
Jahre waren sie jetzt zusammen. Sollte das jetzt so weitergehen?
Sie ging ihrem Halbtagsjob nach, musste nicht arbeiten, erledigte
die Hausarbeiten und langweilte sich. Ab und zu mal Treffen mit
ihren Freundinnen. Selbst beim 80. Geburtstag ihres Vaters hatte
Robin sich vorzeitig abgeseilt, da er angeblich noch ein wichtiges
Telefonat mit seinem Chef führen musste.

Silke öffnete den Kühlschrank, holte den guten Breisacher Sonnenstuhl heraus und goss sich ein Glas davon ein, nahm einen
großen Schluck.

»Wenn du mir die Aufmerksamkeit nicht gibst, die ich möchte, dann hole ich sie mir eben woanders.«

Sie gab im Internet *kostenlose Partnerbörsen* ein. Es dauerte
nicht lange und es öffneten sich jede Menge Links. Sie klickte
gleich auf den ersten, registrierte sich, überlegte kurz, ob sie sich
jünger machen sollte, unterließ es aber dann doch.

Wir bringen Sonne ins Glas, hieß der Slogan der Winzer. Sie
würde sich jetzt Sonne ins Herz bringen. Sie schenkte sich ein

weiteres Glas ein. Der Breisacher Sonnenstuhl schmeckte ihr ausgezeichnet. Sie mochte mildere Weine, sie waren süffig, die kupferfabene Schattierung glitzerte im Glas wie Bernstein. Sie hatte Erdbeerduft in der Nase. »Hm, wirklich ein edler Tropfen.«

Der Computer gab einen Ton von sich. »Sie haben Post.«
»Das ging aber schnell«, freute sich Silke. »Ich habe doch noch gar kein Foto drin.«
Sie flirteten eine Weile und verabredeten sich für den nächsten Tag am romanischen St. Stephansmünster. Diesmal würde sie einfach nicht da sein, wenn Robin früher nach Hause kommen sollte.

Der Mann da, der von einem Fuß auf den anderen trat, das musste Gotik25 sein. Silke hatte sich als Sonne18 eingeloggt. Er gefiel ihr überhaupt nicht. Schütteres Haar, dunkle Hornbrille, das Bäuchlein, das er beschrieben hatte, war eine richtige Wampe. Sie überlegte gerade, ob sie einfach gehen sollte, als er auch schon auf sie zustürmte.
»Ich wusste gleich, dass du Sonne18 bist. Du gefällst mir sehr gut. Wollen wir ein Weinchen trinken gehen?«
Silke lächelte gequält. »Also gut, aber nur ein Glas.«
»Weißt du, ich bin schon seit geraumer Zeit hier, wollte dich auf keinen Fall verpassen.«
Er schnäuzte sich geräuschvoll. Zog dann die Hose hoch, sodass sein Bauch so richtig zur Geltung kam.
»Ich bin gerne am Stephansmünster«, plapperte er drauflos. Es hätte noch gefehlt, dass er sich bei ihr einhing. »Der Hauptaltar begeistert mich immer wieder, bei den Schnitzarbeiten sieht man deutsche Kunst«, schwärmte er. »Warst du schon mal drin?«
Als Silke nickte und etwas sagen wollte, ließ er sie gar nicht erst zu Wort kommen, sondern referierte weiter: »Das späte Mittelalter sagt dir doch was, nicht wahr? Im Münster sind viele Ausstattungsstücke, an der Westseite«, er deutete in eine Rich-

tung, »hat Martin Schongauer gigantische Gemälde des Jüngsten Gerichts geschaffen. Und an der Süd...«

»Wir sind da«, unterbrach ihn Silke. Zielstrebig öffnete sie die Tür zum Restaurant, ging voran.

»Du trägst einen Ehering, bist du verheiratet?«

»Äh, nein«, stotterte sie. »Das ist der Ring meiner Mutter. Was machst du beruflich?«, lenkte sie vom Thema ab.

»Ich bin im Katasteramt in Breisach.«

»Aha.«

»Außerdem interessiere ich mich für Heimatkunde. Bist du schon einmal über die Rheinbrücke auf die französische Seite nach Vogelsheim gefahren? Ich sage dir, ich könnte dir da Geschichten erzählen ...«

»Ist gut, danke. Ich hätte gerne einen Breisacher Sonnenstuhl«, sagte sie zum Kellner. »Und du?«

Ein großes Glas Mineralwasser, still, bitte.«

»Ich dachte, wir wollten einen Wein trinken?«

»Ich möchte einen kühlen Kopf behalten. Wer weiß, was wir beide ...« Er ließ den Satz offen, zog ein Schnute, was er wohl für erotisch hielt und schmachtete Silke an. Das Gespräch zog sich, da sie nur einsilbig antwortete. Nach einer halben Stunde sah sie demonstrativ auf die Uhr, nahm den letzten Schluck, legte einen Schein auf den Tisch, sagte höflich Auf Wiedersehen und ging ohne sich noch einmal umzudrehen weg.

Sie hatte Gotik25 noch nicht einmal nach seinem Namen gefragt.

Puh, das wäre geschafft. So ein Langeweiler und Besserwisser. So etwas brauchte sie nicht noch einmal, das hatte sie daheim. Sie überlegte kurz, sie wollte sich etwas Gutes gönnen. Es war noch viel zu früh, um nach Hause zu gehen, deshalb kehrte sie in ein anderes Gasthaus ein. Sie wusste, dass sie gut aussah, schließlich hatte die Restaurierung ihres Gesichtes, wie sie es selbst nannte, doch etliche Zeit in Anspruch genommen. War nur Perlen für die Säue, denn dieser Typ war so gar nicht ihr Typ gewesen. Sie kicherte ob dieses Wortspiels. Sie ließ sich vom Kellner den Mantel abnehmen und den Stuhl zurechtrücken. Sie setzte sich mitten in den Gastraum. Dann bestellte sie eingemachtes Kalbfleisch, eine regionale Spezialität, und ein Vierterl Sonnenstuhl. Sie aß mit Appetit, ohne dabei außer Acht zu lassen, dass sie beobachtet wurde.

Der Kellner servierte ihr mit einer formvollendeten Verbeugung ein weiteres Glas Breisacher Sonnenstuhl. Er deutete diskret zu einem Tisch, an dem ein Herr saß, der ihr lächelnd zuprostete. Silke neigte geziert ihren Kopf und lächelte ihn an. Zwei Minuten später saß er an ihrem Tisch und sie unterhielten sich angeregt. Er stellte sich als Robert Arwanger vor, Ingenieur. Das war ein Mann nach ihrem Geschmack: galant, charmant, gutaussehend und er schien an ihr interessiert zu sein. Ihr Ehering war wohlverwahrt im Geldbeutel. Welch ein Glück, dass sie ihn vor dem Lokal abgenommen hatte. Sie war also immer noch anziehend für das männliche Geschlecht. So müsste sie jetzt ihr Angetrauter sehen. Der würde Augen machen!

»Gnädige Frau!«
Er sagte doch tatsächlich gnädige Frau zu ihr.
»Ich würde Sie gerne wiedersehen. Sie würden mir eine sehr große Freude machen.«
Silke lächelte charmant zurück. »Warum nicht?«
»Darf ich Ihnen einen Vorschlag unterbreiten?«
»Gerne.«
»Wollen wir uns am Rheintor treffen und das Museum besuchen? Danach könnten wir etwas essen gehen und ein gutes Glas Wein trinken. Morgen? Das würde mich sehr freuen.«
Er ergriff ihre Hand und hielt sie fest. Silke konnte es nicht verhindern, dass ihr ein wohliger Schauer über den Rücken lief. Sie verabredeten sich für den nächsten Tag. Beschwingt stieg Silke in ein Taxi und beschwingt ging sie die Treppen zu ihrer Wohnung hoch. Sie hatte den Schlüssel noch nicht richtig umgedreht, als die Haustür geöffnet wurde.
»Wo kommst du her? Wo warst du?«

Robin überfiel sie mit einem Schwall voller Fragen. Silke sagte nichts, verschwand im Bad, schminkte sich in aller Ruhe ab und zog sich gleich ins Schlafzimmer zurück. Sie hatte ein date, wie wundervoll! Es war ihr vollkommen egal, was Robin dachte.

Natürlich blieb ihm die Veränderung seiner Frau nicht verborgen. Er liebte sie doch. Warum war sie auf einmal so komisch, achtete auf ihr Gewicht, schminkte sich mehr als sonst. Auch neue Klamotten hingen seit Neuestem im Schrank. Sein Chef hatte ihm die Partnerschaft angetragen, das war natürlich mit viel Aufwand und Arbeit verbunden. War es das wert, dadurch seine Frau zu verlieren? Nachdenklich ging er zum Briefkasten. Ein Umschlag, ungelenke Handschrift, sein Vorname. Er öffnete ihn noch vor Ort. Ein Blatt Papier, herausgerissen aus einem Heft. Nur vier Wörter. Ihre Frau betrügt sie.

Silke schwebte auf Wolke sieben. Robert wurde von Mal zu Mal interessanter für sie. Er machte ihr Komplimente, brachte sogar kleine Geschenke mit. Bisher trafen sie sich immer an anderen Orten, wie am Tullaturm oder am Blauen Haus, erkundeten neue Lokale und kosteten sich durch die Weinkarte.

Sie wusste, dass es heute passieren würde. Robin hatte sie etwas von einem Mädelsabend erzählt und dass es spät werden würde. Er war gerade am Telefon und hatte nur abwesend genickt.

Leicht beschwipst verließen sie das Lokal. Robert legte seinen Arm um sie und küsste sie leidenschaftlich.

»Ja«, hauchte Silke.

Sie wusste selbst nicht, wie es geschah. Auf einmal spürte sie einen Schlag auf den Kopf, der ihr die Sinne raubte. Sie wusste nicht, wie lange sie ohnmächtig gewesen war, als sie zu sich kam. Sie griff sich an die Stirn, fühlte etwas Warmes. Neben ihr lag Robert, der sie mit großen Augen ansah.

»Robert! Oh mein Gott, Robert!« Sie rüttelte an ihm, aber er bewegte sich nicht.

Mit zitternden Händen suchte sie ihr Handy. Irgendwie schaffte sie es, einen Alarmruf abzusetzen und stockend zu erzählen. Es dauerte nicht lange und ein Sanitätswagen hielt mit quietschenden Reifen. Wohltuende Schwärze umfing sie erneut.

Als sie aufwachte, stand Robin an ihrem Bett. Er hielt ihre Hand, sah sie traurig an.

»Was ist passiert, mein Schatz?«

»Es tut mir so leid, ich habe ... ich habe ...« Sie konnte nicht mehr weitersprechen. Erst jetzt wurde ihr klar, was sie alles aufs Spiel gesetzt hatte. Zwanzig Jahre Ehe, nur weil Robin so viel arbeitete und sie sich nicht mehr genug geliebt gefühlt hatte.

Als sie ihr Gesicht im Spiegel sah, erschrak sie. Ihre Lippe war aufgeplatzt, ein großes Pflaster klebte seitlich an der Stirn. Als sie ihren Kopf betastete fühlte sie noch ein Pflaster. Sie hatte Kopfschmerzen, fühlte sich, als wenn sie durch eine Mischmaschine gejagt worden war.

So zerknirscht kannte sie Robin gar nicht. Es glitzerte verdächtig in seinen Augen. Er hielt ihre Hand, die Lippen fest aufeinandergepresst.

»Guten Tag, mein Name ist Hauptkommissar Edler. Wie geht es Ihnen?«

Silke konnte nur leicht nicken. Ihr war übel.

»Fühlen Sie sich in der Lage, mir ein paar Fragen zu beantworten?«

Sie nickte erneut.

»Könnten Sie mir den Abend schildern und wie es zu diesem Überfall kam. Was wissen Sie noch davon?«

»Es tut mir wirklich leid«, sagte sie zu Robin gewandt. »Ich muss die Wahrheit sagen.«

Irrte sie sich oder lief Robin tatsächlich eine Träne über die Wange?

»Ich habe mich mit einem Mann getroffen. Wir waren essen, haben ein Glas Wein getrunken und dann ...« sie stockte, »... auf einmal spürte ich einen Schlag und ich bin umgefallen. Als ich wieder zu mir kam, lag Robert neben mir. Seine Augen waren weit offen und er reagierte nicht. Ich kann Ihnen wirklich nicht mehr sagen.« Silkes Stimme war immer leiser geworden.

Der Kommissar schwieg, sah die beiden eindringlich an.

»Sie wissen, dass Herr Arwanger diesen Anschlag nicht überlebt hat.«

Silke presste die Lippen ganz fest aufeinander.

»Er ist erdrosselt worden. Kennen Sie das?«

Er zog eine kleine Plastiktüte aus der Tasche, hob sie hoch. Ein langgezogener Schrei war die Antwort.

»Robin!«

»Ja, das ist mein Manschettenknopf.« Er stand auf, streckte Kommissar Edler die Hände entgegen und sagte leise: »Ich habe ihn umgebracht und meiner Frau einen Stein auf den Kopf gehauen.«

In der Ecke stand ein uniformierter Beamter. Robin hatte den Kopf in die Hände gestützt. Er war bleich. Fröstelte, obwohl das Vernehmungszimmer gut geheizt war. Kommissar Edler hatte einige Papiere vor sich.

»Was ist passiert? Erzählen Sie bitte.«

»Ich habe in letzter Zeit sehr viel gearbeitet, meine Frau hat sich wohl vernachlässigt gefühlt und sich anderweitig umgesehen. Ich habe es noch nicht einmal bemerkt. Stellen Sie sich das vor. So wenig habe ich mich für meine Frau interessiert.«

Robin nahm einen großen Schluck Wasser. Sein Mund war trocken.

Eines Tages ging ich zum Briefkasten, zog einen Brief, mit meinem Namen, ohne Absender heraus. Darin stand, dass meine Frau mich betrügen würde. Da bin ich natürlich hellhörig geworden und ich habe sie beschattet.«

»Wie haben Sie das gemacht«, warf Edler ein.

»Ich kam mir vor wie ein Detektiv. Stundenlanges Warten unter Bäumen und vor Lokalen.«

»Warum haben Sie dann die Beherrschung verloren?«

»Bisher war es nur Händchenhalten, wie ich beobachten konnte. Wein trinken, essen. An diesem Abend war etwas anders. Ich habe das gespürt. Als die beiden aus dem Lokal kamen, wusste ich, dass an diesem Abend mehr passieren würde. Da wusste ich, dass ich etwas tun musste.«

Silkes Gedanken spielten Purzelbäume. Ihr Mann war ein Mörder. Sie konnte es einfach nicht glauben. Er selbst hatte sie so zugerichtet. Mit einem Stein auf sie eingeschlagen. Kommissar Edler hatte ihr die Einzelheiten erklärt.

»Da ist man 20 Jahre verheiratet und kennt den Partner doch nicht«, schluchzte sie. Sie war fassungslos.

Ihr ging es zum Glück von Tag zu Tag besser. Die körperlichen Wunden heilten, die seelischen Narben würden wohl bleiben.

Die Sache mit dem anonymen Brief beschäftigte Silke sehr. Noch im Krankenhaus loggte sie sich in das Portal ein. Sie suchte Gotik25, gab sich als Blondie aus. Schnell kam eine Verabredung zustande. Am Breisacher Marktplatz bei den Bäumen wollten sie sich treffen. Er würde einen roten Schal tragen.

Wie immer war er viel zu früh da. Damit hatte Silke gerechnet. Sie ging auf ihn zu, blieb bis auf wenige Zentimeter vor ihm stehen.

»Du?«

»Ja, ich. Warum hast du das gemacht?«

»Ich weiß nicht, was du meinst?«

»Das weißt du ganz genau, du kleiner, mickriger, hässlicher, eifersüchtiger Gnom. Mir fallen gar nicht so viele Adjektive ein, wie ich dir an den Kopf werfen möchte.«

Gotik25 wich zurück. So viel Hass schlug ihm entgegen.

»Du hast mir nicht geglaubt, dass es der Ehering meiner Mutter war. Du warst beleidigt, weil ich dich abblitzen ließ. Deshalb hast du mir aufgelauert, festgestellt, dass ich doch verheiratet bin und dann meinem Mann gesagt, dass ich ihn betrüge. Und das alles nur, weil du nicht zum Zug gekommen bist.«

Sein Mund verzog sich zu einem teuflischen Grinsen.

»Ja, das war lustig. Ich habe dich beobachtet, und dein Mann hat dich auch beobachtet.« Er griente, als er daran dachte.

»Das war spannender als jeder Krimi.«

»Dann hast du sicher auch gesehen, wie mein Mann mich niederschlug und meine Begleitung erdrosselte?«

Das Lächeln wich aus seinem Gesicht. In seine Augen trat ein lauernder Gesichtsausdruck.

»Mein Mann hat mir einen Stein auf den Kopf geschlagen. Ich hatte aber eine blutige Lippe und du siehst die Schrammen noch auf meinem Gesicht.«

»Was willst du?«, presste Gotik25 hervor.

»Du warst es, der mich noch einmal geschlagen hat, und als du gesehen hast, dass mein Bekannter nicht tot war, er hat sich aufgesetzt, hast du den Rest erledigt.«

»Stimmt«, sagte er fast fröhlich. »Das war doch perfekt. Die Polizei würde einen Streit unter Liebenden vermuten, dein gehörnter Ehemann hat Vorarbeit geleistet. Und dann hat er auch noch seinen Manschettenknopf verloren. Das passte perfekt. Nur leider war er nicht kräftig genug, um zuzuziehen.«

»Haben Sie das gehört, Herr Kommissar?«

»Du bluffst!«

Jetzt war es an Silke zu grinsen.

»Das genügt«, sagte Kommissar Edler, der hinter einem großen Baum hervortrat.

»Sie sind verhaftet.«

Der »Wilde« und andere Männer

Es war einmal ein Freitag im Mai. Ganz Südbaden freute sich auf das Wochenende, der Wetterbericht klang verheißungsvoll, die Pfingstferien standen vor der Tür. Im Gasthaus »Zum Wilden Mann« in Zell im Wiesental würde am Abend der Winzer Günter Kaufmann aus Efringen-Kirchen eine Weinprobe seiner Bioweine veranstalten, kulinarisch begleitet von einem erlesenen Fünf-Gänge-Menü der Wirtsleute Hassler und gespickt mit allerlei Amüsantem und Wissenswertem zum Wein. Hätte nicht ausgerechnet der Sensenmann ein Auge auf die Veranstaltung geworfen, es würde für alle ein mordslustiger Abend werden.

Unter den Gästen würden sich auch zwei Ehepaare aus Schopfheim befinden, Ulrike und Martin, Mioara und Rolf.

Ulrike und Martin sind schnell erklärt. Sie: Eine durchtrainierte, drahtige Mittvierzigerin mit virilen Zügen und praktischer Kurzhaarfrisur. Polizeihauptmeisterin beim Posten in der Hebelstraße, Sterne auf der Schulter. Er, Martin, jung, dynamisch, beeindruckend – und davon jetzt das genaue Gegenteil. Eine graue Maus, einer, der, wenn der Reisebus an der Autobahnraststätte jemanden vergisst, der Vergessene ist. Nichtraucher, Nichttrinker, nichts halt. Dafür aus gutem Hause, reichlich elitärer Verein, allesamt promovierte Ärzte, einzig Martin hatte es »nur« bis zum Apotheker geschafft. Er galt als Rohrkrepierer der Familie, angefangen beim misslungenen Aufnahmeritual in seine Studentenburschenschaft – Martin hatte den Kopf so panisch eingezogen, dass, statt eine Narbe im Gesicht zu bekommen, er ein Ohrläppchen verlor – bis hin zu den Nachkommen, die zu zeugen er offenbar nicht imstande war. Was kein Wunder war, denn Ulrike und er waren verliebt, verlobt, verheiratet und, nun ja, man weiß ja, wie es weitergeht. Fast jedenfalls, denn infolge

Ulrikes Wechselschichten wurde der Termin beim Scheidungsanwalt so oft verschoben, dass man ihn irgendwann einfach aus den Augen verlor. Martin kam das ganz gelegen. Eine Scheidung zu all dem übrigen Versagen hätte ihm wohl vollends das Genick gebrochen. So lebte man weiterhin in gemeinsamen vier Wänden, Ulrike oben, Martin, wie es sich für eine graue Maus gehörte, unten im Kellergeschoss.

Im Haus daneben wohnten seit gut einem Jahr Mioara und Rolf. Rolf, ein Unsympath mit Wampe, wenig Haar und noch weniger Hirn. Falls es so etwas wie das Sotheby's der menschlichen In- und Exterieurs gab, dann hatte Rolf bei all den Attributen den Finger gehoben, bei denen andere nur entsetzt den Kopf schütteln. Das einzig Bemerkenswerte, das er jemals vollbracht hatte, war das Ausfüllen eines Lottoscheins gewesen. Aus Jux hatte er die Zahlen aus seiner Nudelsuppe als Vorlage für besagten Lottoschein genutzt und den Schein im Pipe Corner, einem kleinen Lotto-, Geschenke – und Zeitungsladen am Schopfheimer Markt abgegeben. Woraufhin eine seltsam geschmacksverirrte Lottofee Rolf zu dem gemacht hatte, was mit »Stein« beginnt und mit »reich« endet.

Rolf schmiss noch am selben Tag seinen Job als Tellerwäscher und kaufte alles, was »Mann« so brauchte: Eine schicke Villa auf einem der schönsten Hügel Schopfheims, einen schnellen Wagen, eine schnittige ... Mioara eben. Mioara, blond, blutjung, bildhübsch. Eine Frau mit den Kurven einer Küstenstraße entlang des Schwarzen Meeres. Geboren in einem Land, in dem nur die Sonne früher aufgog als im Westen, Mioaras Glücksstern aber nie. Mutig war sie gen Westen geritten, die Satteltaschen voller Pläne, die rosarote Brille im Gesicht, das Ziel: die glitzernden Städte. Gelandet war sie im äußersten Südwesten Deutschlands, irgendwo zwischen Schopfheim und Bad Säckingen in einem winzigen Weiler direkt am Rhein, einem Ort, der zwar niemals einen Stern auf der Landkarte würde aufweisen können, dafür aber durch eine Reihe an Rotlichtbars along the road zu strahlen wusste. Hier empfing man Mioara mit offenen Armen, man hielt ihr die Tür sperrangelweit auf: »Hereinspaziert, hereinspaziert!« Mioara ließ sich nicht zweimal bitten, sie war jung, sie war schön und ja, auch das, sie brauchte das Geld. Leider sah sie von dem Geld aber erstaunlich wenig und als sie, die Nase gestrichen voll, ihr Bündel wieder packen und die Siebenmeilenstiefel schnüren wollte, da war die Tür plötzlich fest verriegelt. Pläne und rosarote Brille wanderten in irgendeine Ecke und Mioara ... in das dritte Zimmer hinten rechts. An dessen Türchen eines Tages unser Rüpelritter Rolf hämmerte. Man könnte meinen, dass Mioaras Herz einen Hüpfer tat, als dieser zwar wenig wandelbare, aber immerhin verfügbare Froschkönig ihr die goldene Kugel in die Hand drückte und, nach kostspieligen Verhandlungen mit der garstigen Stief- oder Sonstwasmutter, sie heim auf sein Schloss führte. Doch weit gefehlt! Denn die holde Maid Mioara hütete ein großes »Ha-wer-hätte-das-gedacht-Geheimnis«: Sie wartete nämlich keinesfalls auf einen Prinzen, sondern auf ... eine Prinzessin! Ungeachtet dessen, wie sie einst ihr Geld verdient hatte – wenn es um Liebe ging, kamen für Mioara nur zwei X-Chromosomen in Frage. Die aber sollten Mioara sehr bald über den Weg laufen, und zwar auf dem Nachbargrundstück. Hier war sie wieder, die durchtrainierte, schlanke Ulrike eben. Welcher experimentierfreudige Amor da auch immer seinen Arm am Abzug hatte, an Treffsicherheit mangelte es ihm nicht: Der Liebespfeil traf beide Frauen mitten ins Herz. Es dauerte nicht lange und die zwei teilten nicht nur das Geheimnis, sondern auch ein verborgenes Liebesnest – ein 32 m²-Appartement mit Küchenzeile und Besenkammer im vierten Stock des Lörracher Bijou-Hochhauses an der Grenze zur Schweiz. Sich dort zu treffen war wesentlich angenehmer als auf heimischem Boden, wo nicht nur Rolfs Mief in der Luft lag, sondern auch er persönlich vor dem Fernseher. Also Lörrach, zumal man dort gleichzeitig shoppen konnte.

So hätte es ewig weitergehen können, hätte Rolf nicht irgendwann zufällig vor der Badezimmertür gestanden, als Mioara drinnen mit Ulrike telefonierte und das nächste Treffen vereinbarte. Besagtes Treffen fiel daraufhin gänzlich anders aus als ursprünglich geplant. Man sah sich plötzlich einem ernsthaften Problem gegenüber. Rolf würde ab sofort keine Ruhe geben und unterschätzen durfte man ihn nicht. In keinem Antiaggressionskurs der Welt würde er bei den Softies der »Mir-rutscht-gleichmal-die-Hand-aus-Leuten« landen. Rolf war einer ... der gehörte ins »Ein-Wort-und-du-bist-tot-Team«!

»Wenn der erstmal rauskriegt, mit wem ich mich treffe ...«

»Und wenn du dich ... Ich mein ... Könntest du dich nicht einfach von ihm trennen?«

»Klar, Rolf lässt mich schon irgendwann gehen. In der hölzernen Kiste, mit den Füßen voran!«

»Schlecht! Dann lass uns nachdenken!«

Und was half beim Nachdenken besser als ein guter Tropfen badischer Wein, den die Frauen für besondere Anlässe hinterm Vorhang in der Besenkammer gebunkert hatten?

Zwei Viertele später war man sich einig, dass – Diensteid hin, Sheriffstern her – Rolf ihnen keine andere Wahl ließ, als sich zu wehren und selbst zur Waffe zu greifen. Notwehr, sozusagen! Zunächst aber griffen unsere Damen zum Rest der Flasche, machten auch die nächste Pulle Roten startklar und sich selbst einen Spaß daraus, den Herren daheim das Gelage später als feuchtfröhliche, aus dem Ruder gelaufene Lörracher »Ladies' Night« verkaufen zu wollen. Eine konkrete Lösung für ihr Problem war zwar immer noch nicht in Sicht, aber dank des Promillespiegels stieg das Stimmungsbarometer gewaltig.

Mioara kicherte.

»Ach, diese Männer! Die braucht doch kein Mensch! Warum tun sie uns nicht den Gefallen und schaffen sich komplett ab?«

»Mir würden zwei Männer weniger schon reichen. Unsere zwei!«

Jetzt wurde laut gelacht.

»Genau, weg damit! Doof aber auch, dass ich auf dich stehe und nicht auf deinen ... *Maaartiiin*!« Mioara ahmte ein Gähnen nach. »Das könnte Rolf nämlich ruhig erfahren und die beiden könnten sich prima die Köpfe einschlagen – Rolf aus Eifersucht und Martin aus Schiss.«

»Dass ich nicht lache, Martin und *Köpfe einschlagen* ...«

»Dann irgendwas, für das er keinen Mumm braucht. Er ist doch Apotheker, da gibt es doch genug Tabletten und Pülverchen! Damit könnte er Rolf doch sicher unter die Erde bringen?«

»Klar, Tabletten wären eine Möglichkeit. Noch besser geht's natürlich mit dem Inhalt seines gut gefüllten Giftschranks ...«

»Super, dann hätten wir das Warum und das Wie.«

»Wie genau meinst du das jetzt?«

»Ich meine es ernst! Rolf wird uns gefährlich und Martin, dem würde sowieso niemand eine Träne nachweinen. Also setzen wir die Männer aufeinander an. Glaub mir, alles, was jetzt so locker flockig als Gedankenspiel daherkommt, könnten wir leicht in die Tat umsetzen. Rolf hat schon angebissen. Wenn wir ihm nun weismachen, Martin sei derjenige, welcher, und so richtig Druck machen, dann wird es irgendwann krachen. Am besten vor großem Publikum! Und zack! Sind wir beide los!«

»Super Plan, muss schon sagen! Die Männer bringen sich also gegenseitig um? Zack! Beide tot? Ohne wahren Grund? Also ...«

»Natürlich nicht, töten müssen wir sie schon selbst! Wir dürfen nur nicht in Verdacht geraten. Und das geht am besten, wenn möglichst viele Leute bezeugen können, dass zwischen den Männern Krieg herrschte. Wenn dann beide auch noch so zu Tode kommen, dass der jeweilige Modus Operandi zweifelsfrei auf den jeweils anderen hindeutet, was glaubst du, werden deine Polizeikollegen dann denken?«

»Klingt trotzdem viel zu kompliziert!«

»Komm schon, Uli! Wir sind Frauen!«

»Okay, angenommen, Rolf geht uns auf den Leim und zum richtigen Zeitpunkt vor dem richtigen Publikum auf Martin los – wieso sollte Martin da mitmachen? Erstens wäre er viel zu überrascht, zweitens, er ist Apotheker, er weiß, wie man mit Cholerikern umgeht, und drittens, wieso sollte sich Martin in aller Öffentlichkeit von Rolf aus der Reserve locken oder gar provozieren lassen ohne einen für ihn ersichtlichen Grund?«

Mioara antwortete ohne Zögern. Sie klang stocknüchtern: »Dann gebe ich ihm einen Grund!«

»Du machst *was*?«

»Große Ziele erfordern große Opfer!«

»Verstehe ich das richtig? Du willst mit Martin anbändeln?«

»Ein bis zwei Treffen werden reichen. Wir schießen ein paar Fotos davon, dann haben wir genug in der Hand, um beiden Männern Feuer unterm Hintern zu machen. Dann kümmern wir uns um die passende Location. Aber wenn dir das lieber ist – wir können auch warten, bis Rolf die Wahrheit rauskriegt und dich mit Betonschuhen baden gehen lässt…«

Ulrike wurde blass. Sie war Polizistin, sie hätte auf die Barrikaden gehen müssen! Aber es war, wie es immer war, wenn Liebe eine Rolle spielte – die Vernunft hatte keine Chance! »Gut«, sagte Mioara, »dann wäre das geklärt! Ich nehme mir die Männer vor, du kümmerst dich um ein passendes Gift! Und die Fotos! Martin unter die Erde zu bringen, dürfte kein Problem sein, da muss nur der Zeitplan stimmen. Geeignete Events gibt es in Südbaden genug. Ab sofort Treffen nur bei dir zuhause, Käffchen auf der Terrasse, Rolf darf uns ruhig sehen, noch hält er uns nur für Nachbarinnen, wir können in aller Ruhe die Vorbereitungen treffen. Apropos, Martin, welches Rasierwasser benutzt der?«

»Rasierwasser?«

»Mensch, Ulrike! Welches ist wohl der idiotensicherste Weg, einem Mann zu verraten, dass es einen Nebenbuhler gibt? Indem frau nach dem Aftershave des anderen riecht!«

»Wenn du meinst … Dann lass uns jetzt zurück nach Schopfheim fahren, dein Handy vibriert schon dauernd. Gib mir die Autoschlüssel, ich kenne einige Kollegen aus Lörrach … Bei einer Kontrolle genieße ich hoffentlich Nestschutz!«

»Endlich bist du dabei! Glaub mir, Uli, die Männer haben keine Chance! Und sehr schwierig wird es sicher nicht!«

Wie leicht das Ganze aber tatsächlich werden würde, das hätten sich unsere Damen nicht träumen lassen: Ein paar ausgiebige Exkursionen ins Internet, ein paar Streifzüge durchs Reich der gängigsten Giftpflanzen. Ulrike machte einen Besuch in Martins Apotheke, »Ich-müsst-mal-eben-ins-Büro-meines-Mannes-aber-pst-Geburtstagsüberraschung-und-gell-Sie-geben-mir-Bescheid-wenn-mein-Mann-zurückkommt«. Danach war Ulrikes Tasche um dieselbe Grammzahl schwerer wie Martins Giftschrank leichter …

Auch Mioara zog es in Martins Apotheke.

»Du, Martin, ich habe da was … im Dekolleté … Wenn du vielleicht mal gucken könntest? Du kennst dich damit doch genauso gut … oder besser aus als jeder Arzt!«

Martin fand zwar nichts im Dekolleté, dafür aber ohne Probleme den Weg nach Lörrach ins Appartement, in das ihn Mioara lotste. Nach Jahren der Abstinenz auf dem Niveau eines jungen Rüden, der zum ersten Mal einer läufigen Hündin begegnet, vergaß Martin augenblicklich alles. Er wähnte sich im siebten Himmel, wunderte sich weder über das Appartement noch über das leise, anhaltende Klicken, das von irgendwoher hintern Vorhang kam. Hätte Martin gewusst, dass das Klicken nicht nur an-, sondern auch festhielt – hübsche Bilder nämlich, er hätte ein weitaus weniger begeistertes Gesicht gemacht …

Was die Art und Weise anbelangte, wie er zu Tode kommen sollte – das stand bald fest, allerdings war technisches Knowhow vonnöten. Unterstützung erhielten unsere Damen ausgerechnet von einem Kollegen Ulrikes aus der Kriminaltechnik, der, in Missdeutung der Sachlage, mit wertvollen Tipps zu Bremsanlagen und dem Manipulieren derselben im Speziellen dienen konnte.

So kam man stetig voran, Woche für Woche dem Ziel beharrlich näher, oder, wie ein altes Sprichwort aus Mioaras Heimat sagte, Wein brauchte lange, bis er zu Essig wurde. Als schließlich auch das geeignete Event seinen roten Teppich vor den Ladies auszurollen begann, da war es nur noch eine Frage von Stunden bis zum großen Finale.

Bis dahin ereigneten sich noch folgende Dinge:

1. Im Gasthaus »Zum Wilden Mann« klingelte das Telefon. Die Wirtin ging ran.

»Freilich«, antwortete sie, »Ihre Platzwünsche haben wir berücksichtigt ... richtig, die Kaufmann-Weine sind Bioweine, ... Wie? Das Menü? Nein, wieso sollten wir das Menü verändern? ... Gerne doch, dann bis später, Frau ...«

Na toll, einfach aufgelegt!

Die Wirtin schüttelte den Kopf. Seltsame Fragen aber auch! Stand doch alles in der Ankündigung zur Weinprobe und auf Facebook! Gedankenverloren blickte sie zu dem Tisch, den sie soeben bestätigt hatte. Plötzlich erschrak sie. *Du meine Güte!* Was war denn da passiert? Das Fenster daneben gehörte dringend noch geputzt! Das warf einen Schatten, das ging gar nicht! Das sah ja aus ... wie ein Totenschädel!

2. Auf WhatsApp wurde gechattet:

M: »Gasthaus bestätigt, Tisch bestätigt, Menü bestätigt. Lamm als dritter Gang. Chili?«

U: »Dabei! Gift?«

M: »Dabei!«

U: »Mit dem Messer kommst du klar?«

M: »:-)«

U: »Toi, toi, toi!! Die Post müsste auch bald kommen.«

M: »Wird schon schiefgehen! Bis halb sieben!«

U: »Bis halb sieben!«

Dann schickten sich unsere Ladies gegenseitig ein »Daumenhoch« und tippten zeitgleich auf »Chat leeren«.

3. Rolf erhielt einen Brief. Es war der fünfte seit Anfang der Woche. Jeden Tag kam einer, weißer Umschlag, drinnen jeweils das Puzzleteil eines sorgsam zerschnittenen Schwarzweißfotos. Darauf zu sehen: ein Mann, eine Frau, ein Bett. Die Frau? Klar, wer sonst hatte Kurven wie ... naja. Den Typen konnte Rolf leider noch nicht erkennen, es fehlte immer noch der Kopf. Aber

wenn er dieses Puzzleteil erstmal in den Händen hätte, dann könnte so mancher sein Testament machen! Mioara, das miese Stück! Als ob er nicht längst wüsste, was Sache war! Dauernd unterwegs, neulich die Sache mit dem Handy im Bad ... Für wie blöd hielt ihn dieses Weib? Und wie sie jetzt immer stank, wenn sie von ihren angeblichen Einkaufstouren zurückkam! Er fraß einen Besen, wenn das kein Rasierwasser war! Fieses Zeug, regelrecht allergisch reagierte er darauf, er hatte schon überall Pusteln! Und so einen Hals! Und dann machte dieses Weib auch noch einen auf feine Dame, *Carpe irgendwas*, und nötigte ihn zu dieser überkandidelten *De-gu-sta-tion*! Zum Kotzen! Dann noch mit Ulrike, diesem Mannweib, und mit Martin, dem Pillendreher und Giftmischer von nebenan! *Geht's noch?*

»Was glotzt du so blöd?«, bluffte Rolf den verdutzen Postboten an und riss ihm den Brief aus der Hand. Kurz darauf wäre am liebsten demjenigen ins Gesicht gesprungen, der da offenbar ein ganz mieses Spiel mit ihm trieb. Im Umschlag lag nur ein winziger Schnipsel. Drauf? Kein Kopf, kein Gesicht, nur ein halbes Ohr! Nichts als ein halbes Ohr! Das war echt zum Kotzen!

4. Auch Martin fand an diesem Tag einen weißen Umschlag in der Post. Seinen ersten und letzten. Martin erhielt keine Schnipsel, er erhielt das ganze Foto. Er und Mioara! Mioara und er! Martin wurde leichenblass. Wieviel wusste Ulrike bereits? Wieviel Rolf? Spätestens am Abend würde er es erfahren, da gingen sie alle zusammen zur Weinprobe nach Zell. Allein beim Gedanken daran wurde ihm speiübel, der Magensaft sagte »Hallo«. Gut, dass die Apotheke erst um sieben schloss und er nicht um halb bei den anderen einsteigen musste, sondern später allein hinfahren konnte. Hatte er wenigstens noch dreißig Minuten länger zu leben!

Und dann war es soweit, der »Wilde Mann« öffnete seine Pforten. Gut 70 Leute strömten zu den langen, mit weißen Tüchern gedeckten Tischen, man hörte Stühle rücken, heiteres Lachen. Bedienungen in Dirndln standen bereit, aromatische Düfte füllten den grün vertäfelten Gastraum, in dem man sich wohlfühlen konnte wie in »D Mueders Chuchi« – es sei denn, man hieß Rolf! Der hatte auf dem Weg nach Zell schon keinen Hehl daraus gemacht, was er davon hielt, Ulrike mitnehmen zu müssen. Dann pöbelte er auf dem Parkplatz vor der Wirtschaft rum, man solle ihm bloß keine Macke ins Auto hauen. In dem Ton ging es weiter, Schlag auf Schlag:

»Ist aber nicht Ihr Ernst«, herrschte er die Bedienung an, die ihnen den Tisch zuwies, »Plätze in der hintersten Ecke?«

Das arme Ding war völlig perplex, der würden sie später ein paar Blumen schicken müssen.

»Oh«, stammelte sie, »da kann ich jetzt auch nicht … wollten Sie etwa nicht …?«

»Gut jetzt!«

»Kann ich Ihnen dann schon ein Glas Wein einschenken? Bioqualität, Ecovinsiegel …«

»Nee, oder? Bio? Wie oft muss ich denn noch sagen, dass man mich mit Bio jagen kann?«

Pikierte Blicke vom Nebentisch.

»Möchten Sie dann lieber keinen …?«

»Der Wein schmeckt aber wirklich köstlich!«

»Also dann mal her damit! Und nicht so zimperlich! Machen Sie mal richtig voll!«

»Du, Rolf, hast du nicht gerade gesagt, du magst keinen …?«

»Noch weniger mag ich für etwas bezahlen«, eisige Blicke zu Mioara, »und es dann nicht kriegen!«

Draußen fuhr Martin vor. Auch er parkte auf dem Parkplatz gegenüber der Wirtschaft.

»Oje, Martin, du bist ganz grün im Gesicht! Geht's dir nicht gut?«

»Eh, Mio, doch, ja, ganz gut, bestens sogar, alles …«

»Jetzt krieg dich mal wieder ein, Mann! Oder hast du was verbrochen? Was riecht hier übrigens so komisch?«

Martin verschluckte sich. Rolfs Nase begann zu jucken. Das Kresseschaumsüppchen folgte dem marinierten Spargel, der Riesling dem weißen Burgunder und dem roten Gutedel. Rolfs Nase juckte stärker, sein Hals schwoll an. Die Roten kamen: Regent, Spätburgunder. Lammkarree. Scharfe Messer.

»Rolf, ich glaube deine Frau hat Schwierigkeiten mit dem Fleisch. Kannst du ihr als Kavalier nicht dein Messer ...?«

Rolf knallte sein Messer auf Mioaras Teller und griff sich ihres. Es schepperte. Am Nachbartisch tuschelte man.

Verdammt, mich juckt es überall!

»Entschuldigt mich bitte! Ich müsste mal für kleine Mädchen.«

Wirklich feine Dame! Beim Essen! Wie lange dauert das?

Als Mioara zurückkam, nickte sie Ulrike kurz zu, zwängte sich an Martin vorbei und stieß ihn dabei gerade so fest an, dass sein Rotwein direkt auf seine Hose schwappte.

»Oje, ich bin aber auch ... Weißwein drauf, schnell ...«

»Doch nicht den guten! ... Hier, Salz, nimm lieber Salz!«

Und da landete es schon auf Martins Hose, das weiße Pulver, und Mioara rieb und rieb und ...

Was reibt die da so lange? Man könnte fast meinen ... Soll lieber mir das Tuch geben, meine Nase läuft wie Sau. Alles juckt. Kommt durch dieses Scheißrasierwasser! Warum hat sie nicht wenigstens geduscht, wie sonst immer? Moment ... Mioara hat doch ... Sie hat geduscht! Was in aller Welt ...? Wer ...?

Genau in diesem Moment senkte Martin den Kopf und begutachtete den Fleck auf seiner Hose. Da sah Rolf es – das Ohr von dem Foto! Das Ohr, dem ein Läppchen fehlte. Das Ohr, das Rolf für ein halbes gehalten hatte und das nichts anderes war als der Rest eines ganzen – Martins Ohr!

Rolf sprang auf, er hechtete über den Tisch, Gläser flogen, Wein spritzte, Frauen schrien vor Schreck.

»Du elender Drecksack«, brüllte er, »ich bring dich um, ich schlag dir ...«

Auch Martin war auf den Beinen, hielt sich die Hände vors Gesicht, Rolfs Faust verfehlte ihn nur knapp. Alles kam in Bewegung, völliger Tumult, »Um Himmels Willen«, »Polizei, Polizei, hol doch mal jemand die Polizei!«

»Ich bin die Polizei«, rief Ulrike und an Martin gerichtet: »Wir reden später, raus hier, raus, hau sofort ab!«

Martin flüchtete aus dem Raum, er sprintete zum Wagen, weg, nichts wie weg, Gurt egal, nur weg, weg …

»… weg von Mioara, Rolf! Beruhige dich, stopp, hey, hier, nimm erstmal einen Schluck Wein! Trink!«

… nur gut, dass er keinen Tropfen getrunken hatte! Martin gab Gas, da war schon der Ortsausgang von Zell, dahinter die Grendelkurve, die war berüchtigt, die zog sich zu, jetzt besser bremsen, bremsen … Hilfe … was zum … brems…

… Rolf wollte sich nicht bremsen, er leerte das Glas in einem Zug. Zehn Sekunden später schnürte es ihm die Kehle zu …

Später, die Notfallseelsorger waren fort, da erhellten sich die Mienen unserer Damen. Zeit, aufzuatmen.

»Geniale Idee, das mit der Chilischote! Einmal durchs Gesicht gezogen und das heulende Elend ist perfekt! Meine Augen tränen jetzt noch!«

»Während der nächsten Tage werden wir öfters die trauernden Witwen mimen müssen. Rolf wird morgen obduziert. In seinem Blut und seinem Glas wird man dasselbe Gift finden wie auf Martins Hose. Du hast ja fleißig genug gerieben … Damit ist die Verbindung nicht zu übersehen. Und das mit den Bremsen …«

»Gut, oder? Alle dachten, ich bin aufs Klo. Dabei habe ich in aller Ruhe Martins Bremsschläuche durchgeschnitten.«

»Spätestens morgen wird man auf dem Parkplatz das Messer finden – mit Rolfs Fingerabdrücken drauf. Warum auch deine drauf sind …

»Warum wohl? Wer hat mit meinem Messerchen geschnitten…? Los, darauf stoßen wir an! Rolf hat eine Flasche Chateau Blablabla von Anno Tobak, die hält er unter Verschluss. Bisher durfte ich nie dran, Rolf hat sie gehütet wie seinen Augapfel. Aber jetzt, glaub ich, schreit sie danach, aus ihrem Holzkistchen befreit zu werden!«

Gesagt, getan. Erst als die Flasche leer war und Mioara noch kurz aufräumen wollte, bemerkte sie den handgeschriebenen Zettel auf dem Boden der Holzkiste: »Mioara, meine Prinzessin! Ich kenne dich, du hast was vor! Und vermutlich hast du es geschafft, du feierst, du hast den Wein getrunken. Doch freu dich nicht zu früh! Was ist das Besondere an alten Weinflaschen? Der Korken ... durch den man ganz einfach etwas in die Flasche hineinspritzen kann! Genau das habe ich getan! Nur, womit genau ich den Wein »veredelt« habe – das herauszukriegen, dafür reicht deine Zeit nicht mehr! Entspanne dich! Genieße die letzten Stunden! Du wirst nichts merken. Nur sanft einschlafen. Wir sehen uns ... on the other side! Ich freue mich auf dich!«

Mioara atmete tief durch. Sie nahm Uli in den Arm, sie schliefen ein, sie hatten ein Lächeln auf den Lippen. Und wenn sie nicht gestorben sind, dann lächeln sie noch heute ...

Cuvée à trois

»Ich halte den Druck nicht mehr aus«, schrieb sie. »Ihr habt in mir immer nur die strahlende, die beneidenswerte, die erfolgreiche Annet – «

Sie ließ den Kuli fallen, sprang auf, zerrte an den Gummihandschuhen, die zerrissen, zerknüllte den Brief, feuerte ihn in die Spüle, fingerte auf Zehenspitzen auf der Ablage nach Streichhölzern. Eins, das zweite zerbrach an der Reibefläche, erst das dritte flammte auf, sie ließ es in den Papierball fallen, der augenblicklich Feuer fing, atmete tief durch, musste husten, sah nichts mehr, tastete blind nach der Mischbatterie, es zischte, dampfte, sie rieb sich mit dem Geschirrtuch die Augen, erkannte, dass der Bogen nur angekokelt, der Text vollständig erhalten war, aber das durchnässte Papier ließ sich nicht mehr anzünden, sie riss es in Fetzen, klaubte es zusammen und pfefferte es in den Mülleimer.

Erst nach einem Spaziergang an der Uferpromenade entlang bis zum Rebhäuschen hatte sie sich so weit beruhigt, dass sie am gleichen Abend einen zweiten Versuch startete. Formte sorgfältig, Buchstabe für Buchstabe nach der Vorlage aus dem »Mein-Schulfreunde-Album« Worte, flüchtiger natürlich, in Erwachsenen-Schrift. Am Ende unterschrieb sie konzentriert mit »Ann-Mae«. Es musste das doppelte »n« gewesen sein, das sie aus dem Konzept gebracht hatte. »Ann« wie »Annette«, wie die Droste, nicht sie selbst, die sich nur mit einem »n« schrieb, verstümmelte Version der Lichtgestalt, die ihr doch in so vielen anderen Punkten glich. Auch in dem, was sie hasste: Klein, kränklich, kurzsichtig. Aber ehrgeizig, immer bewusst, dass ihr irgendwann zuteil würde – werden *musste*, was ihr gebührte. Der Droste war es erst posthum zuteil geworden. Lebenslänglich hatte sie sich für andere aufopfern müssen. Die Mutter, Verwandte, den früh verstorbenen Bruder. So wie sie, Anette mit einem »n«, für die Mutter – und für Anton dagewesen war. Anton, der nach wochenlangen Selbstzerfleischungen Arsen geschluckt hatte. Im eigenen Erbrochenen lag, als Anette ihn fand. Nachdem Ann-Mae ihm das Herz gebrochen hatte. Reichte es nicht, dass diese Schlampe alles kriegen konnte? Eins-Nuller-Abiturientin am Droste-Hülshoff-Gymnasium 2015, beste badische Winzer-Azubine im Abschlussjahr 2018, Aspirantin auf die Weinköniginnenwürde 2019.

Es war so bitter!

»Sprichst du dich Änn-Mäi oder Ann-Mäi?«, hatte Frau Menden, die Englischlehrerin, die Neue gefragt.

»Ann-Mäi«, sagte Ann-Mae.

»Interessante Kombination.« Frau Menden musste als Sprachwissenschaftlerin immer rumklugscheißern, was was hieß. »*Ann* ist *die Begnadete* und *Mae* kommt von *Bitterkeit*.«

Bei der Vorstellung der übrigen Klasse hatte sie Anette die *Anmutige* genannt – die Klasse kreischte vor Lachen – und Anton den *Wertvollen*. Ihr, Anette, war er es gewesen. Ihr Alter Ego, Zwilling, unmittelbar vor ihr am 12. Januar 1997 geboren, 200 Jahre nach der Droste. Er hatte nichts von ihr gehabt. War groß, gesund, immer gut gelaunt. Im gemeinsamen Schulpraktikum beim Staatsweingut Meersburg waren er und die Begnadete einander in der Lage Bengel – oder war es der Jungfernstieg? – näher gekommen. Früher musste es da Lagen mit dem Namen Lustgarten und Hurenwadel gegeben haben. In romantischer Idylle, mit Blick auf den Bodensee, flankiert von Müller-Thurgau, Riesling und Spätburgunder, hatte der Genuss süßer Früchte seit Jahrhunderten Tradition. Wie der Einsatz von Fungiziden. Von Arsen, das nicht süß, nicht bitter schmeckte.

Im Jahr darauf hatte die Schlampe Schluss gemacht und das Leben ihres Bruders – *Anettes* Leben! – vergiftet. Weil er mit seinem Schluss gemacht hatte. Anette hätte Ann-Mae die rotgeweinten Augen auf der Beerdigung – die halbe Stufe war gekommen – am liebsten ausgekratzt. Nach dem Abi war sie ihr drei Jahre lang aus dem Weg gegangen. Bis die Mutter starb und sie beim Entrümpeln des Kellers hinter dem Weinregal auf die Dose gestoßen war. Antons Geheimversteck. Wer hatte nach seinem Tod noch etwas wissen wollen von Meersburger Bengel Müller-Thurgau feinherb, Meersburger Bengel Spätburgunder Weißherbst trocken und Meersburger Bengel Spätburgunder, alle Jahrgang 2011? Als sie den Staub von den Etiketten pustete, fiel ihr Blick auf das Behältnis in der Schräge unter der Treppe – und nachdem sie es untersucht und lange gegrübelt hatte, die Entscheidung.

Sie schrieb seit Jahren als freie Mitarbeiterin Beiträge für den Südfinder, Zubrot zum Pflegegeld und zur Rente der Mutter. Dass diese ihr das Häuschen in der Kunkelgasse gleich hinter dem »Bären« vermacht hatte, half nicht über die Tatsache hinweg, dass sie aufstocken musste. Für ein Studium würde es nicht reichen, es war ohnehin zu spät. Sie bat den Chefredakteur um Rücksprache, eine Festanstellung, mehr Aufträge, eine neue Reihe mit Porträts lokaler Persönlichkeiten. Das Erste wurde ihr gewährt, das Zweite rundherum ausgeschlagen, das Dritte – wenn es sich ergebe – zugesagt, das Vierte begeistert angenommen.

Noch am selben Abend vereinbarte sie einen Gesprächstermin, plauderte am Telefon von alten Zeiten, stellte Fragen, gestand, sie habe den Werdegang der anderen immer verfolgt. Musste noch nicht einmal lügen dafür.

Einen ganzen Nachmittag verbrachten sie an Orten der Kindheit: dem Fähranleger, der Burg, dem neuen Schloss und der magischen Säule, die errichtet worden war, als sie sich auf dem Droste kennengelernt hatten. Ann-Mae posierte mit blondiertem Gretchenzopf, blauer Tracht mit rosa Schürze, Dreieckstuch, weißen Strümpfen und schwarzen Schnallenpumps, sogar eine Radhaube mit Seidenband hatte sie dabei. Mit Brauchtum konnte eine Weinkönigin immer punkten. Den Wein – endlich war er zu etwas gut! – steuerte Anette bei. Reine Deko, klar. Während sie sich mit Fassbrause im »Alten Fass« erfrischten, begutachtete die Fürstin in spe lächelnd die Flasche aus Anettes Korb. »Ein guter Jahrgang.« Nachdenklich: »Damals im Praktikum kriegten wir den als Abschlussgeschenk ...«

Anette war gewappnet. Lachte. »Genau. Bei uns ist er halt stehengeblieben. Mutter vertrug keinen Alkohol. Und ich allein breche keine Flasche an.«

Stirnrunzeln. »Keine Freundin? Keinen Freund, mit dem du mal anstößt?«

»Ich vertrag's auch nicht sonderlich.« *Wage es, mich nach nicht vorhandenen Partnern zu fragen, du promiske Gumsle!*

Ann-Mae guckte wie Mutter Theresa. »Hast du denn keinen Partner?«

Anette erwog kurz, ihr die Flasche über den Kopf zu ziehen. Aber so etwas sollte wohlüberlegt sein. Nicht in aller Öffentlichkeit. Auch wenn man ihr sicherlich Affekt zugutehalten würde.

»Sollte nicht *ich* das Interview führen?«

»Ja, natürlich. Aber ich bin doch auch neugierig, wie es dir in der Zwischenzeit ...«

Nichts als PR. Anettes Fragen kratzten kaum an der Oberfläche. Wen interessierte schmutzige Wäsche, wenn es um Wein ging, um die Schönheit der Region, um eine ambitionierte junge Frau, hier aufgewachsen, die den Weinbau von Kinderschuhen an – die Eltern bewirtschafteten mehrere Lagen auf Stettener Gebiet – gelernt, nach dem Abitur am Droste-Hülshoff-Gymnasium im Staatsweingut Meersburg ihre Ausbildung gemacht hatte und nun Betriebswirtschaftslehre in Sigmaringen studierte. – Single?

Koketter Augenaufschlag, glockenhelles Lachen: »Im Moment hätte ich gar keine Zeit für einen Partner – leider.«

Hattest du das je? Gab es je jemanden, der dir genügt hätte?

Anette notierte Antworten, die sie bereits recherchiert hatte, es ging um Formulierungen, O-Töne. Vertrauensbildende Maßnahme.

Äußerte Bewunderung: »Wie kannst du dir das bloß alles merken? ... Dass du das geschafft hast! ... Ich hätte mich nie getraut ... Hast du gar keinen Bammel?«

Ann-Mae ging es um Wein. Nein, nicht um Wein. Es ging darum zu zeigen, dass es ihr um Wein ging. Anette, die doch nichts als reinen Wein eingeschenkt haben wollte, ließ sie schwätzen. Teaser-Aktion. Vorspiel zu einem einzustielenden Happening ohne Happy End. Für eine von ihnen.

»Wir *müssen* uns wiedersehen«, zwitscherte Ann-Mae, als Anette sich bedankte.

»Gern«, log diese. Frohlockte innerlich. »Hast du am Samstagabend Zeit? Auf einen Spaziergang?«

»Ich bringe dir einen Wein mit, den du lieben wirst. Du musst versprechen, dass du ihn kostest.«

Anette lächelte. »Wenn ich ihn nicht allein trinken muss ... Ich bringe auch einen mit. Lass dich überraschen.«

Sie trafen sich am Samstagabend am Fürstenhäuschen, dem letzten Wohnsitz der Droste, suchten und fanden im Weinberg ein lauschiges Plätzchen zwischen dem Grün der Weinstöcke. Anette packte eine leichte Decke, zwei Gläser und eine Flasche Cuvée Annette aus. *Die* Flasche. Die Anton ihr geschenkt hatte. »Trink sie«, hatte er gesagt, »wenn du dein erstes Buch veröffentlicht hast.«

Sie hatte kein Buch veröffentlicht. Nur ein armseliges Porträt einer armseligen Ambitionierten, die über seine Leiche gegangen war.

Ann-Mae lachte. »Wie cool ist das denn? Genau der Wein, den ich für dich ausgesucht hatte! Hast du nicht immer für die Droste geschwärmt?« Sie zog ebenfalls eine Cuvée Annette aus ihrem Beutel.

»Lass *mich* ...«, wehrte Anette ab, die Hand an der Stofftasche, sich zum hundertsten Mal vergewissernd, dass der Briefumschlag darin war.

Ann-Mae hatte den Schraubverschluss bereits geöffnet und die Flasche angehoben.

Anette fühlte, wie ihre Gesichtszüge entglitten, während die andere einschenkte. Sie hätte sich ohrfeigen können. *Warum bist du immer so zögerlich?* Nun würden sie erst eine ganze Flasche leeren müssen, ehe sie zum Zuge kommen konnte. – Egal! Wenn sie am Ende sternhagelvoll wären, würde Ann-Mae umso leichter übersehen und -hören, dass der Verschluss von Anettes Cuvée Annette nicht mehr jungfräulich war.

»Etwas ganz Besonderes«, schwärmte Ann-Mae und hob ihr Glas.

Anette zwang sich zu einem Lächeln. Sie stieß mit ihr an und nippte.

Ann-Mae ließ sich den Tropfen auf der Zunge zergehen. »Hmmm! Großartiger Verschnitt, nicht? Ich frage dich, die du so für die Droste schwärmst: Hatte sie nicht auch »zwei Seelen, ach, in ihrer Brust ...«? Hat sie nicht hier in Meersburg Sonne, Lebensfreude gesucht, wollte dem trübsinnigen »gebirgichten« Westfalen entkommen, das ihr Schreiben auf der anderen Seite so geprägt hat? Dieser Wein ist untypisch für die Region. Er vereinigt gleich drei unterschiedliche Charaktere: Spätburgunder, Regent und Dornfelder – wie du und ich. Und« – sie suchte Anettes Blick, hob erneut das Glas – »Anton.«

Anette, die einen tiefen Schluck genommen hatte, musste husten. *Du wagst es, seinen Namen ...* Die Wut gab ihr Kraft. Mit Nachdruck begann sie: »Anton war ein fantastischer Mensch. Voller Liebe ...«, die Stimme versagte, sie trank hastig mehrere Schlucke.

Ann-Maes Gesichtsausdruck war ernst geworden. Sie trank bedächtig. »Stimmt«, sagte sie schließlich. »Er hat dich und deine Mutter aufopferungsvoll geliebt.«

Dich nicht? In Anette brodelte es derart, dass sie keine Worte fand. Sie leerte schweigend das Glas, den Blick auf den Bodensee gerichtet. *Einfach versinken können ...*

»Er *wurde* geopfert«, wisperte sie schließlich.

Ann-Mae schenkte nach. »Kann man so sehen«, sagte sie. »Aber letzten Endes war es *seine* Entscheidung. *Ich* hab schließlich die Reißleine gezogen.«

Die Reißleine gezogen! Du! Anette stöhnte. Sie würde nie die Wortgewalt der Droste erreichen! Aber hieß es nicht, diese habe auch nur auf dem Papier so wohlfeile Formulierungen finden können? Sie stürzte das nächste Glas in sich hinein. Dann sagte sie entschlossen: »Er war immer ein Optimist gewesen. Durch und durch. Bis *du* kamst.«

Ann-Mae schwieg. Leerte ihr Glas. Eine zarte Röte legte sich über ihr Gesicht. Dem Wein geschuldet? Der untergehenden Sonne? Oder war das tatsächlich Scham? Sie prüfte die Flasche und goss die Neige in Anettes Glas.

Anettes Stunde war gekommen. Die Hand um den Verschluss ihres Cuvée – Antons Vermächtnis im doppelten Sinne! – gelegt, räusperte sie sich, das fehlende Knacken beim Aufdrehen übertönend. Sie goss Ann-Maes Glas randvoll. »Wohl bekomm's!«

Diese zögerte. Sie hielt Anettes Blick stand. »Das klassische Problem bei Depressiven«, sagte sie. »Sie entwickeln eine unglaubliche Mimikry.«

Während Anette Wein und Worte langsam in sich sickern ließ, trank Ann-Mae ihr Glas in einem Zug leer und beugte sich vor.

»Er ist schier zerbrochen an der Verantwortung«, sagte sie. Ihre Stimme klang sanft, fast einlullend. »Der Tod eures Vaters, die Krankheit der Mutter, du mit deiner – na, nennen wir es *Grübelei*! Du glaubst doch nicht im Ernst, dass ihm das sonstwo vorbeigegangen ist? Sein vermeintlicher Optimismus galt *euch*! Er versuchte *euren* Laden aufrechtzuerhalten! Ich war diejenige, bei der er sich zum ersten mal *auskotzen* konnte!«

Auskotzen! Es fühlte sich genauso an, wie es klang. Anette spürte Bitterkeit in sich aufsteigen. Was wollte diese widerwärtige Fotze ihr verklickern? Gleichzeitig fühlte sie sich auf einmal ganz leicht und frei. Alkohol mochte keine Lösung sein, aber er löste die Zunge. Sie kicherte.

»Weißt du eigentlich, wessen Wein du da trinkst? *Seinen!* Er hatte ihn mir ganz persönlich geschenkt. *Mir.* Seiner Schwester. Sein letztes Vermächtnis. Und noch etwas hat er mir hinterlassen. Ich habe es kürzlich erst gefunden …« Sie tastete erneut nach dem Beutel mit dem Brief. Besser noch ein wenig warten, bis es wirkte! Sie schenkte nach. Sich selbst auch, damit es nicht auffiel.

Ann-Mae konnte ein Aufstoßen nicht unterdrücken. Sie legte die Hand ans Herz – oder war es der Magen? »Meine Flasche war auch von ihm«, sagte sie. »Er hatte sie für mich persönlich abgefüllt. Sein Abschiedsgeschenk.« Ihre Augen füllten sich mit Tränen. Sie prostete Anette zu, nippte aber nur. »Trink doch«, sagte sie sanft. Rülpste unwillkürlich. Kicherte unter Tränen. »Ich sollte an ihn denken, wenn ich den Wein trinke, hat er gesagt.« Ein Schluchzer entrang sich ihrer Kehle. »Glaub mir, ich hab die Flasche die ganze Zeit nicht anrühren können. Bis du mir dieses Treffen vorschlugst. Da dachte ich: Einmal muss es sein. Einmal müssen wir reden. Einmal muss es doch raus ...« Sie setzte das Glas ab, schloss die Augen, wandte sich zur Seite, stützte sich mit beiden Händen ab und erbrach. Mehrfach.

Anette starrte sie an. Etwas arbeitete in ihr. Sie war keinen Alkohol gewöhnt, sagte sie sich. Sie hatte ihn viel zu schnell runtergekippt. Oder war es ihr Kopf, der sie schwindeln ließ? Anton – *depressiv? Ihretwegen?* Welches Gift hatte diese Hexe ihr da eingeträufelt? Was für ein grauenhafter Gedanke! Irgendetwas fuhr Karussell in ihr. Alles drehte sich. Sie warf sich auf die Seite. Würgte. Die Welt wurde schwarz.

Etwas klatschte gegen ihre Wange. Mühsam öffnete sie die Augen. Wer hatte sie geschlagen? Warum wirkte Ann-Maes Gesicht so grün? Dicke Schweißtropfen perlten von ihrer Stirn – oder waren es Tränen? Das Gesicht verschwamm, geriet zur Fratze.

»Anette«, keuchte Ann-Mae. »Die Flasche, die Anton mir da abgefüllt hat ...« Sie brach zusammen. Auf ihr.

Anette lag da. Halbtot. Lebendig begraben unter dem Körper derjenigen, die ihr Leben gleich zigfach zerstört hatte. Begraben unter einem Berg von Hass. Ihrem eigenen. Ann-Maes. Und Antons. *Anton.* Der nicht nur sich selbst gerichtet hatte, sondern sie alle drei. *Ich folge dir, lieber Bruder!*

Die Zeilen der Droste kamen ihr in den Kopf:
Kein Wort, und wär es scharf wie Stahles Klinge,
soll trennen, was in tausend Fäden eins,
so mächtig kein Gedanke, dass er dringe
in den Becher reinen Weins.
Bevor sie die Augen endgültig schloss.

ANNE GRIESSER

Goldene Hochzeit

Anna Hügele atmet tief durch, als sie hinter dem Bürgermeister die Tür schließt. »Ihringen ist stolz auf sein goldenes Winzerpaar!«, hat er gesagt.

Freilich, man freut sich, wenn die Leute teilhaben wollen am persönlichen Festtag. Aber andererseits, mit 88 (Franz) oder 80 (sie selbst) weiß man auch die Ruhe zu schätzen, und zu viel Trubel ist nicht gut fürs Herz. Deshalb hat sich der Franz auch schon vor zwei Stunden zurückgezogen aus der Wohnstube, ist rübergeschlurft in die Küche, wo er jetzt darauf wartet, den Abend mit seiner Frau allein ausklingen zu lassen. Bei einem guten Gläschen Wein vielleicht. Anna Hügele seufzt. Vor diesem Moment hat sie sich den ganzen Tag gefürchtet.

Er sitzt am Tisch und liest die Zeitung. Seine Augen funkeln. Er wird *die Frage* stellen, da ist sie sich sicher. Er hat es noch an jedem Hochzeitstag getan, und heute wird er erst recht keine Ausnahme machen.

»Komm her, Anna. Setz dich zu mir.«

Sie nimmt links von ihm Platz und rückt ihren Stuhl ganz nahe zu ihm hin.

»Ein schöner Tag«, sagt er. »Anstrengend, aber schön.«

Jetzt kommt's gleich.

»Sollen wir uns etwas ganz Besonderes gönnen, Anna? Sollen wir ...?«

»Wenn du meinst ... Warum nicht?« Das antwortet sie immer. Weil er es so erwartet. »Bleib sitzen, Franz. Ich hol ihn schon.«

Die Flasche hat natürlich einen Ehrenplatz im Keller. Ganz vorsichtig nimmt sie den Wein aus dem Regal. Entfernt eine Spinnwebe.

Wenn sie ihn jetzt fallen ließe ...

Es würde Franz das Herz brechen. Aber andererseits, wenn er ihn öffnen und entdecken würde ... *Schscht, Anna*, beruhigt sie sich selbst. *Noch ist ja nichts passiert.* Vielleicht hat sie Glück, wie all die letzten Jahren auch. Obwohl das nur *normale* Hochzeitstage gewesen sind, keine goldenen.

»Ah«, stöhnt Franz, als sie die Flasche vor ihn auf den Tisch stellt. »Wunderbar. Er wird großartig sein!«

»Meinst du, er lebt noch?«

»Natürlich. Wir haben ihn optimal gelagert.«

Galsteiner Schönberg steht da mit verschnörkelten Buchstaben. Die Jahreszahl ist in eine Girlande aus Weinlaub eingebettet, die wie ein Lorbeerkranz aussieht.

Franz lächelt. Ja, die Familie vom Andreas hat sich gefreut, als der Krieg vorbei war. Und der Andreas selbst noch viel mehr.

Über ein Jahr lang haben die Eltern von Franz Hügele den verschreckten jungen Wehrmachtsdeserteur damals auf ihrem Hof vor den Nazis versteckt.

Andreas hat die Zeit genutzt, dem gerade mal siebenjährigen Franz alles über guten Wein erzählen, was er selbst von zu Hause wusste. Und Franz hat alles begierig aufgesogen, um es sich für später einzuprägen. Ohne den Andreas, da ist er sich sicher, wäre er vielleicht niemals Winzer geworden.

Zur Hochzeit, 1969, hat der Andreas dem Franz und der Anna den Riesling von 1945 geschenkt.

»Das ist ein ganz besonderer Wein«, hat er gesagt. »Ein hervorragender Jahrgang. Natürlich gibt es nur sehr wenig davon – es waren ja kaum Arbeitskräfte da. Aber wenn ihr ihn gut lagert, könnt ihr ihn noch zur Goldenen Hochzeit trinken!« Franz hat gelacht und gar nicht daran denken wollen, dass er einmal so alt werden könnte.

»Ja, die Zeit vergeht schneller, als man denkt«, sagt Anna und reißt ihn damit in die Gegenwart zurück. »Der Andreas hat recht behalten mit seinem Wein. Glaubst du wirklich, man kann ihn noch trinken?«

Franz nickt abwesend und betrachtet die Flasche.

Na, denkt Anna, *im Prinzip schon. Wenn ich damals nicht ...*
Franz hustet. »Natürlich. Wir haben ihn nur ein einziges Mal bewegt, damals, bei unserem Umzug ins neue Haus. Das kann ihm nicht geschadet haben.«

Geschadet? Na ja. Anna lächelt bitter bei der Erinnerung.

1976, kurz vor dem Umzug, hat sie ihm vorgeschlagen, die Flasche zu öffnen. Aber da ist der Franz wütend geworden wie ein wilder Eber. Der Wein vom Andreas! Der Hochzeitswein! Sie haben immerhin gemeinsam beschlossen, ihn nur zu einem ganz besonderen Anlass zu öffnen. Ein Umzug ist doch nichts Besonderes! Ganz vorsichtig hat der Franz den Wein in eine Kiste gepackt und gut gepolstert. Wie ein Baby.

»Ich habe ihn immer richtig behandelt«, sagt er jetzt stolz. »Ich war damals schon ein Profi.«

Ja, denkt Anna traurig. *Nur genutzt hat es nichts. Warum hast du ihn auch ausgerechnet in die Teekiste packen müssen, in die ich immer die alten Kleider fürs Rote Kreuz getan habe? Als mir die Kiste die Treppe runtergefallen ist und ich das Scheppern gehört habe, war schon nichts mehr zu machen. Der Wein ist ins Polstermaterial gelaufen, ich habe keinen einzigen Tropfen retten können. Was hätte ich denn tun sollen? Ich konnte dir doch unmöglich die Wahrheit sagen!*

Nachdem der erste Schock vorübergegangen ist, hat sie die Familie vom Andreas, der damals schon nicht mehr am Leben war, gefragt, ob sie noch von dem 45er Riesling haben. Aber da waren schon alle Bestände weg und es hat danach lange keinen so guten Jahrgang mehr gegeben. Also hat sie das Etikett von den Scherben gelöst und auf eine Flasche 75er geklebt. Hat halt gehofft, dass der Franz den Unterschied gar nicht merkt. Aber das war naiv, wie sie inzwischen weiß. Der Franz ist ein Kenner, dem kann man so leicht nichts vormachen. Wenn er die Flasche öffnet ...

Anna kann sich den enttäuschten Gesichtsausdruck vorstellen. Er wird ihn gar nicht probieren müssen; der Geruch wird ihm schon verraten, dass etwas nicht stimmt. Und sie wird ihm die ganze Geschichte erzählen müssen, damit er nicht am Ende den Andreas für einen Betrüger hält.

Anna schluckt.

»Sollen wir jetzt?« Sie ist plötzlich entschlossen, die Angelegenheit so schnell wie möglich hinter sich zu bringen. Ein für alle Mal.

Franz seufzt. Er nimmt den Korkenzieher zur Hand, setzt ihn an, wischt noch einmal den Staub vom Flaschenhals. Er hört Anna am Küchenschrank hantieren. Sie holt die Gläser, die guten, und die Karaffe. Ein alter Wein muss atmen, bevor man ihn trinkt.

Zögernd setzt er den Korkenzieher wieder ab. Seine Hände zittern.

»Einen Moment noch. Mir ist ganz tattrig vor lauter Aufregung.«

Bis zum Hals rauf schlägt sein Herz, hämmert, dass ihm schwindlig wird. Wenn er die Flasche jetzt öffnet ...

Vor fünfundzwanzig Jahren, da wäre es noch möglich gewesen. Da hätte die Anna den Unterschied vielleicht gar nicht bemerkt. Weil sie sich noch nicht so gut mit Wein auskannte. Aber jetzt?

Franz denkt nicht gern daran zurück. 1984 ist es gewesen. Als dieser verschrobene Amerikaner nebenan auf dem Bauernhof Urlaub gemacht hat. Ganz wild war der darauf, Deutschland kennen zu lernen, das Land, aus dem seine Vorfahren stammten. Ihn hat alles interessiert, was alt und wertvoll war. Die Kuckucksuhr im Wohnzimmer zum Beispiel. Und der Wein. Irgendwann haben sie ihn zum Essen eingeladen und er hat gefragt, ob sie nicht den 45er Riesling gemeinsam mit ihm trinken möchten. Er würde auch gut dafür zahlen.

Franz, der damals noch die Raten für das neue Haus abstottern musste, ist beinahe schwach geworden. Aber da ist die Anna regelrecht explodiert. Fuchsteufelswild ist sie geworden. So hat er sie überhaupt noch nie erlebt. »Vor acht Jahren, für den Umzug, da war er dir zu schade, aber für so einen dahergelaufenen

Amerikaner, der dir ein paar lausige Mark anbietet, da plötzlich ... Kommt überhaupt nicht in Frage! Oder nennst du das ein besonderes Ereignis?«

Franz hat sofort klein beigegeben.

Später, als die Anna schon zu Bett gegangen ist, da hat er noch mit dem Ami und dem Bauern von nebenan eine Partie Karten gespielt. Schafkopf zuerst, dann hat der Ami ihnen das Pokern beigebracht. »Dazu braucht man aber einen Einsatz!«, hat er in seinem Kauderwelsch genuschelt.

Zuerst hat Franz die Kuckucksuhr verloren. Dass sie nur eine billige Imitation war, hat er dem Ami nicht verraten. In der Nacht, als Franz vom vielen Wein kaum noch aufrecht sitzen konnte, hat der Ami höhere Einsätze gefordert. Den Wein zum Beispiel.

Als es zu spät war, ist der Franz wieder ganz nüchtern geworden. Hat sich geschämt wie nie zuvor im Leben. Genutzt hat es allerdings nichts. Spielschulden sind Ehrenschulden, da kann man nichts machen.

Die nächsten Tage hat er sich viel Mühe gegeben, um das Etikett zu kopieren und eine identische Flasche zu finden. Zum Schluss hat er sein Kunstwerk noch im Staubsaugerbeutel gewälzt, damit es echt aussieht. Anna achtet auf solche Kleinigkeiten.

Den Amerikaner hat er nie wiedergesehen. Hat ihn nicht fragen können, ob ihm der Wein geschmeckt hat. Vielleicht hat er ihn ja noch gar nicht geöffnet.

Aber seither weiß er, wie viel der Wein Anna bedeutet. Seit 1984 fürchtet er sich vor jedem Hochzeitstag. Jedes Jahr ein bisschen mehr. Er muss *diese Frage* stellen, immer wieder; Anna erwartet das einfach von ihm.

Heute zittern seine Hände noch mehr als üblich.

»Anna«, flüstert er. »Ich glaube, ich kann's nicht.« Er schaut ihr gerade in die Augen. »Ich habe heute nicht die nötige Ruhe dafür.«

Sie lächelt ihn an. Warm. Aufrichtig. Entspannt sich.

»Macht nichts«, sagt sie. »Es kommen andere besondere Tage. Wir warten einfach noch ein bisschen.«

Sie stellt einen trockenen Spätburgunder auf den Tisch, einen badischen, den sie schon für alle Fälle vorbereitet hat. Leichtfüßig wie ein junges Mädchen bringt sie den *45er Galsteiner Schönberg* runter in den Keller, zu seinem Ehrenplatz. »Ruhe in Frieden«, flüstert sie. »Bis in alle Ewigkeit.«

UTE WEHRLE

Tödliches Weihnachtsgeschenk

Es war nicht zu übersehen: Schwester Genoveva hatte die Freuden des irdischen Lebens zu schätzen gewusst. Andernfalls wäre wohl kaum auf dem Tisch eine angebrochene Flasche Wein gestanden, deren Etikett die Aufschrift »Messwein vom Pfäffleberg« trug. Überhaupt musste sie ein fröhlicher Mensch gewesen sein, zumindest deuteten die tief eingegrabenen Lachfältchen um ihre Augen darauf hin. An diesem frostigen Dezembermorgen lächelte die Nonne allerdings nicht. Stattdessen lag sie regungslos auf dem schwarz-weiß gefliesten Boden des Speisesaals, wo die Ordensschwestern des Klosters ihre Mahlzeiten einzunehmen pflegten.

Die Glocke der nahegelegenen Barockkirche schlug fünfmal, während eine spindeldürre Ärztin mit kurz geschnittenen Haaren die Leiche untersuchte.

»Können Sie schon etwas zur Todesursache sagen?«, erkundigte sich Antje Pfefferle zaghaft.

»Im Gegensatz zu dem da kann ich keine Wunder vollbringen«, schnappte die Ärztin. Mit ihrem Zeigefinger deutete sie auf das Holzkreuz, das an einer der weiß getünchten Wände hing. »Aber so viel kann ich Ihnen schon verraten: An Altersschwäche ist die Frau nicht gestorben.« Sie schien zu jenen Menschen zu gehören, die ihre Mitmenschen nicht mit allzu viel Freundlichkeit zu verwöhnten.

Leichen vor dem Frühstück waren eben nicht jedermanns Sache, dachte Antje Pfefferle. Schon gar nicht, wenn sie in aller Herrgottsfrühe in einem Frauenkloster auftauchten. Sie seufzte. Auch sie hätte sich etwas Schöneres vorstellen können. In ihrem warmen Bett zu liegen und zu schlafen, beispielsweise.

Während die Kommissarin spürte, wie ihre Füße immer kälter wurden, sah sie sich um. Ihr Blick blieb an einem Gesteck aus Tannenreisig hängen, das den Tisch verschönerte. Drei der vier roten Kerzen waren bereits stark heruntergebrannt, ein sicheres Zeichen dafür, dass Heiligabend in nicht mehr allzu weiter Ferne lag.

Schlagartig fiel ihr ein, dass sie für ihren kleinen Sohn noch diese Playstation besorgen musste, die er sich so sehnsüchtig wünschte. Und zum Plätzchenbacken war sie auch noch nicht gekommen. Wie auch? Seit sich ihr Kollege vor einer Woche in den Skiurlaub verabschiedet hatte, saß sie allein im Büro und wusste nicht mehr, wo ihr der Kopf stand. Obwohl sie den humorlosen Pedanten nicht gerade in ihr Herz geschlossen hatte, wünschte sie sich in diesem Moment inständig, er möge sich auf der Piste kein Bein brechen und gesund und munter an seinen Arbeitsplatz zurückkehren.

Die Ärztin hatte zwischenzeitlich die ersten Untersuchungen beendet. »Sieht ganz danach aus, als hätte jemand absichtlich dafür gesorgt, dass die Nonne ihrem Schöpfer früher als gedacht entgegentritt«, teilte sie der Kommissarin mit gesenkter Stimme mit.

So konnte man es auch ausdrücken. Antje Pfefferle hätte am liebsten laut geflucht, doch der Anblick von acht Ordensschwestern fortgeschrittenen Alters, die wie zu Salzsäulen erstarrt im Hintergrund standen, hielt sie gerade noch davon ab. Wenn ihr etwas kurz vor Heiligabend gefehlt hatte, war es ein unnatürlicher Todesfall. Noch nicht einmal um einen Weihnachtsbaum hatte sie sich gekümmert. Vermutlich waren die schönsten schon längst ausverkauft und sie würde nur noch einen bekommen, der spätestens nach zwei Tagen nadelte.

Sie versuchte, sich wieder auf ihre Arbeit zu konzentrieren. »Irgendwelche Vermutungen?«, fragte sie.

Die Ärztin kämpfte sich aus der Hocke und deutete auf das halbvolle Glas, das neben der Weinflasche stand. »An Ihrer Stelle würde ich den guten Tropfen mal genau untersuchen lassen. In vino veritas, sage ich nur.«

Die Ärztin gähnte herzhaft, bevor sie sich zu einer weiteren Erklärung herabließ. »Jede Wette, dass der Wein vergiftet war.«

Dann folgte der übliche Satz. »Sie können die Tote jetzt abholen und in die Gerichtsmedizin bringen lassen. Näheres nach der Obduktion.« Sie schnappte sich ihre schwarze Tasche und verließ grußlos den Raum.

Die Nonnen, die bisher geschwiegen hatten, fingen aufgeregt an zu tuscheln. Eine von ihnen löste sich aus dem Kreis und steuerte auf die Kommissarin zu. »Ich bin Schwester Ricarda und die Äbtissin hier. Kommen Sie mit in die Kapelle. Dort können wir uns in Ruhe unterhalten.«

Antje Pfefferle zog die Augenbrauen hoch. Eigentlich legte sie keinen Wert darauf, bei der Kälte in der Gegend herumzuspazieren, doch der Befehlston von Schwester Ricarda ließ keinen Widerspruch zu. Mit gesenktem Kopf stapfte sie der Nonne hinterher.

Draußen empfing sie ein sternenklarer Himmel und von irgendwo war der Ruf eines Käuzchens zu hören. Unter Antje Pfefferles viel zu dünnen Schuhsohlen knirschte der Schnee.

Wenig später saß sie neben der Äbtissin in einer kleinen Kapelle auf einer schmalen, unbequemen Kirchenbank. Auch hier war es eiskalt und ihr Atem bildete kleine Wölkchen in der Luft.

»Sie haben mir etwas zu sagen?« Antje Pfefferles Stimme klang zittrig. Bestimmt würde sie sich eine Erkältung einfangen. Die Nonne faltete die Hände zusammen und blickte zum Altar. »Schwester Genoveva und ich leiteten bis vor einem Jahr eine Krankenstation in Samia. Sagt Ihnen das was?«

»Wenn ich mich richtig erinnere, ist das ein Land in Afrika.« Antje Pfefferle hatte erst kürzlich in den Nachrichten einen Bericht über die katastrophalen Zustände verfolgt, die in Samia herrschten. Hunger, Armut, hohe Kindersterblichkeit, Bürgerkrieg. Also nichts, wovon man gern Kenntnis nahm.

Schwester Ricarda nickte. »Trotz des weiten Wegs kamen viele Patienten aus den umliegenden Dörfern zu uns. Wir hatten sogar eine kleine Entbindungsstation aufgebaut. Das erste Baby, das bei uns auf die Welt kam, wurde übrigens nach mir benannt«, fügte sie nicht ohne Stolz hinzu. »Doch mit dem Militärputsch vor eineinhalb Jahren war alles vorbei. Der neue Diktator Oke Yohance hat strengstens verboten, dass sich die Einheimischen von uns behandeln lassen.«

»Wieso das denn?«, rief die Kommissarin erstaunt aus.

»Aus Angst, wir könnten sie gegen ihn beeinflussen. Um es kurz zu machen: Viele Kranke trauten sich nicht mehr, die Krankenstation aufzusuchen. Mit der Folge, dass einige von ihnen elend krepieren mussten, weil sie keine medizinische Hilfe bekamen.«

Antje Pfefferle zuckte bei der harten Ausdrucksweise zusammen. Die Äbtissin, deren Blick immer noch fest auf den Altar gerichtet war, schien davon nichts zu bemerken. »Wer sich trotz des Verbots von uns behandeln ließ, wurde grausam bestraft. Haben Sie schon mal Menschen gesehen, denen ein Arm abgehackt wurde?« Ihre Stimme wurde schärfer. »Dieser Schlächter hat bereits unzählige Menschen auf dem Gewissen, seit er an die Macht gekommen ist.«

Die Ordensschwester begann, einen Rosenkranz zu kneten, den sie in der Hand hielt. »Irgendwann wurde es für uns endgültig zu gefährlich. Genoveva und ich mussten flüchten und die Dorfbewohner im Stich lassen. Zum Glück haben wir hier im Kloster eine neue Heimat gefunden.«

»Und was hat das alles mit dem Tod ihrer Mitschwester zu tun?«, fragte Antje Pfefferle, die immer bestürzter zugehört hatte. An ihre kalten Füße dachte sie längst nicht mehr.

Die Äbtissin richtete sich auf. »Das Baby, von dem ich Ihnen erzählt habe, die kleine Ricarda. Vor zwei Wochen bekamen wir von einem Mitarbeiter des Deutschen Roten Kreuzes die Nachricht, dass Oke Yohance der Kleinen die linke Hand abschlagen ließ. Ihre Mutter hatte sie zur Station gebracht, weil sie unter hohem Fieber litt. Die Kleine ist gerade mal drei Jahre alt.«

Antje Pfefferle, die an ihren Sohn dachte, hielt entsetzt den Atem an.

Dann bemerkte sie verblüfft, wie über Schwester Ricardas Gesicht ein freudloses Lächeln glitt. »Wir schicken vor Weihnachten regelmäßig einen Hilfstransport nach Samia. Kleidung,

Spielzeug für Kinder, Medikamente, eben alles, was dringend benötigt wird. Und natürlich Messwein für die kleine katholische Kirchengemeinde. Den beziehen wir übrigens schon seit Jahren vom Weingut Pfäffleberg.«

»Ich dachte immer, für Gottesdienste kann man jeden Wein nehmen«, rutschte es Antje Pfefferle heraus, die sich als bekennende Atheistin noch nie näher mit kirchlichen Gebräuchen auseinandergesetzt hatten.

Schwester Ricarda sah sie nachsichtig an. »Zugelassen für die Feier der Eucharistie sind nur Weine, die mindestens den Anforderungen eines Qualitätsweines genügen. Heißt, schlichter Tafelwein ist nicht zugelassen. Und von unserem Weingut wissen wir, dass dort sorgfältig gearbeitet wird.«

»Offensichtlich nicht, sonst wäre Schwester Genoveva ja jetzt nicht tot«, bemerkte Antje Pfefferle. »Oder haben Sie eine andere Erklärung?«

Die Äbtissin seufzte tief, bevor sie weitersprach. »Allerdings werden unsere Transporte in schöner Regelmäßigkeit von Oke Yohances Truppen überfallen. Dieser elende Mensch schreckt vor nichts zurück. Was er will, nimmt er sich.« Sie räusperte sich. »Habe ich übrigens erwähnt, dass er ein ausgesprochener Weinliebhaber ist? Das ist übrigens auch der Grund, warum unser Messwein bislang nie seinen Bestimmungsort erreichte.«

Ein erneutes Räuspern folgte, während sich bei der Hauptkommissarin die Gedanken überschlugen. »Bedauerlicherweise hat auch Schwester Genoveva Gefallen an dem edlen Tropfen gefunden. Kein Wunder, nach allem, was wir erlebt haben. Dabei habe ich sie inständig gebeten, die Finger von den Flaschen zu lassen. Wenigstens dieses eine Mal.«

In der Kirche machte sich Stille breit.

»Anscheinend ist sie Ihrer Bitte nicht nachgekommen«, sagte Antje Pfefferle schließlich.

»Ich musste einfach etwas unternehmen. Können Sie das verstehen?« Endlich löste sich Schwester Ricardas Blick vom Altar und bohrte sich fest in die Augen der Hauptkommissarin.

»War das ein Geständnis?« Antje Pfefferles Stimme klang belegt.

Schwester Ricarda erhob sich von der Kirchenbank. »Lassen Sie uns gehen. Ich sehe doch, dass Sie frieren.«

Die Hauptkommissarin brauchte ein paar Sekunden, um ihre Fassung zurückzugewinnen. »Ich nehme an, der Hilfstransport nach Samia ist bereits unterwegs«, sagte sie dann.

Schwester Ricarda nickte. »Wenn Sie ihn aufhalten wollen, müssen Sie sich beeilen.«

*

Noch ein Tag bis zum Heiligabend. Antje Pfefferle hatte gerade gefrühstückt und war dabei, die Playstation für ihren Sohn in blaues Glanzpapier mit Sternchen zu verpacken, als sie die sonore Stimme des Nachrichtensprechers im Radio aufhorchen ließ. »In Samia wird es einen Regierungswechsel geben. Wie bekannt wurde, ist der bisherige Machthaber Oke Yohance im Alter von achtunddreißig Jahren überraschend verstorben. Und jetzt zum Wetter. Erwartet werden Schnee und Temperaturen um die zwei Grad. Wir können uns also auf eine weiße Weihnachten einstellen.«

Da würde sich der Kleine aber freuen. Die Hauptkommissarin legte die Playstation zur Seite, stellte das Radio ab, nahm einen letzten Schluck Kaffee und machte sich auf den Weg zur Arbeit.

Die Autoren:

Ulrike Blatter arbeitete als Ärztin in Rechtsmedizin und Sozialpsychiatrie. Sie lebt im Hegau im Schatten des Hohentwiel. Als Kölnerin im badischen Exil verzichtet sie auf frischgezapftes Kölsch und trinkt gern mal ein Glas Wein. Normalerweise schreibt sie nicht unter Alkoholeinfluss. So sind sechs Kriminalromane und noch einiges mehr entstanden. Neben dem Schreibtisch ist der Garten ihr liebster Aufenthaltsort. Findet man sie dort nicht, ist sie wieder mal gemeinsam mit ihrem Mann auf einer langen Radreise quer durch Europa. www.ulrike-blatter.de

Johannes Diez hat neben verschiedenen kriminellen Kurzgeschichten, u.a. im Wellhöfer-Verlag, zwei Kriminalromane veröffentlicht (*Für das Schweigen bezahlt* und *Beglichene Rechnungen*). Bei seinen Lesungen wird er meist von seiner Tochter auf dem Cello begleitet. Zu beiden Büchern gab es ein Kompositionsprojekt, das erste mit Musikschülern, das zweite mit Musikstudenten. Weitere Ideen werden gesucht. Das aktuelle Buch heißt Jubiläumsmafia, es geht um den 900. Geburtstag von Freiburg.

Gitta Edelmann Nach längeren Auslandsaufenthalten in Brasilien und Schottland lebt die Badenerin Gitta Edelmann seit über 20 Jahren in Bonn und schreibt dort Kinderbücher, Krimis, historische Romane und Kurzgeschichten mit und ohne Verbrechen. Außerdem leitet sie Seminare für Kreatives Schreiben und ist in verschiedenen Autorenvereinigungen im In- und Ausland aktiv. www.gitta-edelmann.de

Antje Fries ist in Flensburg geboren und über Franken, Hessen und Nordbaden in Rheinhessen gelandet. Studium der Germanistik und Anglistik, später Lehramt an Grund- und Hauptschulen. Derzeit an einem außerschulischen Lernort in Rheinland-Pfalz und gelegentlich in der Lehrerbildung tätig. Schreibt Kriminalromane, Kinderbücher und Lehrerbücher und liefert Beiträge zu Lyrik-, Mundart-, und Krimi-Anthologien. www.antjefries.de

Anne Grießer, geboren im Odenwald, studierte Ethnologie und Germanistik, bevor sie auf die schiefe Bahn geriet. Nach einigen Ausflügen ins seriöse Berufsleben (Bibliothekarin, Redakteurin) schreibt sie heute hauptsächlich über Mord und Totschlag. Als Autorin (Kurzgeschichte, Roman, Sachbuch, Theater), Herausgeberin und Krimi-Entertainerin schwingt sie in Freiburg die Feder und so manches blutige Theaterrequisit. www.anne-griesser.de

Susanne Hartmann lebt als Journalistin und Autorin in Freiburg. Sie studierte Ethnologie, Volkskunde und Romanistik. Für ihre Promotion forschte sie in Mexiko und Guatemala. Herumgekommen ist sie auch in vielen Berufen. Heute schreibt sie leidenschaftlich gerne Kurzgeschichten und Krimis. Davon sind etliche in Anthologien, auch des Wellhöfer-Verlages, zu lesen. Ihr Gewinnertext des Literaturhauses Zürich erschien 2015. *Habt's a Herz* ist nominiert für den Karo KrimiPreis 2019.

Dr. Bettina Hellwig, Jahrgang 1963, ist Apothekerin und hat viele Jahre für Fach- und Publikumsverlage und für die Pharmaindustrie gearbeitet. Heute denkt sie sich Geschichten aus, wobei sie immer wieder gerne auf ihre Erfahrungen in der Offizin und im Journalismus zurückgreift. Sie veröffentlichte zahlreiche Kurzgeschichten und einen Roman, wurde beim Freiburger Krimipreis ausgezeichnet und ist Herausgeberin mehrerer Anthologien. Die leidenschaftliche Reiterin lebt mit ihrem Mann und ihren Pferden in Konstanz und in Stuttgart.

Volker Hesse wurde 1968 in Detmold geboren. 2003 hat er seine Heimat in dem von Weinreben umgebenen Wettelbrunn gefunden. Mit *Der 7. Lehrling* fing alles an, die Fortsetzung *Waldanda* erfreut sich einer großen Leserschaft. Auch *Das Nachtschiff* erhält durchweg positive Bewertungen. Seit 2011 sind Kurzgeschichten ein fester Bestandteil des Repertoires. Sechs sind in Anthologien des Wellhöfer-Verlages erschienen. Mit *Der Kindsmord von Grunern* gewann Volker Hesse 2016 den Schwarzwälder Krimipreis. www.volker-hesse.de

Renate Klöppel ist promovierte Kinderärztin und Diplommusiklehrerin. Neben Sachbüchern schrieb sie unter anderem sieben Krimis. 2003 war sie Stipendiatin des Förderkreises Deutscher Schriftsteller in Baden-Württemberg. Für die Biographie *Die Schattenseite des Mondes. Ein Leben mit Schizophrenie* erhielt sie 2007 den Horst Joachim Rheindorf-Literaturpreis. 2018 erschien im Wellhöfer Verlag der Roman *Ein anderes Leben findest du allemal* und im Mirabilis Verlag das Kinderbuch *Nico, Emmi und der Wetterfrosch.*

Regine Kölpin, geb. 1964 in Oberhausen. Sie lebt seit dem 5. Lebensjahr an der Nordseeküste und schreibt Romane unterschiedlicher Genres, u.a. für Droemer Knaur und den Oetinger-Verlag. Regine Kölpin ist auch als Herausgeberin tätig, an verschiedenen Musik- und Bühnenproduktionen beteiligt und hat etliche Kurztexte publiziert. Ihre Arbeiten wurden mehrfach ausgezeichnet. Sie lebt mit ihrer großen Familie in einem kleinen Dorf an der Nordsee. Mehr unter www.regine-koelpin.de

Ralf Kurz gelernter Kaufmann, Jahrgang 1961, war in seiner Wahlheimat Freiburg als Amateurmusiker (Bassist) viele Jahre lang in Rock- und Bluesbands aktiv, bevor er sich dem Schreiben widmete. In unterschiedlichen Genres zu Hause zieht es ihn immer wieder zum Krimi. Seine Bibliographie umfasst mittlerweile zehn Romane, darunter die Kommissar-Bussard-Reihe mit fünf Bänden (Wellhöfer-Verlag). Weitere Informationen gibt es auf der Autorenseite www.ralf-kurz.de.

Ulrich Land, geboren 1956 in Köln. Lebt und schreibt in Freiburg. Bislang acht Romane, zuletzt: *Krätze eiskalt – Finnlandkrimi mit Rezepten* (2018). Darüber hinaus Lyrik, Prosa, Essays und über hundert Hörspiele und Radiofeatures. Uni-Dozent für creative writing. Mehrere Auszeichnungen: u.a. Kölner Medienpreis, Journalistenpreis Metropole Ruhr, mehrfach Hörspiel-Stipendien der Filmstiftung NRW, des Kultusministeriums und der Kulturstiftung NRW.

Andre Rober, geboren 1970 in Freiburg im Breisgau, absolvierte zunächst ein Studium der Volkswirtschaftslehre an der Universität in Freiburg. Nach dem Abschluss arbeitete er für Banken im In- und Ausland sowie zuletzt im Telemarketing. Seinen bürgerlichen Beruf musste er 2014

aus gesundheitlichen Gründen aufgeben und konzentriert sich seitdem auf die schriftstellerische und die gestalterische Arbeit. Bisher sind drei Kriminalromane im Selbstverlag erschienen.

Alexa Rudolph lebt in Freiburg, schreibt und publiziert seit 2006. Zuvor war sie als Bildende Künstlerin tätig. Heute arbeitet sie ausschließlich als Autorin, schreibt Kurzgeschichten, Erzählungen, Gedichte, anekdotische Texte, Romane. Ihre Themen: Alltagssituationen, Beziehungsdramen, Lebensentwürfe, oftmals eingebettet in Mordfälle. Sie ist verheiratet und hat vier Enkelkinder. Ihre Freizeit verbringt sie am liebsten in den Bergen. www.alexa-rudolph.de

Christoph Rück wurde 1960 in Gießen geboren. Nach dem Abitur war er als Globetrotter unterwegs: Fahrradtour ums Mittelmeer, Olivenpflücker in Griechenland, Deutschlehrer in Damaskus, Erntehelfer auf Sizilien. Seit Mitte der 80er-Jahre lebt er in Freiburg und arbeitet zurzeit für ein Touristikunternehmen.

Barbara Saladin wurde an einem Freitag, den 13. im Jahr 1976 geboren und lebt in einem kleinen Dorf im Oberbaselbiet. Sie arbeitet als freie Journalistin, Krimi- und Sachbuchautorin, Auftragstexterin, Fotografin und Ghostwriterin. Ihre literarischen Tatorte befinden sich schwerpunktmäßig an der rauen Nordseeküste und im Nordwestschweizer Jura, aber auch gerne mal irgendwo dazwischen. 2017 erhielt sie den Kantonalbank-Preis in der Sparte Kultur. www.barbarasaladin.ch

Regina Schleheck hat sich im Krimi wie in der Phantastik durch vielfache Auszeichnungen, u.a. den Friedrich-Glauser-Preis und den Deutschen Phantastikpreis, einen Namen gemacht. Domäne der in Köln aufgewachsenen Kölnerin, Oberstudienrätin und fünffachen Mutter ist die Kurzprosa. 2018 erschienen u.a. der Kriminalroman *Tod in Herford* und die Krimi-Kurzgeschichtensammlung *Mörderisches Leverkusen und Umgebung – 11 Krimis und 125 Freizeittipps*. 2019 folgt das *Mörderische Bergische Land*. www.regina-schleheck.de

Ursula Schmid-Spreer Lehrerin im Gesundheitsbereich, etliche Veröffentlichungen in Anthologien und Zeitschriften. Ihre Ermittlerin Bertaluise Nürnberger ermittelt schon in ihrem 3. Krimi (edition oberkassel). (Mit-)Herausgeberin von Krimi-Anthologien (Wellhöfer Verlag), Mitarbeiterin bei The Tempest. Organisatorin von Seminaren, Schreibreisen und dem Nürnberger Autorentreffen. Mitglied bei den Mörderischen Schwestern und im BVjA. www.schmid-spreer.de

Ute Wehrle ist gebürtige Freiburgerin und studierte Touristik-Betriebswirtschaft in Heilbronn. Sie arbeitet als freie Autorin und Journalistin. Bislang sind im Emons-Verlag sechs Krimis von ihr erschienen, die in Freiburg, im Schwarzwald und am Bodensee spielen.

Dagmar Werthebach, geb. 1966 in Siegen, ist verheiratet und Mutter zweier erwachsener Söhne. Nach dem Abitur und einer Ausbildung zur pharm.-techn.-Assistentin entwickelte sie eine Umzugsleidenschaft, die sie durch NRW, Bayern und Baden-Württemberg führte. Wenn sie nicht gerade heilsame Medikamente empfiehlt, dann mordet sie sich gerne in unheilvolle Anthologien hinein. Zusammen mit ihrem Mann lebt sie im südbadischen Schopfheim.

www.wellhoefer-verlag.de

www.wellhoefer-verlag.de

www.wellhoefer-verlag.de